Entre la sombra y la luz

Mercedes
SALISACHS

Entre la sombra y la luz

EDICIONES B
GRUPO ZETA

Barcelona • Bogotá • Buenos Aires • Caracas • Madrid • México D.F. • Montevideo • Quito • Santiago de Chile

1.ª edición: octubre 2007

Bailén, 84 - 08009 Barcelona (España)
www.edicionesb.com

Printed in Spain
ISBN: 978-84-666-3621-6
Depósito legal: B. 38.716-2007

Impreso por LIBERDÚPLEX, S.L.U.
Ctra. BV 2249 Km 7,4 Polígono Torrentfondo
08791 - Sant Llorenç d'Hortons (Barcelona)

ACLARACIÓN

Aunque los hechos y los personajes que protagonizan
este relato son totalmente ficticios, muchos
de los fenómenos que se describen, fueron reales.

A la memoria de una gran escultora
que fue una amiga inolvidable.

M. S.

PRIMERA PARTE

Apagaste las luces y encendiste la noche.
Cerraste las ventanas y abriste tu vestido.
Olía a flor mojada. Desde un país sin límites
me miraban tus ojos en la sombra infinita.

La Caja de Plata
LUIS ALBERTO DE CUENCA

EN UN LUGAR DE LA TIERRA

Sergio Maritania deambula por un lugar desierto como si anduviera sobre una nube. No se cansa. Pero ignora adónde debe dirigirse. Y eso es ya una especie de cansancio.

Ve un cielo exento de nubes que carece asimismo de color. Tampoco ve estrellas, ni luna, ni rebrotes de planetas iluminados por un sol.

Lo único que observa es algo parecido a un inmenso prado sombreado, totalmente vacío de plantas y de arbolado. No existe la noche. Pero tampoco existe el día. Lo que rige en el lugar donde se encuentra es sólo una semioscuridad gravitando sobre un gran espacio exento de caminos y de horizonte.

Sergio tiene la sensación de que algo en él se ha perdido. Pero ignora qué es. Sin embargo continúa avanzando como si no caminara hacia un punto anodino que ni siquiera tiene una razón de ser.

Las sombras no clarean, el cielo continúa gris y lo que no eran estrellas parecían puntos clavados en un cielo sin luz.

El caso es que tampoco oye ruidos. La inmensa llanura carece de vientos. Comprende ahora que es precisamente el viento lo que fomenta los sonidos cuando el paisaje es sólo un desierto.

Pero los desiertos tienen arena, o tierra, y también pueden ser mares. No obstante, Sergio Maritania descubre que ese extraño lugar no está hecho de tierra, ni de arena, ni de agua.

Intenta gritar pero no oye ningún eco. Su voz no suena. Su voz es sólo un cúmulo de gritos vacíos como extraídos de un sueño.

Sin embargo sabe que no está soñando. Jamás se ha notado tan despierto y tan real como en estos momentos.

Para convencerse de que está despierto, se analiza mentalmente y comprende que es él: tiene piernas, brazos, cuerpo. Nada le duele ni nada le causa malestar. Es un cuerpo distinto del que siempre tuvo pero, aunque inasible, es mucho más real.

De pronto descubre infinidad de seres parecidos a él que espontáneamente le rodean. Brotan de alguna parte sin motivo alguno. Pero ninguno de ellos parece tener noción de que no está solo.

Cabizbajos y como individualizados por el desinterés ajeno, circulan lentos con aire de no saber lo que les ocurre y sin dar muestras de importarles lo que les rodea, mientras buscan desesperadamente algo que no alcanzan a saber qué es.

Sergio recuerda ahora que debió de llegar a su casa y que cierto trastorno inesperado le obligó a detenerse, pero ignora la razón que le ha llevado hasta el extraño valle donde se encuentra en estos momentos.

Sergio Maritania tampoco comprende por qué habiendo tantos seres humanos a su lado, se nota tan solo, tan desasistido de comunicación. Necesita hablar, compartir con alguien su desorientación. Justificar de algún modo la extraña sensación de no saber la causa de tanto vacío en plena multitud, de tanta ausencia junto a tanta presencia y de tanta amnesia cuando está a punto de recordar en globo su propia vida.

A pesar de todo continúa caminando, como si el hecho de vagar sin rumbo fuera su única razón de ser.

—Yo puedo comunicarme —le dicen.

—¿Quién eres?

Lo tiene delante. No es como él. Pero aunque intentara describirlo, no podría hacerlo. Comprende que se trata de un ser distinto. Alguien muy afable que no alcanza a definir con exactitud, pero que existe, que se instala a su lado mientras de un modo inexplicable despide una energía agradable que le invita a intimar con él.

—Soy tu compañero. Estoy a tu lado desde que naciste.

—¡No es posible, nunca te he visto hasta ahora! —exclama Sergio Maritania.

—Ésa no es una razón para descartarme. En tu mundo no todo lo visible es real, ni todo lo real es visible.

—Sigo sin comprenderte. ¿De dónde has salido?

—Fui creado como tú, pero de otra manera.

—¿Tienes nombre?

—A todos se nos ha dado un nombre. Pero mejor será que me llames: Sergio Número 2.

—¿Quieres darme a entender que eres mi segundo yo?

—No. Tú y yo somos completamente distintos. Tú eres un hombre y yo fui designado para que te ayudara a sortear lo que vosotros llamáis vida.

—¿Y me has ayudado?

—No he podido. Tú no me dejabas. Me rehuías.

Sergio Maritania sigue confuso. Las explicaciones del ser que tiene delante no le aclaran lo que está ocurriendo.

—¿Cómo podía rehuirte si no te conocía?

—En efecto, no me conocías, pero cuando te hablaban

de mí, te burlabas de los que me mencionaban. Te reías de ellos, les decías que yo no existía, que mi apoyo metafísico era una simple fantasía. Por eso no podía ayudarte. Te gustaba más fiarte de mi adversario.

—¿Quién era?

—El que te ha traído aquí, incluso a regañadientes.

Sergio Maritania vacila. Está a punto de comprender pero no comprende.

—¿Por qué motivo me ha traído aquí?

—Tú lo quisiste.

—No lo entiendo. ¿Dónde estoy?

Sergio Número 2 trata de tranquilizarlo:

—Solemos llamarlo «El Valle de los Perdidos». Pero no te alarmes. No estás condenado. Mi adversario no ha ganado la partida. Tras la muerte aparente existe una pequeña tregua que puede conmutar la condena definitiva hasta que el mundo acabe.

—Entonces estoy muerto.

—Al contrario, has empezado a vivir. Lo que vosotros denomináis muerte no existe. Lo que sucede es que después de todo lo que ocurrió cuando te creías vivo, era imposible que pudieras traspasar las barreras que podían conducirte a la muerte deseada.

Sergio Maritania continúa confuso. La multitud que lo rodea lo desazona. No entiende por qué motivo se desplazan todos de un lado a otro buscando ansiosos algo que no saben en qué consiste, desarmados de ideas, de sosiegos, de cualquier final razonable.

—Entonces esto es lo que los creyentes denominan el Purgatorio.

Sergio Número 2 se apresura a contestarle:

—Si esto fuera el Purgatorio, yo no estaría aquí contigo. El Purgatorio es el eslabón hacia la felicidad. Allí «los

compañeros» ya no somos necesarios. Nuestra única función es ayudaros a soportar mejor vuestro difícil paso hacia la felicidad completa. En realidad continúas en la tierra. Aunque los humanos que se consideran vivos desconocen este Valle, las almas perdidas permanecen enclaustradas en él, a fin de tener la oportunidad que les permita comunicarse con los que todavía viven.

—Entonces ¿podré comunicarme con los que me conocieron antes de morir?

—De un modo muy limitado. Pero yo podré ayudarte. Por eso se nos permite permanecer a vuestro lado hasta que consigáis salir de la cárcel terrena.

De nuevo Sergio Maritania echa un vistazo en torno a lo que le rodea. Resulta difícil asimilar que tanta gente vagabundee junto a él, sin que nadie preste atención a nadie.

—¿Por qué? —pregunta—. ¿Por qué no intentan relacionarse los unos con los otros? ¿Por qué vagan tan desligados de todo lo que les rodea?

—No pueden hacer otra cosa. Para vosotros todo en la tierra es un valle que los vivos no pueden conocer. Sólo sois capaces de compartir vuestras necesidades e inquietudes con los compañeros que se os adjudicó cuando nacisteis.

—¿Alguien como tú?

—En efecto.

—Yo no los veo. Únicamente te veo a ti.

—Tampoco los otros perdidos me ven a mí. Pero están a su lado. Somos vuestros mentores. Únicamente siguiendo nuestros consejos podréis conseguir acelerar los avances que os lleven a las puertas de la gran felicidad deseada sin aguardar a que el mundo acabe.

—Y ¿cuándo va a acabar el mundo?

—Eso únicamente Dios lo sabe.

—¿Quién es Dios?

EL PRINCIPIO DEL FINAL

Juana Bernal ignoraba que aquella tarde iba a marcar un hito en su vida y que el proceso iniciado quince años atrás iba a ser rematado bruscamente.

Para ella habían sido quince años de luchas escondidas, de frustraciones difíciles de catalogar y de ilusiones prácticamente quiméricas que raramente se cumplían.

El hecho ocurrió cuando iba a salir de la clínica Príncipe de Asturias, donde su marido, Sergio Maritania, prestaba sus servicios como cirujano destacado.

Aquel día la presencia de Juana en la clínica era fortui ta y protocolaria: Roger Bousset, recién operado por su marido de cálculos biliares, precisaba ciertas atenciones especiales que ella no podía descuidar.

Aunque Juana sabía que Sergio se hallaba ausente y que no iba a regresar hasta la noche, ni un solo instante tuvo la premonición de que algo grave iba a ocurrirle.

En cuanto hubo cumplido con su obligación, Juana bajó por la escalera principal para dirigirse al vestíbulo. No le gustaban los ascensores de la clínica. Para ella eran como cajas de muerto que lejos de subir los cuerpos al cielo, los descendían al infierno de los quirófanos.

Pero al llegar al vestíbulo que daba al jardín tuvo la extraña sensación de que el grupo de gente apiñado junto a la puerta de cristales estaba allí para explicarle algo que prefería ignorar.

«Retrocede, Juana. No te dejes abordar por esas caras de mujeres atribuladas, ni por esos ademanes de estatuas movibles», se decía a sí misma. No obstante, en cuanto las amigas la vieron pisar el último escalón, se abalanzaron sobre ella como si hubieran adivinado lo que estaba pensando.

Atolondradas, la abordaban nerviosas, sujetándola por la cintura y llevándola hasta el sofá que se había instalado frente a la gran cristalera que daba al jardín.

Al principio no comprendía lo que intentaban explicarle. Hablaban todas a la vez y sus palabras se convertían en raros jeroglíficos difíciles de descifrar.

La más añeja del grupo alzó la mano con ademán brusco para que el griterío de las otras mujeres cesara. Luego, mirando fijamente a Juana, le dijo escuetamente:

—Tu marido ha tenido un accidente.

Juana no pareció inmutarse. Todos los días surgían accidentes inesperados que podían fácilmente subsanarse.

Pero la interlocutora insistía:

—Ha sido un accidente muy grave.

Y como viera que Juana no reaccionaba, enseguida remató su frase, con la sentencia definitiva:

—No tiene remedio, Juana. Tu marido ha muerto.

Enseguida se liaron a abrazarla, a prestarle consuelo, a darle a entender que ante un trance tan doloroso no estaba sola.

Sin embargo Juana no reaccionaba. Como si estuviera soñando intentaba acoplar la escena con serenidad sin saber exactamente cómo debía aceptar lo que le estaban diciendo.

La palabra «muerte» no encajaba aún en sus esquemas. «Debe de tratarse de un error —pensaba—. Sergio es demasiado joven para morir.»

Para ella «morir» era casi lo mismo que envejecer de golpe:

—No es posible, debe de tratarse de una confusión —dijo.

Contemplaba la puerta de salida y le parecía utópico que la muerte pudiera vencer aquella luz estallante que ofrecía el jardín repleto de buganvillas moradas y de una alegría veraniega que se filtraba por los cristales.

Mientras tanto, las amigas trataban de razonar, de plantear lo ocurrido como se recita una salmodia o se describe un suceso corriente:

—Su coche derrapó. Se salió de la vía y cayó por un precipicio.

Se expresaban con cierto atolondramiento, sin acentuar los detalles desagradables. Tal vez intuían que los traumas deben ser amortiguados con frases que, aunque arrastraran tragedias, pareciesen normales.

—¿Dónde ha sido? —preguntó ella como lo haría un autómata.

Lo esencial para Juana era imaginar respuestas acertadas y dar pie a que los demás fueran rellenando la situación con palabras insulsas y preguntas innecesarias.

Se dijo también que lo normal era romper a llorar. Las muertes siempre se alían a las lágrimas. Pero solamente exclamó:

—¡No es posible! ¡No puedo creerlo! ¿Por qué debía morir? No hay una razón sensata. —La respuesta fue el silencio.

Había porqués inexplicables, deslavazados y desperdigados como las piezas de un puzle que aguardan a ser colocadas en el lugar que les corresponde.

De improviso el vestíbulo de la clínica se fue llenando de gente. Brotaba de cualquier lugar. Asomaba por los corredores, la cafetería, los pasillos y los ascensores. La mayoría llevaba bata blanca y se dirigía a ella con miradas entre acongojadas y curiosas.

Afortunadamente el doctor Patricio Rodeno no tardó en llegar. Todavía aturdida, Juana le tendió la mano y en voz baja le rogó que la llevara al despacho de su consulta.

—Necesito estar a solas contigo. No puedo soportar a esa gente.

El doctor Patricio Rodeno, drástico y algo violento, le abrió paso mientras ella se apoyaba en él con la cabeza gacha y su melena ocultándole el rostro.

Andaba con los ojos cerrados, dejándose llevar por el médico mientras trataba de ajustar las ideas para convencerse de que lo que acababan de comunicarle era totalmente cierto.

De momento todo parecía precario. Nada de lo que acababan de anunciarle tenía una sólida razón de ser.

Al entrar en el despacho del doctor Rodeno, Juana se dejó caer en el sillón y continuó mirando el suelo.

Todavía no lloraba. En aquellos momentos llorar podía ser lo mismo que cumplir con un rito que no merecía serlo.

Era absurdo llorar como lloran las viudas desesperadas o las madres frustradas.

—Cierra la puerta —le rogó al médico.

Tras obedecerla, el doctor Rodeno se sentó en una butaca frente a ella:

—Se terminó —murmuró Juana como si hablara consigo misma—. Me va a resultar difícil vivir sin su extraño modo de ser. Una se acostumbra incluso a las mayores arbitrariedades.

Patricio Rodeno asintió en silencio. Conocía demasiado bien las espantadas de su colega para que la frase de Juana pudiera resultar inadecuada.

—Pese a todo, creo que voy a echarlo de menos —continuó diciendo ella—. Sergio era un hombre que «llenaba». —Y tras una leve pausa—: Va a dejar muchos vacíos.

El doctor Rodeno permaneció callado. Además de su profesión de cirujano plástico, Patricio Rodeno era un buen psicólogo. Por eso comprendía que lo que Juana precisaba era echar fuera esos ramalazos de recuerdos que tenía encarcelados en la mente durante los quince años que había vivido junto al hombre que acababa de morir.

—Es curioso. Incluso lo que más real nos parece, el tiempo lo transforma en algo distinto. Seguramente de ahora en adelante los recuerdos que se empeñen en torturarme serán ya «antirrecuerdos» —continuó diciendo Juana—. Hechos, frases y situaciones que ya no tendrán valor. —Y como viera que Patricio permanecía en silencio—: A pesar de todo, de nada valdrá que se conviertan en antirrecuerdos con presunción de muerte. Al contrario, serán mucho más reales que los recuerdos de verdad: aquellos que nos colmaban de esperanzas jamás cumplidas.

—¿Quieres tomar un calmante? —preguntó el médico.

Juana alzó el rostro y lo miró esbozando una parodia de sonrisa:

—¿Crees que estoy alterada? No, Patricio. Hace mucho tiempo que dejé de estarlo.

Juana retiró la melena que cubría su mejilla y continuó hablando sin inmutarse. Tenía una de esas voces apagadas que jamás hieren los oídos. Era una voz casi musical, como arrancada de un instrumento que imitase una voz:

—Al principio, cuando todavía creía que la vida podía ser una novela romántica, noté un rebrote de rebeldía. Me costaba admitir que Sergio fuera tan distinto a como yo lo había imaginado. A veces las mujeres ventilamos quehaceres metiéndonos en sueños que nos parecen inalterables. No comprendemos que el «siempre» de la tierra dura muy poco. —Suspiró con doble resuello y continuó—: Los humanos estamos tan enfermos de egoísmos...

Patricio Rodeno no intentó interrumpirla. Conocía bien a Juana y sabía que en aquellos momentos lo único que precisaba era echar fuera lo que durante quince años la había mantenido encadenada al silencio.

—Aunque nos esforcemos en creer lo contrario, aquí en la tierra todos somos simples desconocidos que jugamos a conocernos unos a otros. ¿Estás de acuerdo?

—Hasta cierto punto. Tú, por ejemplo, no engañas. Y si engañas mereces el premio a la mejor actriz.

El doctor Rodeno tenía un hablar pausado que ofrecía placidez y descanso a quien lo escuchaba. Juana llevaba mucho tiempo apoyándose en aquella voz entre calmada y precisa para desahogar sus ahogos.

—A pesar de todo, a veces me ha costado mucho superar ciertas situaciones. Tú lo sabes bien. No creas que ha sido fácil. También yo he estado a punto de caer en fiebres graves. Afortunadamente conseguí medicarme sin grandes traumas.

—Pero te equivocabas. Manejabas tus depresiones con recetas caducadas.

Juana negó con la cabeza.

—Servían —dijo con cierta sorna—. Las que tú me ofrecías podían ser algo más duraderas pero bastante venenosas. La prueba está en que mi conciencia no ha sido dañada. Además tus recetas tenían fecha de caducidad. No eran interminables. Nada en este mundo lo es.

Patricio Rodeno se atrevió a preguntarle:

—¿Lo querías?

—Lo quise mucho al principio. Luego, cuando el árbol de Alma dejó de ser un juguete, algo en mí cambió. En cualquier caso en estos momentos creo que lo quiero. Es un quererlo de un modo distinto a como lo quise cuando me casé con él. Entonces era un amor posesivo, algo parecido a lo que se siente por un trofeo ganado. Se trataba de un amor un tanto enfermo de egoísmo. Luego cambié. En ocasiones pensaba que Sergio ya no me importaba, que no merecía mi estima. Pero me equivocaba. A veces soñaba con verlo cambiar cuando fuéramos viejos. —Tragó saliva, como si la voz se le secara. Y enseguida prosiguió—: Entonces pensaba que, en el fondo, lo quería porque me daba pena. Otras en cambio creía que me daba pena porque no podía dejar de quererlo. En cualquier caso ya no estaba enamorada de él. Era imposible. No se puede sentir pasión por alguien tan vulnerable y contradictorio. En algún momento incluso llegó a parecerme despreciable.

Pero inmediatamente Juana reaccionó:

—No debí mencionar esa palabra. Nadie en este mundo es despreciable. Todos somos susceptibles de cambiar para bien y para mal.

—¿Por qué te daba pena? —preguntó Patricio intrigado—. Él parecía ser feliz.

—A ratos. Su felicidad consistía sólo en dejarse llevar por sus instintos. Buscaba placer y el placer dura poco.

Más allá de la puerta, crecía un murmullo sordo de voces y pisadas que venían del vestíbulo. La clínica aquella tarde se fue llenando de gente que rebosaba salud, de curiosos que querían «saber», de amantes del muerto ya desdeñadas y de futuras novias que no llegaban a aceptar el final de aquel hombre, como si al saberlo muerto también ellas debieran sentirse un poco viudas.

—Quisiera salir de la clínica por la puerta falsa —comentó Juana—. No me veo con ánimos de soportar a toda esa gente.

—No te preocupes. Bajaremos al aparcamiento y te llevaré a tu casa en mi coche —propuso el doctor Rodeno.

Juana se dejó guiar por él. En aquellos instantes el doctor Rodeno era sólo eso: un comodín de carne y hueso que podía rescatarla de la chusma insana y maliciosa que permanecía hacinada en el vestíbulo.

Ni siquiera las amigas que le habían dado la noticia de su viudedad tenían ya una entidad definida. Probablemente, pensó Juana, continuarían allí en aquella habitación inmensa bañada por la estallante luz que enviaba el jardín, tratando de asimilar con convicciones postizas las mil vicisitudes que el accidente del doctor Maritania podía causar a tantos enfermos recién operados por él. Incluyendo al famosísimo Roger Bousset, que hacía algunos años fue para Sergio un pobre desgraciado que sólo merecía desprecio.

* * *

Lo peor fue entrar en su casa y contemplar todo lo que su marido ya no podía ver: la fotografía de su boda, el cenicero donde él solía dejar las monedas cuando todavía circulaban las envejecidas pesetas, la colección de algunas copas que había ganado jugando al golf, las miniaturas que había comprado en París cuando iniciaron su viaje de bodas y el sillón donde se sentaba él con la huella de su cuerpo evidenciando un nostálgico vacío.

Juana se introdujo con Patricio en la sala de estar. Era grande y estaba bien acondicionada.

Los Maritania eran gente de buen gusto. Conservaban cuadros importantes, jarrones de La Granja, alfombras persas antiguas, porcelanas del Retiro. Todo ello colocado y combinado con materiales de formato moderno.

También allí había un jardín. Un jardín bordeado de cipreses y brotes de adelfas señalando caminos que conducían a fuentes y pérgolas entre vegetaciones hechas de flores y plantas. Luego estaba el eucalipto. El árbol que durante años consiguió un insólito protagonismo.

La vivienda era una gran masía que, desde antiguo, había pertenecido a la familia.

Pero la familia había menguado y a la sazón todo aquello era propiedad del único ser con apellido Maritania que acababa de morir.

Juana se preguntaba a quién iría a parar esa finca tan grande y tan despojada de vida cuando ella también muriera. El matrimonio no tenía ya herederos y Sergio Maritania nunca tuvo hermanos.

—¿Qué vas a hacer con esta casa? —le preguntó Patricio.

Juana movió la cabeza de un lado a otro.

—No lo sé. A veces carecer de familia es como perderse en un desierto. Todo lo que nos rodea es nuestro, pero nada tiene un valor práctico y positivo.

Tampoco Juana era miembro de una larga ristra de parientes. La más cercana era su hermana Rita, que llevaba ya mucho tiempo recluida en el monasterio de San Evaristo.

—Sergio siempre dijo que esta casa iba a ser mía cuando él falleciera. Pero yo nunca imaginé que podía morir antes que yo —continuó diciendo Juana.

Durante unos instantes tuvo la impresión de que el pasado volvía. Que Sergio y sus padres la estaban mirando como se mira una joya de gran valor.

—También mis suegros murieron en un accidente —dijo como si pensara. Y tras un silencio breve—: Mis padres, en cambio, murieron de enfermedad.

Había enfermedades que no tenían remedio. Eran como garras que arañasen los cuerpos dejando en ellos huellas letales.

—Fue al morir mi madre cuando conocí a Sergio, ¿recuerdas? Mi padre todavía vivía y mi hermana acababa de vestir el hábito que la metió en clausura.

Juana se quedó ensimismada como si ante ella reviviera la escena de lo que estaba explicando.

—Aquel día mis padres la contemplaban como se contempla una imagen sagrada. Rita ya no era Rita. Le habían puesto el nombre de María Inmaculada. Era mayor que yo, pero mientras avanzaba hacia el altar parecía una niña.

En aquella época, Juana todavía no sabía lo que le esperaba. Acababa de cumplir dieciocho años y su entorno se reducía a cuidar de unos padres que la educaron entre algodones.

—Un día mi madre amaneció enferma. Fue entonces cuando conocí a Sergio —exclamó con aire ceñudo, como si Patricio ignorara su vida y ella sólo pensara en voz alta.

Como todo lo que surge por sorpresa, aquél fue un día tumultuoso. De repente el mundo pareció volverse del revés y nada ocupaba su lugar adecuado.

La clínica donde la ingresaron olía a miedo, a desgarro y a todo lo que se experimentaba cuando se contemplaba un precipicio junto a un enemigo dispuesto a lanzarse sobre su presa.

De pronto Sergio Maritania. Todos aseguraban que aquel hombre era el único médico que podía salvar la vida de su madre. Se trataba de un profesional de mediana edad, mirada inteligente, ademanes concisos y actitudes amables.

—Cuando lo vi por primera vez reconozco que Sergio me impresionó. Las batas blancas ayudan a potenciar admiraciones. Luego estaba su porte de médico infalible, sus ojos azules de cejas profusas. No voy a negarte que en medio de tanta tribulación, su presencia logró amortiguar mis inquietudes. Tenía la convicción de que el famoso doctor Maritania podría vencer el horrible diagnóstico que la enfermedad de mi madre había merecido, sólo porque aquel hombre iba a intervenirla.

Juana esbozó una sonrisa algo sarcástica, pero continuó hablando sin mostrar rencor:

—Además, tú lo conocías muy bien, era un ser afable; irradiaba simpatía y seguridad. No parecía prepotente. Nunca me han gustado los seres prepotentes. Son simples fracasados que disfrazan su ignorancia de apariencias que, aunque parecen sólidas, únicamente están hechas de aire. No: Sergio no daba la impresión de ser prepotente. Sergio se jactaba de ser ecuánime, sereno y afable. ¿Lo recuerdas?

Patricio asintió con la cabeza.

—Tienes razón. No se mostraba prepotente. Jugaba a ser sensato. Sin embargo no le gustaba claudicar cuando se equivocaba.

—Era un gran profesional. Lo reconozco —continuó diciendo Juana—. Pero con mi madre falló. No fue por falta de pericia. Al parecer su tumor había ya invadido órganos vitales.

—Su intervención estaba destinada al fracaso —remató Patricio Rodeno—. En aquella época no había tantos adelantos como ahora.

—A pesar de todo yo continué admirándolo. Era el insuperable médico de nuestro tiempo. Fue su presencia constante y aquel modo de dirigirse a mí como si yo ya fuera algo especial para él, lo que llegó a encandilarme.

Primero fueron las condolencias llenas de delicadezas más propias de un enamorado que de un médico desolado por su intervención fallida. Todo se le iba en atenciones inesperadas, en frases de doble intención, en miradas que parecían brasas y en pequeños detalles que sin venir a cuento, siempre le dedicaba: «Te he traído un helado», o «¿Te gustan las chocolatinas de licor?» «Te he comprado una caja de marfil para tu tocador».

Luego fueron sus constantes deseos de que sus padres la conocieran: «Les he hablado tanto de ti, que están deseando conocerte.»

Por supuesto los padres de Sergio se volcaron en alabanzas en cuanto la vieron por primera vez: «Eres guapísima, Juana. Nuestro hijo se quedó corto al describirte.»

Todo era positivo. Incluso la pérdida de su madre dejaba de ser tan dolorosa cuando Sergio prodigaba sus sorprendentes muestras de afecto.

—En aquel tiempo nada era invierno —continuó diciendo Juana—. La vida era casi perfecta. Todo apuntaba a un futuro sobrecargado de promesas inmejorables. Sergio era así: extroverso y magnánimo. Cuando se abría a quien él consideraba digno de conquistar, no se detenía en torpes imposibles. Se abría paso con lo que fuera —continuó explicando Juana—. El golpe duro y también eficaz se produjo con el accidente de sus padres.

Fueron aquellos duelos inesperados lo que la acercaron a él. «A veces el destino se vale de pequeños subterfugios para justificar grandes cambios», piensa ahora Juana. Y unificar el dolor por la madre muerta con la doble muerte que debía afrontar Sergio no dejaba de ser una circunstancia propicia para solidificar la ya apremiante atracción que experimentaban el uno por el otro.

—Nadie esperaba aquellas dos muertes —continuó diciendo Juana—. Por primera vez vi llorar a un hombre que parecía estar en este mundo para restañar lágrimas ajenas sin participar con las suyas. En cierto modo aquellas lágrimas certificaban su sensibilidad. De hecho, su llanto fue para mí como un valor añadido a sus muchas cualidades.

Patricio guardó silencio. Intuía que Juana precisaba hablar sin esperar réplicas innecesarias. Llevaba demasiado tiempo escuchando mentiras que parecían verdades o soportando silencios que para los oídos del alma eran gritos desgarradores.

—Es evidente que cuando alguien se siente atraído por otro alguien, casi siempre cae en brazos de un ser desconocido —siguió diciendo Juana—. Por mucho que nos esforcemos en conocer la verdad de los otros, jamás acertamos. En este mundo lo que consideramos real suele ser pura ficción. Dependemos de tantas coyunturas: el estado de ánimo producido por nuestras hormonas, por la salud de nuestro hígado, por el proceso de nuestras digestiones, de nuestras alegrías o nuestras depresiones, de nuestros éxitos o de nuestros fracasos, del miedo que nos acecha, o de la seguridad de algo que en cualquier momento puede destruirse.

* * *

Aquella noche Juana le rogó a Vicenta que durmiese con ella. Vicenta la había conocido cuando era niña y llevaba prestando servicio a la familia Bernal desde que era joven.

—Naturalmente, pequeña: dormiré contigo.

Pero no hizo falta. Bárbara Luque entró en la casa, abrazó con fuerza a Juana y se ofreció a pasar la noche con ella.

El teléfono no dejó de sonar. Y las visitas se apiñaban en la puerta sin atreverse a entrar: «La señora descansa.»

En realidad Juana no descansaba. Pero quería estar a solas con Bárbara. Ella no la acompañaba para cumplir un rito obligatorio. Bárbara Luque era totalmente compatible con la soledad que precisaba. Hablar por hablar, siempre le había parecido a Juana algo similar a un descalabro de la mente. Una especie de sucedáneo de reír sin motivo o beber sin sed.

No rompió a llorar hasta que al día siguiente leyó la esquela en el periódico. Fue entonces cuando comprendió que su marido Sergio había muerto de verdad.

LOS EXTRAÑOS HABITANTES DEL VALLE

—Me preguntas quién es Dios, sin embargo tú lo has oído nombrar infinidad de veces.

—En efecto; sobre todo cuando era niño. Mis padres no creían demasiado en los que predicaban la fe. Jamás se preocuparon de enseñarme cuál era la razón de creer en Dios. Decían que los creyentes eran gentes sin imaginación. Seres abotagados que precisaban inventar seres superiores y espirituales para soportar las calamidades que ocurrían en nuestro navegar por el vacío.

Los recuerdos de Sergio Maritania brotan poco a poco mientras va dialogando con su compañero. De pronto evoca el día de su primera comunión, de su confirmación y de su boda. Para la mayoría de los que le rodeaban, aquellas ceremonias eran meros realces para justificar festejos, acontecimientos, cambios de posturas costumbristas o acaso también una forma de señalar un quehacer bien-sonante que de algún modo justificara y concediera importancia a un hecho sin excesivo valor. Pero rara vez se pensaba que aquellos festejos eran patrimonio de un Ser Superior.

—Nunca me dieron la oportunidad de ahondar en materias religiosas.

—Por eso estás aquí —le explicaba su compañero—. Si hubieras sido informado, acaso el adversario habría ganado la partida. Mientras jugabas a vivir, tus descalabros hubieran sido más imperdonables.

Algo parecido le había dicho Juana cuando todavía eran novios: «Algún día comprenderás que tu indiferencia religiosa es la barrera que te impide ser feliz.»

—Ella era creyente. Desde niña le habían adoctrinado para serlo —confirma Sergio.

—Sin embargo a pique estuvo de transformar su visión de la vida gracias a tus constantes infidelidades —le replica el compañero.

—Eran inevitables. Yo era un tripulante más que andaba entre alucinado y deslumbrado por un mundo que se me ofrecía con los brazos abiertos. Un hombre como yo, anegado en constantes halagos y triunfos, no considera nocivo dejarse llevar por los instintos.

En efecto: para Sergio Maritania lo esencial siempre había consistido en dar apremio a sus corazonadas. Tanto en su profesión médica como en los avatares de la vida, lo que imperaba en él era siempre la primera impresión, el primer deseo, el primer diagnóstico.

—En realidad casi nunca me equivocaba —exclama.

—Y cuando lo hacías procurabas transmitir a otro tus propios errores.

De improviso Sergio contempla en bloque, como un referente infalible, la serie de tropelías que el afán de mantener su reputación de hombre encumbrado y admirado le obligó a realizar o fingir que realizaba cuando vivía. Todo es ahora para Sergio Maritania un escenario de sus propios actos, de sus más recónditos apetitos y sobre todo de sus cegueras voluntarias ante las que podía salvarse de sus impulsos.

—Cuando alguien procuraba situarte en la esfera de lo que podías experimentar más allá del tiempo —continúa explicando su compañero—, te negabas a admitir lo que te decían. Para ti lo importante era apurar cada instante que el transcurrir cotidiano te ofrecía. El Más Allá era una nebulosa que te negabas a reconocer.

—Quería ser feliz. Todo el mundo busca la felicidad.

—¿Conseguiste alguna vez alcanzarla?

—Creo que sí, pero se trataba de una felicidad partida. Y duraba poco. Además, en cuanto la conseguía, inmediatamente precisaba aumentarla. No me bastaba. Era siempre una felicidad algo anémica, jadeante y poco sólida. Cuesta mucho ser feliz en la tierra.

Mientras recuerda, Sergio continúa contemplando el constante deambular de los perdidos que le rodean sin que ninguno dé muestras de comunicarse con cualquiera de ellos. El compañero le aclara:

—Murieron en distintos siglos, pertenecen a distintas razas y nada es capaz de unificarlos. El tiempo terrenal todavía gravita de algún modo en todos vosotros. Ciertas coyunturas temporales impiden que podáis relacionaros los unos con los otros.

Sergio en vano intenta comprender. Lo que más le confunde es comprobar que a pesar de estar físicamente muerto, su vida continúa. Él nunca dejó de imaginar que tras el último suspiro sólo existía el vacío, el olvido total de lo que se había experimentado cuando el cuerpo tenía un sentido plagado de energía.

—Yo siempre creí que tras la muerte, entraríamos de lleno en la nada —comenta.

—Era tu forma de entender la libertad que se te había

dado. Lo práctico para ti era utilizarla a tu modo sin ataduras que te permitieran analizar tus desvíos.

De nuevo Sergio evoca pasados que mientras poseía un cuerpo material eran futuros alegres. No comprendía que todo en él fuera entonces sólo una brasa a medio apagar, alguien que buscaba ansiosamente una solidez que siempre se convertía en derrumbamientos que destruían todos sus sueños e ilusiones.

De pronto volvía la frustración, el aburrimiento, el afán de recuperar lo perdido del modo que fuera. No obstante los ingredientes eran siempre los mismos: alcohol, mujeres atractivas, amigos sin demasiados escrúpulos y una total dedicación a los placeres establecidos.

—Sin embargo no todo en mi vida ha sido negativo —se defiende.

—Tienes razón. De vez en cuando te olvidabas de tus ambiciones y te volvías casi angelical. Sobre todo cuando prestabas tus servicios a la gente humilde. Tu profesión a veces te salvaba. Pero en cuanto habías cumplido con tus instantes generosos, volvías a tus impulsos, a tus prepotencias, a tus egoísmos, a tu afán de «no perder el tiempo» y vivir como fuera.

Sergio continúa desorientado. Pese a que su compañero le asegura que sigue en la tierra, nada le resulta familiar. Nunca, mientras vivía, supo del llano donde ahora se encuentra. Todo es extraño: el inmenso desierto plagado de seres que buscan a ciegas lo que no encuentran y esa falta de horizonte, de nubes, de colores, de plantas, de luces eléctricas, de viviendas, de sonidos. Todo lo que le rodea le resulta insólito e incomprensible. Es un lugar donde ni la noche es completa, ni el día es día, ni la tierra es tierra, ni existe arena, ni barro, ni césped, ni nada.

Luego esa soledad. Es una soledad misteriosa, tal vez

arrancada de todas las soledades del mundo. Una soledad severa que le impide defenderse de ella. Es una soledad como hecha de un vacío que parece lleno, de un frío que no enfría y de la acuciante necesidad de transmitir a los demás lo que no puede y que tampoco se explica a sí mismo.

—¿Cómo salir de aquí? —pregunta.

—Todo depende de que alguien repare por ti todo el daño que has hecho a lo largo de tu vida. No será fácil conseguirlo, pero lo intentaremos. Yo te ayudaré. Si no lo conseguimos, deberás esperar a que el mundo acabe.

—Pero ¿podremos ponernos en contacto con ese alguien? —pregunta Sergio.

—Hay que atenerse a los procedimientos usuales. No te olvides de que yo puedo comunicarme con los compañeros de todos los seres humanos. A veces esos contactos funcionan.

Sergio duda. Las afirmaciones de su compañero no consiguen sosegarlo.

—Conozco a muy poca gente que pueda reparar de algún modo los baches de mi vida. Además nadie sabe que este lugar existe. Dices que se encuentra en la tierra, sin embargo yo nunca lo he visto en el mapa.

—Sólo puede verse con miradas inmortales como la tuya. Los que viven en la tierra, que tu mujer calificaba como una «nave», aunque a veces han circulado por este Valle, no pueden detectar su existencia.

LOS CUADROS TORCIDOS

Era su gran manía: no podía soportar ver un objeto fuera de sitio, una mancha en la corbata, un jarrón roto, un mueble mal colocado, una vieja presumiendo de joven, una nariz asimétrica o un mentón prominente. «Tiene arreglo —decía—. No será fácil pero lo arreglaremos.»

Para el doctor Patricio Rodeno, todo lo que se prestaba a amordazar la mirada y obligarla a soportar una lacra visual o una alteración estética, suponía un atentado contra la armonía vital. Por eso se había convertido en un renombrado cirujano plástico. Todo era muy evidente para él. Con sólo echar un vistazo conocía la idiosincrasia de sus clientes. De ahí que en cuanto su colega Sergio Maritania le presentó a Juana Bernal poco antes de intervenir a su madre de una neoplasia avanzada, Patricio Rodeno experimentó un pequeño arrebato de alarma, como si intuyese las intenciones de su amigo:

—Cuidado, Sergio. Esa mujer es distinta. No vayas a estropearla.

—También yo la considero distinta. Parece mayor de lo que es. Acaba de cumplir dieciocho años.

—Eso es lo que me produce cierto temor. Su juventud.

A esas edades sólo cuenta lo que vemos. Difícilmente se percibe lo que existe detrás de las apariencias.

—No irás a decirme que mi apariencia puede conducirle a error.

Patricio Rodeno esbozó una sonrisa entre forzada y algo cínica. Conocía demasiado bien a su amigo para dejarse llevar por sus criterios siempre adaptados a lo que deseaba obtener.

—Juana es un criatura completamente alejada de la realidad actual. Te admira. La impresionas. —Y tras un breve silencio—: Ignora por completo que tras tu apariencia de hombre recto existe un fauno desbocado —bromeó.

—Ella puede cambiar mi modo de ser. Ella es diferente.

—Todos somos diferentes cuando conocemos a alguien que nos impresiona. Pero la probabilidad de «cambiar» es como un virus inactivo que aguarda el momento de transmutarse en una enfermedad irreversible.

—No creo que Juana tenga virus escondidos. Y si los tiene, ya me encargaré yo de anularlos con mis propios medios. No te olvides de que le llevo veinte años.

Patricio Rodeno movió la cabeza como dando a entender que los argumentos de su amigo no le convencían. Conocía perfectamente la trayectoria del doctor Maritania en su vida privada, para no recelar:

—Hasta ahora, las mujeres que has conseguido carecían de estabilidad bien asentada. Todas ellas eran clones de insustancialidades. Juana es distinta. Juana es la inocencia. Según tus métodos para conquistarla, pueden conducirla a error.

Sergio Maritania asintió con aire de hombre experimentado.

—O acaso sea ella la que me convierta en un hombre

definitivamente estable. —Se defendió él sin dejar de sonreír—: Mis antiguas pasiones eran, como tú sueles decir, «cuadros torcidos». Ella no lo es. Ella es un cuadro perfectamente alineado.

—Y tú un caprichoso imperturbable que serías capaz de romper la pared para torcerlo.

—No me juzgues tan mal, Patricio. Voy a hacer todo lo posible para casarme con Juana. Estoy convencido de que no voy a arrepentirme.

El doctor Rodeno asintió con la cabeza y dejó escapar un ligero suspiro:

—Con tal que la arrepentida no sea ella. —Y tras un breve silencio—: ¿Crees que tu matrimonio será duradero? ¿En qué te basas para estar tan seguro?

—Estoy enamorado. Juana es muy inteligente. Es dócil. Es muy bella.

—A veces la docilidad puede conducir al desastre —comentó Patricio.

Lo dijo con aire distraído echando un vistazo entorno a él. Se encontraban los dos en la cafetería de la clínica. Era una hora tardía; la hora de los descansos. La hora de los enfermos sedados, del relevo de las enfermeras. Y para Maritania y Rodeno solía ser también la hora de las confidencias.

Patricio sorbió despacio su café. Lo necesitaba. Había efectuado varias intervenciones de cirugía plástica y precisaba levantar el ánimo. En ocasiones las pacientes se volvían insoportables. Y eso le cansaba mucho. La mayoría quería mandar sobre lo que el doctor planeaba: «Más labios, más pecho, más pómulos y menos arrugas.» Estaban convencidas de que las intervenciones a las que iban a someterse iban a cambiar sus vidas.

Pero el doctor Rodeno no las desalentaba. A veces las

mujeres apoyaban sus esperanzas en puerilidades de aquel tipo aun a costa de pasarlo mal.

—Comprendo que estés enamorado. El fenómeno del enamoramiento suele ser como un gancho invisible que atrapa al ser más sagaz y dispuesto a evitar sentimientos y atracciones puramente visuales. Pero a tu edad, deberías saber que el enamoramiento no basta para que el amor perdure. La costumbre suele ser un mal enemigo: en cuanto uno se descuida, mata el interés por lo que nos parecía único. Es cosa sabida que la rutina administrada con desgana es peor que la carcoma: todo lo corroe. Lo peor y lo mejor se va descafeinando lentamente cuando lo reiterado no se ajusta a ciertos valores que nadie considera necesarios.

Patricio se detuvo bruscamente y aspiró con fuerza una porción de aire acondicionado: la cafetería solía ser un buen lugar para vencer el calor del verano.

—Juana es inteligente. Sabrá llevar el timón sin dificultades. Además es tan bella —insistió Sergio. Y enseguida añadió—: Como es muy dócil yo sabré moldearla a mi gusto.

—La juventud no es eterna. La belleza tampoco. Lo único que puede durar toda la vida es la inteligencia. Pero también la inteligencia puede equivocar el camino si no se la sabe administrar con precisión y cordura.

Según Sergio, el doctor Rodeno era un ser de mentalidad algo cuadriculada, por eso se expresaba con cierto tonillo sectario, como de hombre dispuesto a no dejarse llevar por las vertientes optimistas de su compañero:

—No me convence esa intención tuya de «modelarla a tu gusto» —exclamó—. Lo ideal sería que ella te modelase a ti.

—Al parecer tu opinión sobre mi personalidad no es

excesivamente positiva —bromeó Sergio Maritania—. No temas; no soy un monstruo.

—No hace falta ser un monstruo para actuar como si lo fueras —insistió Patricio—. Los matrimonios bien administrados pueden ser palacios muy confortables cuando el egoísmo se anula. Pero también pueden ser cuevas de bestias feroces si el egoísmo prevalece por encima de todo. No tienes más que leer en los periódicos los crímenes que todos los días convierten a las parejas en desguaces de pasiones mal administradas.

—Juana nunca podrá ser un desguace. Es demasiado perfecta.

—Las perfecciones también son susceptibles de deterioro —reiteró Patricio—. ¿Qué admiras en ella?

—Todo. Su pequeña personalidad de mujer recién estrenada, su educación, su forma recatada de vestir, sus modales siempre discretos, su falta de ambición, sus creencias.

—¿Cómo puedes admirar lo que nada tiene que ver contigo?

—Precisamente porque para mí todo en Juana es algo nuevo. Hablar con ella es lo mismo que platicar con un ser de otro planeta.

—¿Y te convence?

—Me asombra.

—El asombro no basta. Piensa en lo que puede convertirse tu unión con ella. Los hijos, las enfermedades, los brotes de cosas nunca imaginadas. La vida está llena de incógnitas que no avisan cuándo van a comparecer. A veces basta una ráfaga de algo adverso para desbaratar una historia de amor que parecía inalterable.

Patricio Rodeno detuvo su verborrea. Probablemente se estaba dando cuenta de que sus palabras podían estar equivocadas. Él no pretendía desviar las intenciones de su amigo. Lo que le preocupaba era que la mujer de la que aseguraba estar enamorado no acabara por estrellar su vida en un inevitable hundimiento.

—¿Qué esperas de ella?

—Amor, fidelidad, compenetración. En fin: algo que nunca nadie me ha dado.

Patricio esbozó una mueca que denotaba dudas. Conocía demasiado bien a su amigo para descartar en él posibles canículas poco acordes con la personalidad de Juana.

Por fin se atrevió a preguntar si también ella había sucumbido a sus habituales manejos propios del instinto carnal.

Sergio trató de sonreír con mueca abatida.

—Imposible. Está chapada a la antigua. Para ella el sexo es algo tabú fuera del matrimonio. No te olvides de que tiene una hermana monja.

—No obstante el sexo manda. Es muy posible que tu intención de casarte con Juana consista sobre todo en la posibilidad de acostarte con ella.

—No lo había pensado, pero ahora que lo dices, puede que tengas razón. Juana me atrae. No puedo remediarlo.

Patricio Rodeno apuraba su taza de café. Meditaba. Temía. Quería encontrar las palabras justas para evitar que Sergio pisara en falso. Pero sus propósitos se derrumbaban. Resultaba muy difícil darle a entender a su amigo que a veces el sexo parecía un ciclón, cuando en realidad sólo era una suave brisa que duraba poco. Algo semejante al aire acondicionado que sólo servía para apagar calores veraniegos o causar resfriados.

UNA MEDIA PERSONA

—Nunca imaginé que pudiera existir otra esfera distinta dentro de la normal —comenta Sergio—. Tampoco podía suponer que la materia tuviese la posibilidad de ser inmaterial, y que los humanos fuéramos capaces de flotar sin energía y que los límites carecieran de limitaciones.

—Era imposible que pudieras averiguar lo que estás descubriendo —remata el compañero—. Sólo las medias personas, como actualmente eres tú, pueden percibir ese fenómeno. No te olvides de que, aunque ya no tienes cuerpo material, continúas existiendo en la tierra. Y tras un breve silencio—: Los egipcios algo intuían. ¿Recuerdas? Ellos actuaban como si esa mitad eterna y temporal pudiera subsistir. Basta contemplar las pinturas egipcias funerarias para adivinar sus creencias y sus conclusiones. Todas ellas están representadas de perfil. Nunca diseñaron figuras frontales y enteras.

—Entonces los egipcios «sabían».

—No. Únicamente presentían, barruntaban, razonaban y llegaron a la conclusión de que la muerte era un trance incompleto. Sólo moría la mitad del ser humano. La otra mitad dormía hasta que llegara la hora de la resurrección.

Por eso invadían los sepulcros de objetos, comida y toda clase de elementos necesarios para que el resucitado no se encontrase indefenso cuando volviera a la vida.

Sergio Maritania continúa inmerso en un mar de confusiones. Pero no se resigna a ignorar. Medita. Quiere saber.

Ahora sus recuerdos vienen a él a retazos. El cambio que experimenta es demasiado brusco para que su confusión se desintegre y pueda comprender. Pero percibe con claridad el descalabro de su accidente. Enseguida surgió la desorientación y de improviso «el aviso». Algo que venía de no sabía dónde pero que le estaba inundando de un bienestar desconocido. Se trataba de una sensación nueva que le ofrecía una felicidad jamás experimentada por él, pero tan lejana que no podía acceder a ella.

—De pronto escuché una pregunta —recuerda—. Querían saber si yo creía en Dios. Supe entonces por primera vez que Dios podía existir. Y que tras aquella sombra de infinito bienestar, algo inexplicable estaba tendiéndome una mano a través de aquella pregunta. Contesté que sí. Yo mismo me asombraba por afirmar con tanta rotundidad lo que siempre había negado. Sin embargo habría podido responder con una negativa como había hecho siempre. Pero las ráfagas de un bienestar inexplicable que me llegaban a través de aquella pregunta me tenían atrapado.

El compañero reafirma lo que Sergio explica:

—Tu respuesta te ha salvado —le responde—. A pesar de todo te queda un largo camino por recorrer.

Pero Sergio no se inmuta. Continúa inmerso en el recuerdo de la pregunta que le han hecho.

—También vislumbré una luz muy lejana más allá de un túnel oscuro. Era una luz que parecía fuego, pero que lejos de quemar, acariciaba. No sé explicarlo. Lo úni-

co que puedo asegurarte es que haré lo que sea para alcanzar esa luz.

De nuevo Sergio trata desesperadamente de pensar, de recordar, de saber. Pero no acaba de conseguirlo.

—Estremece averiguar que una muerte eterna pueda depender de una respuesta desacertada —comenta.

—¿Nunca quisiste admitir que una vez cumplidos tus días, podía existir otra esfera distinta?

—Nadie, salvo mi mujer, se molestó en advertirme que más allá del tiempo existe un futuro eterno. Pero nunca la creí.

—Tampoco tú te esforzaste en averiguarlo. Estabas demasiado ocupado en conseguir metas terrenales. Lo único que te interesaba era vivir el día a día, gozar de lo que te rodeaba y considerar que la vida se había hecho sólo para satisfacer deseos de poco alcance y exclusivamente tuyos —responde el compañero.

—No era fácil admitir la existencia de un Ser Superior. Había tantas calamidades en torno a nosotros: terremotos, tsunamis, huracanes, desprendimientos de tierra, terrorismo, guerras, hambre, crímenes gratuitos: gentes que vivían enloquecidas. Padres que mataban a sus hijos, hijos que asesinaban a sus padres. Violencias sin razón de ser. Robos, malos tratos, corrupciones, holocaustos dictados por un loco. Incendios intencionados. ¿Cómo imaginar que se podía ser feliz en un mundo tan desquiciado? ¿Dónde estaba ese Dios que tanto se citaba? Y si existía, ¿cómo podía admitir semejante desaguisado? Por eso yo intentaba aferrarme a lo que, aunque de un modo debilitado, podía proporcionarme cierta dosis de felicidad.

—Y no comprendías que era precisamente tu egoísmo y el de todos los hombres que actuaban como tú lo que estaba ocasionando que la tierra produjera tanto daño gene-

ral. Pronto sabrás que las infracciones que comete el hombre, por pequeñas que sean, se quedan en el aire que los vivientes respiran y lo contaminan de violencia e imperfecciones. No es vuestro Creador el que manda todas esas calamidades. Es ese cúmulo de delitos que flotan en la atmósfera y que no llegan a purgarse, lo que amenaza constantemente vuestro convivir en la tierra.

—No irás a decirme que somos nosotros mismos los que causamos tanto desaguisado.

—En efecto: así es.

—¿Cómo es posible entonces que Dios permita tanta locura?

El compañero no vacila en responder tajantemente:

—Lo permite por amor.

Sergio no lo entiende. Su mente continúa deambulando por los vericuetos insondables de la desorientación. Según sus percepciones terrenas, los amores no suelen ser devastadores, ni causan consecuencias destructoras, ni invaden la existencia de desolaciones.

—Qué hubieras preferido —pregunta el compañero—: ¿ser libre o ser un autómata? ¿Amar como un muñeco mecánico o amar voluntariamente? No olvides que el amor que se os envía precisa ser correspondido sin exigencias. De vosotros depende la respuesta.

—Pero ¿cómo adivinar en qué consiste corresponder a un amor tan lejano e incomprensible?

—Se os dictaron normas y conductas. Se os dieron pruebas tangibles. Ocurrieron y ocurren hechos todos los días que sólo algunos privilegiados admiten, incluso a costa de ser ridiculizados. La fe molesta. La fe estorba a los que ven en ella un impedimento para la realización de sus egoísmos. La fe es un obstáculo para caer en desvíos que los humanos se empeñan en llamar felicidad. Insisto: pruebas las hay a

montones pero pocos son los que se prestan a reconocerlas. Prefieren vivir en la sobrehaz de lo satisfactorio que en la profundidad de lo permanente. El progreso les fascina, pero no se dan cuenta de que lo único que hacen con sus teorías es retroceder. La mayor parte de lo que hoy se impone como nuevo existía ya antes de la venida de Cristo a la tierra. Sin embargo, todo lo que acontece en el mundo fuera de lo normal para la mayoría no existe. Se limitan a decir que son cosas inexplicables. Día tras día la ceguera del ser humano se va acrecentando. Las realidades se ocultan.

Para la humanidad lo importante es dejarse llevar por sus pobres criterios aunque se basen en conceptos limitados y terminales.

Sergio intenta acoplar lo que le están diciendo a la realidad de su existencia perdida. Le cuesta mucho coordinar las ideas. Las razones que quisiera darse a sí mismo se desvanecen, se alejan. Todo va cobrando una realidad nueva que lo acribilla de minucias perdidas y recobradas: instantes que fueron funestos y que jamás imaginó que pudieran ser importantes.

De improviso contempla su vida, todavía de un modo vago y desordenado, pero ya con rotundidades definitivas. Ve los orígenes de muchos desaguisados, y también escucha fragmentos de voces que parecían insignificantes y que en estos momentos están cobrando una importancia insospechada.

—Muchos son los que se aferran a dictar sus propias normas y sustituir con ellas la obra del que os ha creado —insiste el compañero—, pero son propuestas burdas que sólo pueden inducir a error y a sepultaros en el fracaso. Desgraciadamente a los seres humanos les gusta mucho jugar a ser dioses. Se olvidan de que sus conquistas e imposiciones, por mucho que duren, jamás podrán ser eternas.

EL CAUDAL DE LAS NOCHES VACÍAS

En ocasiones la cordura se va por las ramas y el desvío se obstina en machacar la suavidad del sueño. Es inútil luchar contra la insistencia de la oscuridad. Suavemente la negrura se va aliando a un detalle cualquiera para apoderarse de mi atención y plasmar en la lobreguez que me ofrece la luz apagada un dilatado panorama de cosas vividas y supuestamente olvidadas.

Se trata de un caudal dispuesto a desgranar ideas, situaciones, frases y sutilezas que se empeñan en apoderarse de mi memoria y envenenarla con un sinfín de «instantes», de «suposiciones» de cosas que había considerado ya descolocadas de mi propia vida.

La gente asegura que ese fenómeno se denomina insomnio. Sin embargo yo suelo calificarlo de noches despiertas. Noches que exigen resucitar traiciones y alegrías, desfalcos humanos y triunfos esporádicos, frustraciones y logros, aburrimientos y diversiones. Todo cabe en los insomnios vacíos. Es la realidad esfumada lo que más obliga a mantener diálogos con uno mismo o con personas alejadas de nuestro entorno, o con cualquier amigo o amiga que se ha convertido en un triste recuerdo de poca monta, sin darnos cuenta de que lo que envolvía nuestra amistad era puro aire.

Con frecuencia en esas lucubraciones nocturnas, todo se mezcla: el día de mi boda con Sergio, nuestro primer choque psicológico, los brotes de pequeños desaires que derribaron ciertas convicciones sobre la perfección del que más tarde fue mi marido. Sus quejas inexplicables sobre las dudas que de pronto le torturaban. Cuando yo le preguntaba a qué se refería nunca me concretaba sus vacilaciones internas. También sus extraños reflejos cuando algo se torcía: de pronto, sin venir a cuento, se convertía en otra persona. Su comportamiento adquiría un matiz distinto, casi agresivo.

Pero enseguida reaccionaba y daba paso a una frase que no admitía dudas y desmontaba su aparente desvío: «¿No comprendes que estaba actuando? A veces me divierte fingir una personalidad que no es la mía.»

Lo cierto es que todos los que le conocían, al hablar de Sergio Maritania, se hartaban de ensalzarlo. «Es tan valioso, tan ecuánime, tan lleno de sensatez.»

Probablemente fue aquel cúmulo de alabanzas ajenas lo que sin duda reafirmó mi admiración por él. Para mí era el ser perfecto. Lo único que me dolía era comprobar su falta de información espiritual. «No importa, yo sabré disolver su ambigüedad», pensaba. Confiaba que el amor que yo sentía por él podría hacer milagros.

Cuando a veces le daba a entender que en materia de fe era una verdadera nulidad, confundía costumbres con dogmas y decía que mis posturas ya no estaban de moda. No se daba cuenta que la religión nunca debía medirse por el rasero de lo que se estila, al contrario, es el pilar que sostiene todas las posibles modas que no pueden durar. Luego ponía cara de víctima y casi me suplicaba: «Enséñame tú lo que yo ignoro.»

Pero aquella frase nunca llegaba a tener un verdadero sentido. Siempre había un impedimento envuelto en urgencias que me obligaba a posponer aquel «enséñame tú» que venía coleando desde que éramos novios.

Además era muy difícil enseñar algo a quien presumía de saberlo todo, y mi afán de ayudarle en los desvíos de sus trances ideológicos fue quedando postergado sin que hubiera momentos propicios para abordarlos.

Me veo ahora mostrándole aquellas figuritas de barro que yo moldeaba desde que era niña.

Sergio las miraba con media sonrisa entre bromista y condescendiente: «¿Lo has hecho tú? No está mal. Te felicito, Juana.»

Y se enfrascaba en otros asuntos que nada tenían que ver con mis figuritas.

* * *

Nuestra boda no tuvo gran resonancia. Coleaba aún el recuerdo de mi madre muerta y el accidente que acabó con sus padres y por eso fue una ceremonia casi privada y austera.

Pero yo tenía la impresión de que aquel acontecimiento era el inicio de una felicidad incorruptible. Una especie de seguro por nuestra gran comunicación amorosa y sobre todo por nuestra diferencia de edad.

El hecho de que Sergio fuera veinte años mayor que yo se me antojaba una garantía inmutable para que mis conductas fueran siempre amparadas y bien dirigidas por él.

* * *

Yo no sé lo que percibí cuando comentó lo de las figuritas de barro. Pero tuve la impresión de que aquella habilidad mía le importaba un comino.

También tuve algo así como una ráfaga de duda sobre su valoración respecto de mi propia personalidad. Creo que por primera vez me pregunté a mí misma si lo que mi marido apreciaba en mí era únicamente mi juventud y mi supuesta belleza. De hecho se mostraba fogoso y muy enamorado cuando a solas los dos se imponía la atracción física por encima de cualquier contingencia. Pero nuestras conversaciones, ¿eran enjundiosas? ¿Conocíamos nuestras verdades más íntimas, nuestras nimiedades psicológicas, nuestras aspiraciones y nuestras inclinaciones privadas?

¿Sabíamos de verdad cómo éramos y cómo podíamos ser?

Por lo pronto mi pequeña y raquítica afición a moldear pequeñas figuritas y mi oculto deseo de convertirme algún día en una escultora ni siquiera asomaba en el panorama de nuestro mutuo convivir.

Tampoco yo fluctuaba en más ambiciones que la de sentirme unida a Sergio, escuchar su voz, verle trajinar en la clínica, atender las llamadas telefónicas de sus amigos y de sus pacientes, procurar que todo funcionara con orden para que nada faltara ni sobrara en el ambiente que había vivido desde su infancia, tras la muerte de sus padres.

Estoy viendo ahora su casa, mi casa, la casa de una familia ya desaparecida sin más continuidad que la de una mujer recién convertida en viuda.

Cuando todavía éramos novios, aquel edificio me parecía un palacio. En realidad era una masía del siglo XVIII. Un lugar algo apartado de la ciudad, que todavía conservaba las gallardías propias de una época extinta, sin que la guerra civil se hubiera percatado de su valor, porque aparentemente se conservaba intacta.

Recuerdo que al entrar en aquella vivienda por primera vez me impactó la sobriedad del conjunto. Todo me alucinaba: la antigüedad de los muebles, los artesonados, los cuadros y objetos propios de una época lejana, el arbolado que envolvía la enorme vivienda y sombreaba generosamente las terrazas que servían de galería frente al vasto y floreado entorno del inmenso jardín. La disciplina mesurada y respetuosa de los criados y aquel aroma a eucaliptos que invadía la floresta y se infiltraba por las rendijas de los ventanales.

Aunque todo aquello debía parecerme normal, admito ahora que me sobrecogía y emocionaba como si por el hecho de pertenecer a la familia de Sergio enalteciera la valía de mi novio. Es indudable que, a ciertas edades, los signos exteriores de las personas que nos impactan contribuyen a aumentar o disminuir los valores que se les supone.

En principio se había acordado que Sergio y yo íbamos a instalarnos en un piso cercano a la clínica, pero tras el inesperado y dramático accidente que acabó con la vida de mis futuros suegros, Sergio decidió que aquella masía debía ser nuestra vivienda. «La remozaremos, cambiaremos los cuartos de baño, la cocina y todo lo que haga falta. Le daremos un repaso general y tú decidirás la decoración de todas las habitaciones.»

En aquellos momentos nos encontrábamos en la sala de estar y recuerdo que los ventanales se abrían a una inmensa explanada, estructurada con cierto desorden pero con el encanto de los jardines profusos que a lo largo del tiempo se van ordenando a sí mismos sin que la mano del hombre hubiera intervenido en su configuración.

De pronto tras el espeso arbolado y algo alejado de la vivienda, vislumbré un edificio que los años habían ido envolviendo de vegetaciones desordenadas. Sergio me aclaró que, en tiempos lejanos, aquel bloque ya inservible era una cuadra: «Hace mucho que está vacía.»

No podría jurarlo, pero creo que fue entonces cuando comprendí que aquel lugar escondido entre vegetaciones anárquicas y espesas acabaría siendo la gran razón de mi vida. En cambio cuando pasé junto al eucalipto que tanto encandiló a Alma, jamás imaginé hasta qué punto andando el tiempo acabaría transformando en tinieblas las claridades de aquel jardín.

De momento todo aquello era sólo el inicio de un sueño emocional y tal vez algo sensiblero que día a día iba convirtiéndose en una realidad cada vez más sólida.

Aquella tarde mi padre nos acompañaba: su mirada ausente y el dolor de la esposa muerta atenazando todavía su desorientación de hombre viudo. Mi padre aún era joven y el porvenir que le esperaba no se avenía con la soledad que lo envolvía.

Además él no había contado con la posibilidad de que su hija menor fuera a casarse tan pronto. Pero en ningún momento dio muestras de rechazo al proyectarse mi boda. Al contrario: quería mi felicidad. Quería que fuera libre: «Lo esencial es que tus deseos se cumplan», me decía cuando yo le insinuaba mis reparos por abandonarlo cuando más falta le hacía.

Estoy convencida de que para él, la seguridad de la que hacía gala se iba agrietando a medida que la fecha de nuestra boda se aproximaba. Podía detectarlo en su forma de inventar sonrisas para vencer brotes de tristezas y en aquella insistencia por acercarse a sus amigos para paliar de algún modo sus inevitables desorientaciones.

Echaba de menos a mi madre. No podía remediarlo. Probablemente no le hubiera importado que su enfermedad se prolongara con tal de no perderla.

Recuerdo que cuando él no se daba cuenta de que yo le observaba se le llenaban los ojos de lágrimas.

También recuerdo su empeño en que yo, una vez casada, continuara mis estudios de arte. «No lo olvides, Juana; cuando Dios nos da un talento, tenemos la obligación de desarrollarlo, y el tuyo es muy positivo. No lo desperdicies. Sería una lástima.»

Aunque fingía una entereza maciza, sus seguridades comenzaban a agrietarse para dar paso a unos miedos que en vida de mi madre jamás tuvo. «Sin proyectos nuestro ser se paraliza —insistía—. Debes recordarlo siempre, Juana. La existencia está hecha de momentos. Momentos cambiables, pero son esos momentos los que nos llevan a la totalidad de la vida. Por eso hay que saberlos ordenar y colocarlos en el lugar adecuado.»

Para él su totalidad había consistido en compartir congojas, alegrías, confidencias y apoyos con mi madre. Era imposible imaginar al uno sin la otra. A pesar de los años transcurridos nunca les faltaba material para desarrollar conversaciones, opiniones, ilusiones. «Espero que tu matrimonio sea tan feliz como lo fue el nuestro», me dijo en cierta ocasión.

Pero la felicidad les duró poco. Nada conseguía devolverle a mi padre la estabilidad que siempre le había caracterizado. Ni siquiera el contacto con las amigas de mi madre conseguía arrancarlo de su apatía.

Cuando comenté aquella circunstancia con Sergio, se limitó a esbozar una sonrisa y a palmear mi mejilla: «No te preocupes, Juana. Tu padre todavía es joven: superará su soledad de algún modo.»

No le pregunté a qué modo se refería. Temía su respuesta. En ocasiones las opiniones de Sergio no coincidían con mis formas de aceptar la ética. Para él las cosas se arreglaban dejándose mecer por el destino. No solía preocuparse demasiado por los problemas que podían surgir. Lo esencial era vencerlos como fuera. ¿A costa de qué? No lo sabía. Probablemente en su mentalidad no cabían los sacrificios, ni los análisis previos, ni un comportamiento demasiado ético.

Sin embargo, aunque su modo de ser comenzaba ya a dejar al descubierto ciertos síntomas de frivolidad, yo continuaba enamorada. No podía aceptar que Sergio pudiese no tener razón. Para mí era un oráculo sin errores. Lo que opinaba me parecía perfecto.

Bárbara Luque, la gran amiga de mi madre, también debía de hallarse bajo los efectos de los hechizos de Sergio: «Vas a casarte con un hombre casi perfecto», me dijo en cuanto se enteró de nuestro noviazgo.

La estoy viendo ahora ocupándose de los preparativos de mi boda. Bárbara era una mujer consecuente, bien organizada y en cierto modo parecida a su amiga muerta. «No te preocupes. Haré lo que pueda para que todo salga muy bien.»

También ella era viuda. Y aunque algo más joven que mi madre, tenía la experiencia que confieren los constantes derrumbamientos de la vida.

Sin hijos y con escasos medios económicos, Bárbara Luque había conseguido salir adelante gracias a una tenacidad que no mermaba su buen humor y potenciaba constantemente sus luchas contra las adversidades.

Trabajaba en una empresa constructora y su labor consistía en acondicionar lo que se construía.

De hecho Bárbara Luque, cuando murió mi madre, fue un gran soporte para mi padre y para mí.

En realidad era el bulto articulado que faltaba en la casa, la voz que decidía y comentaba, el perfume que se mezclaba en el aire que venía faltando desde que mi madre había muerto.

Bárbara estudiaba la nueva situación y lo solucionaba todo, aconsejaba, daba órdenes al servicio y desaparecía cuando su presencia no era necesaria. En suma, poco a poco iba consiguiendo que el desconcierto y la herida que nos producía la ausencia de mi madre fuera menos dolorosa. Había tantas clases de dolores que debían amortiguarse: el de las costumbres, el de las pequeñas citas interrumpidas, el de los objetos huérfanos de una dueña, el de las medicinas que ya no debían administrarse, sobre todo el dolor de las cartas dirigidas a ella que llegaban con retraso. Cosas que siempre nos habían parecido insignificantes y que de pronto se volvían exigentes y avaras como si a toda costa pretendieran reclamar unos derechos que ya no tenían razón de ser.

Hubiera resultado muy duro enfrentarse a todos esos dolores sin la ayuda desinteresada de Bárbara. Además no era entrometida. Nunca intentaba saber ni imponer. Se limitaba a detectar los huecos que podían herirnos y enseguida trataba de rellenarlos con su acostumbrada placidez y naturalidad.

Gracias a ella fue menos difícil superar la dura tormenta de aquella muerte que no por esperada dejó de ser menos cruel.

CUANDO EL TIEMPO DEJA DE SERLO

Sergio Maritania continúa fluctuando en incomprensiones. Sabe ya que aunque lo intente ni él podrá comunicarse con esa multitud de seres perdidos, ni ellos podrán acercarse a él para abordarle y entablar pareceres.

Todo en torno a Sergio se ha vuelto un mundo mortecino de vivientes sin vivencias, de anhelos desanhelados y de cercanías inmensamente lejanas.

—¿Cuánto tiempo llevan deambulando? —pregunta señalando a aquella multitud de seres desorientados.

El compañero le aclara que hablar del tiempo en este Valle es hablar de una dimensión desconocida.

—Todo lo que ves está ya fuera de vuestros cálculos temporales. No obstante puedo aclararte que desde los puntos de vista de los vivientes, muchos de ellos llevan vagabundeando varios siglos terrenales.

Lo grave para Sergio es esa carencia de sensaciones materiales. Aunque nota su cuerpo, lo está percibiendo únicamente como si fuera un espíritu. Nada, siendo real, resulta conciso: ¿Dónde está lo que ilumina? ¿Y la oscuridad? ¿Y los sonidos? ¿Y el hambre? ¿Y el calor o el frío?

Sin embargo, lo peor tal vez consista en no saber por

dónde empezar para salir de esa inmensa trampa carcelaria en que se nota atrapado.

De pronto, surge un hecho vivido. Llega a él a retazos. Son recuerdos breves que asoman y desaparecen sin poder asirlos para ser analizados.

—Todo cambiará para ti cuando convenga —le dice el compañero—. Por ahora precisas pasar por el trance de la confusión anárquica.

—Ahora recuerdo el día de mi boda —comenta Sergio. Pero es un recuerdo vago, despedazado, como inventado y sin continuación.

Además él no ha intentado evocarlo. Sólo ha sido un brote repentino y parcial hecho de retazos. Algo parecido a una fotografía llena de conceptos troceados por la lejanía, que ya nada significan.

Escucha risas, exclamaciones, frases. Alguna de ellas destaca entre el desbarajuste de la evocación: «Felicidades.» «Menuda suerte la tuya.» «Has dado en el clavo, doctor.»

Son palabras sin sentido que llegan a él junto con el barullo difuso que domina el ambiente.

Luego ve su mano apoyando la mano de Juana mientras ambos clavan un cuchillo en el pastel de boda. Enseguida los aplausos, las sonrisas y el rostro risueño de Bárbara Luque. El ceño mal disimulado de Laura Vaquero. Y sobre todo los ojos llorosos del padre de Juana: «Hazla feliz», le dice casi suplicante.

Rogelio Bernal es todavía joven. Pocos años le lleva a su recién estrenado yerno. Sin embargo desde siempre Sergio ha sabido que entre él y el padre de Juana existe un mundo de divergencias. No obstante, esas sensaciones duran muy poco. Surgen repentinamente sin motivo alguno y sin motivo alguno se van.

—A veces pienso que lo que viví fue sólo un sueño. Uno de esos sueños que al despertar se olvidan.

—No fuerces la memoria. Ya te he advertido que todo se aclarará para ti en su plenitud una vez que te hayas adaptado a la situación en la que actualmente te encuentras.

Sergio comprende que el compañero tiene razón: cuanto más quiere analizar lo que bruscamente surge a modo de recuerdo, antes se desvanece. Y es que, aunque lo intente, la memoria no actúa. No sabe ser memoria. O quizá se le ha roto, como se le ha roto la vida.

Seguramente en su estado actual sólo existe una energía nueva todavía mal acoplada a su nueva forma de existir. Algo que le permite evocar fragmentos aislados de cosas almacenadas en los huecos de las ruinas mentales todavía incapaces de encontrar sus lugares adecuados para ser verdaderos recuerdos.

Ahora contempla a la niña. La está viendo tal como vino al mundo; envuelta en serosidades y sangre. Escucha su llanto, pero la emoción de verla por primera vez se le ha perdido en algún lugar de su inexistencia.

De pronto descubre que la palabra «ahora» que tanto mencionan los vivientes es una burda mentira. «Ahora» viene a señalar un presente que el tiempo terrenal descarta. Comprende que mientras vivía, decir «ahora» era una utopía. En cuanto se pronunciaba esa palabra, se convertía en pasado.

—El tiempo es una fantasía, ¿verdad? —pregunta Sergio.

—Sirve para organizaros. Pero la verdad exacta rechaza el tiempo terrenal. En cambio el «ahora» para ti es ya un presente infinito. Por eso te cuesta tanto adaptarte a la carencia de tiempo.

—¿Qué debo hacer para salir de ese atasco?

—Nada. Hay que resignarse y esperar.

—¿Hasta cuándo?

—En tu estado actual las palabras «cuándo», «dónde» y «cómo» no tienen sentido.

DE NUEVO EL CAUDAL NOCTURNO

En ocasiones la clarividencia nocturna convierte en día la noche. Todo se aclara y se desnuda de sensaciones e impresiones. Lo único que prevalece es la verdad. La verdad de las palabras y de los silencios, de los gestos medio escondidos en los repliegues del rostro y la verdad de lo que, siendo un fraude, parecía un premio merecido.

Estoy viendo de nuevo mi boda. Había pocos invitados: el luto que requería la muerte de mi madre y la tragedia que supuso el accidente mortal de los padres de Sergio exigían austeridad en la celebración.

A ella asistieron pocos familiares cercanos, escasos amigos de las dos familias, ciertos personajes destacados de la alta sociedad y algunos pacientes que Sergio había salvado de una muerte probable.

Veo a mi padre sentado en el presbiterio junto a los dos testigos: Bárbara Luque y Patricio Rodeno. Los tres adoptaron una postura entre severa y respetuosa. No obstante era fácil detectar en mi padre un derrumbamiento interno que en vano trataba de disimular.

Recuerdo que, durante la ceremonia religiosa, de vez en cuando Sergio me miraba sonriendo. Creo que aquella sonrisa conseguía aplacar mis inquietudes respecto de su decisión de no comulgar durante la celebración de la misa: «No querrás que finja una creencia que no encaja con mis convicciones», me había dicho pocos días antes de la boda.

Aquella aclaración, aunque me dolía, también reafirmaba la sinceridad de Sergio. No quería simular una devoción que no sentía. Lo cual no dejaba de ser una forma de proclamar su honestidad moral. Una coyuntura afectiva que añadía a sus cualidades una franqueza sólida que eliminaba de cuajo la mentira. De hecho era mucho más tranquilizante verle rehusar un privilegio en el que él no creía que, por complacerme, realizar un rito sagrado fingiendo.

Por aquel entonces yo no precisaba (como me ocurrió más tarde) concretar y asentar hechos y actitudes que se quedaban flotando en el aire, ni rellenar con certezas, vaguedades pendientes de aclaración. Aunque algunas explicaciones nunca llegaron a plantearse, siempre me quedaba la esperanza de que, con el tiempo, tuviéramos ocasión de abordarlas.

También confiaba en que ciertos abandonos, a lo largo de los años, pudieran transformarse en fusiones estrechas y rotundas, y que el amor que Sergio decía sentir por mí nunca se desviaría hacia rutas ajenas a las mías.

Finalizada la ceremonia, abracé a mi padre y a Bárbara Luque. También Patricio Rodeno me besó en la mejilla. «Cuenta conmigo para lo que haga falta», me dijo al oído.

Contemplo ahora a Emilia, su mujer. Aunque madura, mantenía una figura esbelta y una belleza no demasiado bien conservada, pero todavía latente: «Que vuestro matrimonio sea muy feliz», exclamó al abrazarme.

Se rumoreaba que el suyo no lo había sido, que entre

ella y su marido existía un pacto de no agresión para que sus diferencias matrimoniales no afectaran a los hijos, pero su convivir se había asentado en la más distendida libertad mutua.

Parca en palabras, Emilia Rodeno era poco dada a efusiones. Tal vez por ese motivo sus augurios de felicidad tenían más de aviso que de un deseo sincero. Era como si me hubiera dicho: «Cuidado, Juana, anda por el mundo con los ojos muy abiertos.» Lo cierto es que aquella felicitación arrastraba cierta advertencia que, de algún modo, chirriaba y sin proponérselo suscitaba conatos de dudas que pronto se olvidaban.

Resulta curioso que ahora cuando ya no caben restauraciones posibles, todas esas evocaciones traten de invadir mi memoria. Seguramente las clarividencias siempre surgen cuando ya no sirven y las oportunidades perdidas son como piedras que lanzamos al mar sin esperanza de que el oleaje las devuelva.

Sin embargo también es difícil olvidar y sobre todo tratar de cubrir vacíos que, en el fondo, aunque imaginamos saturarlos de posibles, siempre quedan sin rellenar.

Tras la ceremonia religiosa, Sergio y yo nos dirigimos al convento de San Evaristo a visitar a Rita, mi hermana.

Durante el trayecto recuerdo que Sergio agarraba mi mano con fuerza. Apenas hablamos. Había tanto por decir que seguramente nos parecía inadecuado plantear nuestras interioridades delante del conductor del automóvil.

Aunque algo alejado de la ciudad, aquel convento conservaba cierta inmediatez moderna, como si, pese a sus muros ancestrales, fuera también una prolongación de las hechuras civiles a las que las monjas que lo habitaban habían renunciado.

La comunidad nos esperaba, porque las puertas se iban abriendo sin necesidad de pulsar la manilla, como si una fuerza invisible nos condujera hasta el vasto locutorio dividido por una reja de grueso calibre.

Allí había estado yo muchas veces con mis padres, sobre todo desde que Rita se había convertido en la hermana María Inmaculada.

Nada de lo que nos rodeaba se me antojaba incómodo y ajeno. Sergio en cambio parecía naufragar en incomprensiones: «Tengo la sensación de estar en una cárcel», me dijo señalando la enorme reja de hierro que dividía la habitación.

Rompí a reír, porque no supe qué contestarle. «Huele a humedad —añadió enseguida—. Probablemente en las cárceles también se respira ese olor.»

Se comprendía que aquel ambiente colisionaba con su idea de un mundo normal. No podía aceptar tanta sobriedad inexplicable y para él agresiva.

Le contesté que tal vez aquel lugar fuera una cárcel, pero que los reos que la habitaban eran felices. «Lo comprobarás en cuanto conozcas a mi hermana.»

La puerta que se divisaba en el fondo, más allá de la verja, no tardó en abrirse. La primera en llegar fue la madre superiora. Tras ella asomó el rostro de Rita pletórico de alegría. Ambas se acercaban al enrejado como si anduvieran por un pavimento deslizante. Sin hacer ruido. Sonrientes. El rostro algo enrojecido por la emoción que sin duda experimentaban.

Nada en ellas, pese a los hierros que nos separaban, rezumaba tirantez o incomodidad. La verborrea de la madre superiora y las muestras de regocijo que demostraba Rita facilitaban una distensión que sin duda Sergio no había previsto. Animado por las monjas comenzó a bromear sobre los barrotes que nos separaban, por aquella forma de recibir a las visitas y hasta se atrevió a opinar acerca de la extraña e incomprensible decisión de adoptar una vida tan poco vida, tan ahogada en lejanías reales y, sobre todo, tan ajena a las vivencias del mundo. «Se equivoca, doctor. Desde aquí estamos mucho más cerca de los problemas exteriores que aquellos que los padecen», contestó sin la menor sombra de tirantez la madre superiora. Y tras un breve departir amable, consideró conveniente salir del locutorio.

Recuerdo que Sergio continuó expresándose con el mismo desparpajo que había utilizado desde que habíamos entrado en aquella estancia. Algo dentro de mí me mantenía inquieta, pero ignoraba a qué se debía. Estoy viendo ahora a mi hermana departiendo tras la reja con la soltura de una mujer mundana: alababa mi traje de novia, le gustaba mi peinado y hacía preguntas sobre nuestra casa: «Imagino que será preciosa.»

Tengo la impresión de que en aquellos momentos Sergio se notaba algo incómodo y desorientado. No concebía que una monja de clausura pudiera ser tan dada a esgrimir razones profanas. De pronto Rita me preguntó por mi afición escultórica: «¿Vas a continuar tomando clases en el estudio de Bruno Mateos?»

Asentí sin darle demasiada importancia. Tenía la impresión de que Sergio aún no había comprendido hasta qué punto aquella afición mía era mucho más que un entretenimiento. Y procuré desviar la cuestión para no dejarlo en el lugar propio de los maridos que se desentienden de las aficiones y vocaciones de sus esposas.

Se habló también de los reglamentos de la orden a la que Rita pertenecía, de las horas de oración y del silencio obligado. Todo ello expuesto con una extraña serenidad que obviaba cualquier probabilidad de desinterés.

Sergio, todavía aferrado a no tomar en serio aquella forma de vida (para él tan inútil como equivocada), continuó expresándose con cierta impertinencia.

Rita esbozó una sonrisa y trató de minimizar su frivolidad con una respuesta aparentemente inofensiva: «No hay comunicación más locuaz que la de los ojos abiertos y la boca cerrada», le dijo.

No obstante, Sergio no se amilanó: «¿Insinúas que se aprende menos hablando con los ojos cerrados?», preguntó con cierto tonillo de guasa.

Rita trató de tergiversar la pregunta probablemente para evitar divergencias molestas: «En el mundo quizá sea más conveniente hablar con los ojos cerrados. Pero en el encierro conventual todo se transforma: Callar con los ojos abiertos es una forma de "escuchar" más allá de lo que oímos.»

A pesar de todo, Sergio continuó el juego de la contra sin el menor reparo: «Pero si todas calláis, ¿quién os habla?»

Rita rompió a reír: «¿Quién va a ser? Nuestro Esposo.»

Sergio no se daba por vencido. Sergio precisaba mantener y defender su lucidez de hombre de mundo a costa de lo que fuera: «Ahora caigo —dijo dándose una palmadita en la frente—. Te refieres a Dios. Había olvidado que sois sus esposas. Hombre, la cosa tiene gracia. Si tú eres esposa de Dios, yo debo de ser su cuñado», remató con evidente tonillo burlón.

Pero Rita, lejos de amilanarse y darse por ofendida, aprovechó para seguirle la corriente y congelar su salida de tono con una respuesta didáctica: «No, Sergio: eres mucho más que su cuñado. Eres por encima de todo, Su hijo.»

Estoy viendo ahora la expresión de mi marido. Probablemente nadie le había explicado que todos los seres humanos éramos hijos de Dios. «Eso fue lo que nos enseñó Cristo cuando les indicó a los apóstoles cómo debían rezar —añadió Rita. Y como viera que Sergio la miraba entre divertido y desorientado, se atrevió a seguirle el juego—: Comprendo tu desconcierto. A veces Jesús se expresaba como si fuera gallego —continuó bromeando—. Cuando le hacían preguntas salía por la tangente y respondía con parábolas o salidas de tono que, aunque daban en el clavo, dejaban al interlocutor algo perplejo y un tanto confundido.»

Sergio no contestó. Pensaba. No acababa de entender lo que Rita decía. Pero Rita no se arredraba. Continuó bromeando: «No te aflijas, querido cuñado. A menudo son las desorientaciones y las dudas lo que más nos acercan a la verdad. En cuanto se reflexiona un poco, nuestros castillos de naipes proclives a cerrarnos los ojos se desmoronan. Nada puede vencer nuestra realidad interior.»

Sergio miró el reloj. La visita al convento empezaba a inquietarle: «Deberíamos marcharnos. Los invitados esperan nuestra llegada.»

Ignoro aún lo que Rita extrajo de aquella conversación aparentemente más mundana que propia de una monja de clausura. En cuanto a Sergio, probablemente suponía que sus exabruptos, lejos de espolear el sentido del humor de mi hermana, iban a dejarla muda y tal vez algo enfadada. Pero la sonrisa de Rita no se apartaba de sus labios: «No te preocupes, aunque encerradas entre unas paredes inexpugnables, estamos al día de lo que ocurre en el mundo. Sí, no te rías, querido cuñado: también nosotras seguimos día a día la moda. Nada nos lo impide, ni siquiera las bromas de mal gusto. También Jesús bromeaba: ¿conoces el episodio de Pedro cuando a instancias de su Maestro intentó caminar sobre el agua? Al principio pudo conseguirlo, pero de repente dudó y se vio obligado a tomar un baño. Imagino las risas que debieron de corear aquel remojón.»

Al salir del convento me notaba algo tensa. Hasta entonces todo había sido perfecto. ¿Fue la actitud de mi hermana algo burlona lo que causó mi tensión?, o ¿fueron las evidentes incorrecciones de mi marido lo que me mantenía tan rígida por dentro?

Sin embargo, pronto aquel impulso de malos presagios desapareció. Sergio habló de Rita como si acabara de descubrir un mundo nuevo. «Tu hermana es encantadora —me dijo—. Se parece a ti.» Y tras asentir varias veces con la cabeza, añadió: «Nunca imaginé que una monja tuviera un sentido del humor tan flexible.»

Sus opiniones, acaso por inesperadas, consiguieron tranquilizarme. Era indudable que la actitud de Rita le había impactado. «Será monja, pero es muy lista. —Y tras un breve silencio añadió—: Además es muy guapa. No entiendo cómo una mujer tan bonita e inteligente se haya querido enterrar en vida metiéndose en un "zulo" gigante», continuó diciendo él. Le contesté que la vocación de Rita estaba en ella desde la adolescencia. Pero Sergio insistía: «¿Y cómo puede una niña saber lo que supone tener vocación?» Y enseguida me preguntó si Rita nunca había tenido novio: «Nunca. Su mayor deseo era meterse en un convento. Perder de vista el mundo y rezar por él.» Sergio negaba con la cabeza: «No lo entiendo —repetía—. Hay gustos que merecen palos.»

Era imposible que lo entendiera. Entre mi hermana y él mediaban incompatibilidades que de ningún modo podían acoplarse. «Ella siempre tuvo la sensación de que la verdadera cárcel estaba en el mundo y que lo que llamamos libertad, si no se sabía manejar, era casi siempre una dictadura», respondí.

Me miró con el entrecejo fruncido: «Y tú. ¿Cuál es tu opinión?»

Le contesté que para mí la desgracia hubiera consistido en no haberle conocido. Que no concebía mayor felicidad que la de estar a su lado.

Me abrazó con fuerza y por primera vez desde que nos habíamos conocido me besó en los labios.

ALGO QUE LLEGA A DESTIEMPO

—Estoy presenciando mi funeral. Una multitud llena la nave de la iglesia, pero son pocos los que rezan. La mayoría de los asistentes parecen encontrarse en la celebración de un evento social: comentan la consabida catástrofe del día, las vestimentas de las señoras, los trastoques políticos, las jugadas de la bolsa y hay quien se cuela incluso en algún asunto de mi vida privada, sin tener en cuenta que no puedo defenderme porque estoy muerto. Casi todos comulgan pero sin saber la importancia que encierra la oblea blanca. Se ponen en fila hacia el altar porque ésa es la costumbre. Consideran que es un ritual que se ha puesto de moda y que no participar de él es una prueba de mal gusto, algo que desentona. Lo peor de todo es comprender que ese funeral, con su parafernalia y sus ritos más valiosos, aunque lo celebran por mi alma, no me sirve, no puede valerme. ¿Por qué?

El compañero se apresura a responderle:

—Es imposible que te sirva. El funeral que estás viendo tuvo lugar antes del interrogatorio que escuchaste cuando te preguntaron sobre la existencia de Dios. Tardaste un poco en contestar. Tu negativa enarbolada por ti

durante toda tu vida se imponía. No concebías modificarla. Al fin respondiste afirmativamente, pero tu funeral ya se había celebrado. No obstante, el funeral no se perdió. Fue a parar a un ser que, aunque plagado de lastres, nunca dejó de creer en Él.

—Entonces, si el funeral que estoy viendo no puede sacarme de aquí, ¿cómo alcanzar mi liberación?

—Requiriéndola por otros métodos. La gente, hoy día, considera que una misa funeraria basta y sobra para quedar bien con el muerto. No se afana para recurrir a ceremonias religiosas. No esperes más funerales oficiales. Pero existen otras posibilidades.

—No alcanzo a imaginarlas. En este Valle es todo tan sombrío, áspero y oscuro.

—Comprendo tu desorientación. La religión lleva ya mucho tiempo formando parte de lo que suele ponerse en tela de juicio. No lo tienes fácil. Pero tampoco imposible. Habrá que echar mano de los avisos.

—¿Qué avisos?

—Existen infinidad de ellos. Pero la mayoría de los vivientes no sabe captarlos.

—¿Por qué no los captan?

—Se inutilizan a sí mismos para entenderlos y lo niegan todo para justificar su descreimiento. Lo que no comprenden, lo achacan a fenómenos causados por energías naturales desconocidas. No quieren aceptar que son fenómenos producidos desde ese Más Allá que niegan.

Sergio asume vagamente lo que el compañero le confía. Todavía le cuesta mucho tratar de introducirse en esa nueva forma de estar o de ser. Confunde conceptos. Mezcla tierra con nubes, ríos con mares, sueños con realidades. Alguna porción de su prepotencia se atreve a ofuscar su entendimiento. Entender es aceptar situaciones que aún son incógnitas y es que en el Valle donde se encuentra, nada es concreto. Nada le permite dejarse guiar por los esquemas de lo que se denomina vida. Quisiera respirar y no puede, desearía oler, pero todo en torno a él es inodoro. Le gustaría tocar, pero nada puede rozarse, ni asirse, ni agarrarse.

Tampoco oye voces ni quejas, ni razonamientos, ni risas o llantos, ni suspiros ni nada que pueda dar un valor terrenal a lo que le rodea. Sin embargo el compañero le ha asegurado que continúa en la tierra.

Sólo rige una oquedad vacilante que obliga a vagabundear sin rutas fijas, que promete a medias, que condiciona esperanzas y que mantiene a Sergio en una casi desesperada vacilación.

Inesperadamente viene a él lo que podrían ser recuerdos, pero no acaba de discernirlos: son ambientes dispersos que le presentan, a modo de ráfagas, infinidad de lugares, bosques, ciudades, países. De pronto, sin razón alguna, surgen pueblos fragmentados por ríos o montañas o bosques. Capta sus aromas, pero no los retiene. Todo para él es un avance de algo que acaso perdió para siempre o que tal vez pueda recuperar. No lo sabe. De nada valen sus esfuerzos para entender lo que está viviendo o quizá lo que está muriendo. Todo es una incógnita. El entendimiento se le ha enmohecido. No puede tampoco discernir por qué motivo percibe esas descargas imprevistas y breves de cosas, hechos y lugares vividos y despojados de su lejana razón de ser. Sabe únicamente que el recuerdo se le va muriendo en pequeñas agonías. Se dice a sí mismo que acaso lo que le ocurre es un proceso necesario para deslastrarse de ciertos restos puramente materiales hasta dejar su espíritu libre y capacitado para coordinar con exactitud lo que ha dejado atrás.

Y conocer por qué, cuando parece que las brumas clarean, las claves de la razón se le escapan, se distorsionan hasta el punto de que lo que podría calentar enfría y lo que se presta a enfriar se convierte en brasas ardientes.

Nada discurre como debería discurrir según el tiempo. También el tiempo se está convirtiendo en una dimensión anacrónica que lentamente va dejando de tener sentido.

—Por favor —le ruega al compañero—. Ayúdame. Yo solo no puedo salir de este atasco. Es imposible.

LAS PRISAS DE LAS EMOCIONES

Patricio y Emilia Rodeno se conocieron en una de las reuniones sociales que los nuevos ricos de la posguerra civil y los escasos componentes de una nobleza (bastante neutralizada por las novedosas formas de vida), organizaban para jugar a sentirse algo más que seres proclives a ser olvidados.

En todas ellas abundaba el alcohol, las ganas de llamar la atención y un anhelo grande de relacionarse con amistades innovadoras y distintas que permitieran redimir un poco los frecuentes decaimientos que el aburrimiento ofrecía a la vida de aquella época.

Emilia y Patricio, cuando decidieron entablar una conversación, enseguida coincidieron en temas tan manidos como insignificantes: las preferencias por la comida («La carne me gusta poco hecha.» «La tortilla de patatas debe enriquecerse con cierta dosis de cebolla.»). Después los hábitos cotidianos: el cine, las comedias, las lecturas. También a los dos les gustaba más el mar que la montaña. En todo coincidían. La sincronización era perfecta.

En un principio aquel acoplarse tan bien en cosas sin importancia pronto dio el salto hacia la convicción de que entre ellos dos cabía un lustroso entendimiento de mayor envergadura. Por ejemplo viajar juntos, leer juntos, oír música juntos, visitar museos juntos o cualquier preferencia que evidenciara sus anhelos culturales debía realizarse unidos.

Luego estaba la apariencia física. Emilia era bella y Patricio, un hombre atractivo que había realizado verdaderos milagros arreglando rostros y cuerpos de algunos pacientes poco favorecidos por la naturaleza.

Cuando Emilia y Patricio volvieron a verse, jugaron a conocerse. Era un conocerse sutil y poco profundo, pero servía para alimentar emociones y airear certezas: «¿Te gustan los niños?» Por supuesto, los niños gustaban a los dos. Nunca planteaban la probabilidad de que los niños crecieran, se rebelaran o fueran insoportables. La idea de los niños solía ser siempre idílica cuando se les mencionaba desde realidades todavía sin realizar. Nadie cuando se refería a los hijos parecía tener en cuenta que los niños duraban poco, que en cuanto se descuidaban, crecían, se volvían quejicosos o belicosos y, ¿por qué no?, en ocasiones también agresivos. Tampoco tenían en cuenta la responsabilidad que se contraía al traerlos al mundo. Y los esfuerzos que se debían realizar para que los abismos que la vida ofrecía, no les pareciesen atractivos y buscaran en las drogas los paraísos que nada ni nadie les proporcionaban.

Enseguida surgieron las emociones. Las llamadas telefónicas o las promesas retrasadas. «Un asunto urgente lo ha impedido, pero necesito verte hoy mismo.» Y las cenas románticas en los restaurantes de la Villa Olímpica. Y las canciones un poco anticuadas pero muy emotivas de los años cuarenta y cincuenta: Bing Crosby, Frank Sinatra, Nat King Cole y sobre todo aquel continuo contar las horas que faltaban para verse, como si la brevedad de la ausencia fuera una inmensa amenaza.

Todo era un cúmulo de emociones; de necesidad de vivirlas, de completarlas y sobre todo de convertirlas en hechos cumplidos.

Con prisas. Las certezas no precisaban fechas. Precisaban acciones, afirmaciones y sobre todo hechos consumados.

Entonces Patricio y Emilia tenían la seguridad de que lo que las prisas exigían iba a durar toda la vida. «¿Para qué esperar? Somos adultos. Sabemos lo que queremos.»

Y se casaron. Tuvieron dos hijos, muchos amigos, varios automóviles y Patricio un reguero de pacientes ricos que deseaban someterse con esperanza al milagroso bisturí del doctor Rodeno.

En principio las emociones no decayeron. Tampoco decayeron las reuniones sociales y la afición a sorber alguna copa de más.

Luego nacieron los niños. También aquellos eventos fueron para el matrimonio Rodeno algo parecido a un sucedáneo de las emociones que a lo largo del tiempo empezaban ya a declinar.

De vez en cuando, y sin venir a cuento, surgía el cansancio de no se sabía qué. Él lo achacaba a su trabajo. Ella al comportamiento de los niños.

No discutían. Pero tampoco hablaban mucho. Pronto llegó el silencio, algún bostezo un poco envenenado y ciertos ceños sin causa. Fue por aquella época cuando Emilia comenzó a preguntarse por qué motivo no era feliz. En ocasiones se atrevía a considerar que la culpa de aquella incipiente desidia matrimonial se debía al carácter perfeccionista de su marido. A veces ciertos comentarios resultaban molestos. También le crispaba su manía del orden, su necesidad casi patológica de que todo lo que le rodeaba fuera perfecto. «Al arroz le faltaba sal» o «Te has maquillado con prisas, ¿verdad ,Emilia? Hay cierta asimetría en el color de tus mejillas» o «Deberías evitar que los niños fueran tan desordenados» o «Procura cuando limpien mi despacho que no cambien las cosas de su sitio» o «La raya del pantalón no está bien planchada». Eran comentarios sin importancia pero que, de un modo solapado, iban rebajando entusiasmos poco a poco.

Ella no recordaba que su marido, cuando eran novios, fuera tan maniático. «Debes de haber nacido bajo el signo de Virgo, le decía ella forzando sonrisas. Los Virgo sois muy puñeteros, muy perfeccionistas.» Ciertas actitudes y defectos tenían la facultad de abrumar. Y Emilia se notaba cada vez más abrumada. Y también un poco estafada, como si alguien le hubiera puesto la zancadilla y la hubiese obligado a caer.

Naturalmente sus caídas no eran graves ni dolorosas. Sólo un poco vergonzantes y bastante inoportunas.

Pero se levantaba enseguida y hasta llegaba a olvidar que se había caído.

Por otro lado, a Patricio le fastidiaba la tendencia de Emilia a dejarse llevar por el desorden. No concebía ver amontonado en su cuarto cosas que requerían ser guardadas o despedazadas. Todo mezclado y revuelto: revistas viejas, bolsos en desuso, trajes que aguardaban ser llevados a la tintorería. Y mil objetos de cierto calibre que se iban amontonando en los sillones, en las mesas y en los rincones libres de la habitación.

Inútil advertirle que aquel montón de elementos estancados en espera de un lugar adecuado para ser colocados destruía la estética de la habitación. Emilia contestaba que ya lo arreglaría. Pero nunca lo arreglaba. También le molestaba que su mujer no fuera puntual: «Consulta el reloj, por favor —le suplicaba él—. La impuntualidad crónica es peligrosa: distorsiona proyectos y debilita el carácter; lo vuelve irascible.»

Pero ella no contestaba. Decía que sí con la cabeza y se hacía la sorda. Y por supuesto, nunca encontraba la clave adecuada para ser puntual.

En ocasiones Patricio trataba de paliar de una vez aquella falta de puntualidad, recordándole los aviones perdidos, las ocasiones importantes esfumadas, los enfados de la gente que había estado esperando en la calle un encuentro que, cuando se producía, era ya tarde. Emilia no reaccionaba. Estaba adherida a la impuntualidad con la misma firmeza que lo estaba a su desorden. En realidad aquella informalidad formaba parte de su innata anarquía; no podía evitarlo.

Tampoco podía evitar perder objetos. «Me los han robado», aseguraba. Relojes, anillos, pendientes, dinero, cualquier elemento capacitado para extraviarse, siempre era en principio un objeto robado.

De pronto la casualidad permitía recuperar lo perdido. Ella misma lo había guardado en algún lugar para que estuviera seguro, pero su escasa capacidad de organización la inducía a olvidar dónde lo había guardado.

Mientras tanto, cundían las desesperadas búsquedas de lo que se había extraviado fomentando caras serias, rictus de enfados y expresiones indignadas en los rostros de los que habían sido puestos en la picota por haber dudado de su honradez.

Todo ello conducía al matrimonio hacia las regiones del abatimiento más incongruente. Aquellas naderías tenían a veces la fuerza de los huracanes: arrastraban sueños, asolaban ilusiones y, por supuesto, transformaban las emociones en arrebatos de enfados. «Si fueras menos desordenada», le reprochaba él. Y ella: «Si no fueras tan rematadamente maniático. A veces es tu manía del dichoso orden lo que me desorienta y desquicia. Pretendía poner las cosas a salvo de codicias ajenas, y ya ves lo que me pasa, el escondite se me subleva.»

Al principio aquellos despistes no impedían que el humor campeara por algunos conatos de reproches, pero los años podían ser los grandes promotores de las transformaciones adversas. Y los reproches ya no eran suaves como lo fueron en los inicios de su común departir.

Al cabo de pocos años, el doctor Rodeno ignoraba si el cansancio y el malestar que experimentaba cuando entraba en su casa se debía a las indudables incongruencias de su mujer o a la frialdad que le estaba dominando acaso injustamente.

Así pasaron algunos años: la rutina absorbiendo los motivos de queja, pero aumentando considerablemente el abatimiento de ambos. Cundía un malestar que sólo se esfumaba cuando (aunque sin amor) ambos se fundían en sus mutuos apremios sexuales. Eran arrebatos que surgían por causas ajenas al sentimiento y a las emociones del principio, pero servían para convencerles de que el amor que los había unido persistía.

Sin embargo aquellos arrebatos eran ya únicamente gestos y ademanes mecánicos; sensaciones vacuas que cada uno administraba a su aire, sin tener en cuenta las preferencias del otro.

Luego venía de nuevo la frialdad. La sensación de haber cumplido con un deber, la convicción de que tras aquellas muestras de entusiasmo individualizado sólo cabía la indiferencia, el rescoldo enfriado y el «buenas noches, que duermas bien».

Abundaban también las invitaciones sociales. La cantidad de amigos que ambos habían cosechado a lo largo de los años jamás dejaban de invitarlos. Sobre todo desde que el doctor Rodeno había acumulado una clientela abundante y agradecida que tanto admiraba las componendas quirúrgicas realizadas con sus milagrosas manos.

Fue en una de esas reuniones donde Patricio Rodeno conoció a la novia del doctor Maritania.

Aunque su amigo le había hablado de ella, la impresión que le causó Juana fue superior a lo que imaginaba.

En realidad no vio en la novia de su amigo a una mujer que irradiara destellos deslumbrantes, tampoco experimentó la necesidad de intercambiar con ella ciertas insinuaciones ribeteadas de coqueteo, ni se le ocurrió asimismo ensalzar su belleza, ni sus modales sencillos y naturales. Lo que le impresionó fue verla tan distinta a la gente que la rodeaba: su natural departir aureolado de sonrisas con la rotundidad impropia de sus años, aquel modo de confiar en el doctor Maritania como si sólo él pudiera estar en posesión de todas las verdades de este mundo.

Por aquel tiempo Sergio Maritania era un hombre ya maduro y muy seguro de sí mismo. Con aires paternales presentaba a su novia como si enarbolara un trofeo de gran valor. Y la gente no sólo admiraba a aquel galardón de belleza indiscutible vistiendo, por la reciente muerte de su madre, un luto sencillo pero elegante, sino que planeaba para ella toda clase de apoyos que Juana agradecía generando sonrisas confiadas y volcando hacia los que se mostraban amistosos su tendencia a ofrecerse también como una buena amiga para no desvirtuar el indisoluble apoyo de su novio.

Algunos se acercaban a ella con aires un tanto sospechosos, como si pretendieran descubrir qué era lo que escondía aquel aire de niña-mujer inocente aunque de aspecto deslumbrante y aparentemente propicio a causar estragos entre los que la iban conociendo: «¿Quieres un trago?» No: Juana Bernal no bebía. «Acaso una Coca-Cola.»

La gente que iba conociendo era siempre mayor que ella, tal vez por eso juzgaban su indudable lozanía con cierta perversidad no exenta de envidia: «Parece una mosquita muerta, pero cuando rompe a hablar, lo que dice no carece de fundamento.» Todo en Juana era un enigma. Algunos afirmaban: «Esa niña-mujer pertenece a otra época. Por algo tiene una hermana monja.»

Juana seguramente era consciente de lo que se comentaba sobre ella. Pero no le importaba. Sabía que Sergio la apoyaba en todo. Cuando asistían a reuniones donde el alcohol abundaba y el cotilleo camuflado de los invitados campaba por sus respetos, Sergio nunca se apartaba de su novia.

Tal vez por eso Juana no se arredraba ante las personas que la juzgaban pasada de moda. Trataba a todo el mundo con aspecto radiante y jamás ahondaba en la diferencia de criterios que tanto podía distanciarla de aquellas gentes, Juana no hacía distinciones. Según ella todo el mundo era amable, bien intencionado y exento de cualquier malicia.

En aquella época, Sergio y Juana circulaban por los raíles de la felicidad más completa. Sergio no era sólo el hombre que apoyaba a su futura mujer con generosidad manifiesta, sino quien públicamente reconocía que Juana era un ser excepcional, alguien irrepetible cuyo molde se había extraviado entre los vaivenes de una civilización que todo lo permitía y que a veces confundía legalidad con lo que siempre se había considerado delito.

Hasta entonces Juana nunca se había enfrentado con aquel tipo de reuniones. Para ella era como expiar una culpa que no había cometido. Nada se acoplaba a lo que, por su edad, siempre había vivido.

Todo era nuevo y bastante desconcertante. Afortunadamente tenía a Sergio. Consciente de la desorientación de su novia, no se apartaba de ella. Y cuando alguien le hacía preguntas que, por su edad, no podía contestar, Sergio se adelantaba a responder para evitarle caer en apuros.

No obstante, Juana nunca dejaba de sonreír. El interés que despertaba en aquellas gentes no era un obstáculo que la obligara a mostrarse esquiva o molesta.

Notarse apoyada por el doctor Maritania bastaba para que lo que le rodeaba se convirtiera en algo relativo y secundario.

De vez en cuando Patricio Rodeno se acercaba a ella como atraído no tanto por su belleza, como para ahondar en lo que aquella belleza escondía: «Soy muy amigo de tu novio —le dijo—. Trabajamos en la misma clínica.» Bastó aquella aclaración para que Juana ensanchara su permanente sonrisa y aceptara al doctor Patricio Rodeno también como amigo suyo.

Desde entonces aquel hombre fue para Juana algo parecido a su segundo yo. Un pilar seguro que sabía endilgar sus vacilaciones de mujer inexperta y que, cuando la veía titubear, le tendía un puñado de soluciones que siempre eran efectivas.

Aquella tarde, aunque algo desconcertante, fue también un punto de referencia para Juana. Nada le parecía adverso. Todos cuando se dirigían a ella lo hacían con naturalidad, como si desde siempre hubiese pertenecido al grupo de gente que la rodeaba. Nadie parecía tomar en consideración su edad. Su juventud se iba convirtiendo en algo secundario. Algo que debía aceptarse sin recelos. El hecho de verse arropada por aquellos dos médicos de renombre reforzaba sin duda su personalidad de mujer madura.

De vez en cuando el doctor Rodeno se permitía ciertas bromas: «¿Te das cuenta, Sergio, de que vas a cometer un infanticidio?»

Pero Juana, lejos de molestarse, aprovechaba la coyuntura para desvirtuar el posible impacto de aquella advertencia. Y sin mostrarse turbada, salía por la tangente citando casos históricos que desmentían el desequilibrio que podía causar la diferencia de edad entre su futuro marido y ella: «Antiguamente eran muchas las mujeres que se casaban a los quince años.» Y enseguida añadió que por algo a los dieciocho años se era ya mayor de edad.

Su firmeza al hablar sorprendía. Nunca vacilaba. Y Patricio se vio obligado a reconocer que, aunque Juana era muy joven, tenía la madurez de la inteligencia. «Existen tantas viejas con mentalidad infantil —remataba—. En cambio, tu innata sabiduría puede sustituir todas las ignorancias que arrastra siempre la inexperiencia.»

VIAJE HACIA EL DESENCANTO

Continúa la monotonía, el deambular incierto, la apatía desbordada que no consigue una finalidad concreta. Y enristrar continuamente sin saber por qué se busca lo que parece inalcanzable. Desear departir con algunos de los seres que lo rodean y al mismo tiempo, comprender que tampoco le importa lo que puedan confiarle.

—Si al menos quisiera conocer las causas que mantienen a esos seres en esa extraña dispersión. Pero lo cierto es que ninguno logra interesarme realmente —comenta Sergio.

El compañero le argumenta que en la situación en la que se encuentra resulta imposible coligar las causas que mantienen a esa multitud en una constante búsqueda desvaída de cosas que no pueden ni conocer ni conseguir.

—Pero ¿qué han hecho para verse sumergidos en tanta desorientación?

—Algunos blasfemaron sin retractarse, otros calumniaron, robaron y destruyeron vidas para conseguir objetivos codiciados, otros fueron adictos a las sectas demoníacas. Inmersos en odio causaron daño a muchas gentes honradas, otros mataron por conseguir triunfos, poder y

aplausos inmerecidos. Y la mayoría alegaban victimismos que ellos mismos fomentaban convirtiendo en víctimas a los que culpaban sin razón alguna.

Sergio lo interrumpe. Necesita aclarar que él nunca ha matado a nadie.

—Te equivocas, Sergio —le replica el compañero—: hay muchas formas de matar. Quitar la vida es grave, pero también lo es destruir ilusiones, asesinar esperanzas, poner en peligro la rectitud de quien siempre se mantuvo honesto. Corromper inocencias. A veces incluso se puede matar calumniando, mintiendo, envidiando, despreciando, desilusionando y desalentando a quien precisa ayuda y apoyo.

Instintivamente la mente de Sergio parece regresar a los inicios de unos hechos que tal vez fueron las raíces de las muertes que su compañero le está planteando. Es como si de repente su memoria naufragara en un mar de recuerdos concretos y determinados. Son instantes que nunca imaginó dañinos y que en estos momentos se le están clavando en la memoria como flechas envenenadas.

La razón de ese recuerdo se ciñe exclusivamente a su viaje de boda. Hubo muchas propuestas; no obstante Juana prefería un viaje tranquilo y algo apartado de la civilización, pero Sergio decidió que lo mejor era recorrer las ciudades más destacadas de Europa.

Está viendo ahora a Juana mientras le pedía que se instalaran tranquilamente en un lugar de la tierra que gozara de un clima cálido y se viera rodeado de paisajes abruptos capacitados para vivir su amor en plena soledad. Pero Sergio se opuso alegando que el amor no precisaba sosiegos ni arrinconamientos: «El amor estará siempre donde estemos nosotros», le dijo. Y añadió que Europa era un continente codiciado por el mundo entero y que sería una lásti-

ma desaprovechar la ocasión de conocer a fondo la belleza de algunas de sus ciudades.

De pronto, París. Place Vendôme. El obelisco egipcio evidenciando el poder de Napoleón al invadir El Cairo y saquear todo lo que le parecía susceptible de ser transportado a Francia.

Llovía. Era una lluvia melancólica que arrastraba hojarasca hacia los sumideros y desteñía la luz que al amanecer había inundado de brillos rutilantes la habitación del hotel donde ambos se hospedaban.

Al despertar, Sergio contempló el rostro de su mujer como quien contempla una imagen casi sagrada. Su belleza lo deslumbraba. Tenía algo de flor recién arrancada y de figura de porcelana dispuesta a dejarse romper a fin de satisfacer los impulsos devastadores de quien legalmente podía dominarla.

Un sentimiento parecido a la ternura le impulsó a darle un beso en la frente. Juana abrió los ojos y sonrió. Aunque el sol declinaba, toda ella parecía inmersa en una luz rutilante y esplendorosa que brotaba de una nueva naturaleza recién estrenada y como arrancada de un paraíso que sólo podía existir en la intimidad de aquella habitación.

Casi no hablaron. Algo inexplicablemente bello los estaba invadiendo. Algo que no precisaba palabras y que tampoco requería sexo. Durante unos momentos todo discurrió en función de una fusión anímica que ninguno de los dos podría definir en qué consistía.

De improviso Sergio reaccionó: «Vamos, Juana, vístete. Recuerda que pronto vendrá el guía que ha de conducirnos a Versalles.»

Juana vacilaba. Durante unos segundos se notó desconcertada. No entendía lo que Sergio le estaba diciendo.

¿Un guía? ¿Un intruso en su luna de miel? Sergio aclaró: «Lo contraté ayer. Ya que estamos en París, es preciso conocer infinidad de lugares magníficos. Especialmente Versalles.»

Tal como quería Sergio, tuvieron un guía durante los tres días que permanecieron en Francia.

Era un hombre afable, de aspecto insignificante que se adjudicaba derechos más allá de lo convenido. Almorzaba con ellos, elegía restaurantes caros, señalaba tiendas situadas en el Fauburg Saint-Honoré, e intervenía en las compras que hacían atesorando comisiones, seguramente concertadas antes de presentarse en la tienda acompañando a los recién casados.

Tras la estancia en París, fueron a Londres.

Allí no hubo guía. Allí regía únicamente una bruma constante y la amenaza de un congreso de médicos importantes en el que Sergio debía exponer una ponencia de altos vuelos: «Pensé que aprovechar el viaje de novios para intervenir en un congreso de cirugía sería como matar dos pájaros de un tiro», bromeó él.

Juana continuaba sonriendo. Tenía la sonrisa de los que se enfrentaban con algo nuevo y pretendieran disimular su desilusión. Pero su neofobia duró poco. Según ella, Sergio no podía equivocar la trayectoria que su madurez y su inteligencia le habían dictado.

Para que Juana no se quedara sola, Sergio le presentó a varias esposas de algunos médicos ponentes: «Ellas te harán compañía mientras yo esté ausente —le dijo para tranquilizarla. Y añadió—: Hablan nuestro idioma.»

Juana asintió. Pero no tardó mucho en comprender que aunque aquellas matronas marisabidillas hablaran español, utilizaban un lenguaje que nada tenía que ver con el suyo. Mediaban demasiados años de diferencia en-

tre ellas y Juana para que sus puntos de vista y sus comentarios (a menudo triviales y plagados de lugares comunes) pudieran rellenar el hueco que su desilusión de recién casada le estaba causando.

Al principio aquellas mujeres no podían creer que Juana fuera la esposa del eminente doctor Maritania. Todas creían que era su hija. Y como tal se dirigían a ella: «Es un detalle que su padre haya decidido traerla a Londres mientras él discurre con nuestros maridos.»

Fue duro para Juana manifestar que si acompañaba a Sergio durante aquel congreso era porque acababa de casarse con él. «Estamos celebrando nuestro viaje de recién casados», aclaró.

Las matronas la miraban entre asombradas y un poco decepcionadas: «Es usted tan joven.»

Aquella afirmación era casi una pregunta. Y también un aviso. Pero Juana no podía concretar de qué la estaban avisando. Existían avisos que sólo eran sobresaltos imaginarios, alarmas torpes carentes de entidad. Juana intentó estar a la altura de sus compañeras y repitió la frase dicha por su marido sobre lo de matar dos pájaros de un tiro.

Una de ellas fingió escandalizarse: «No me parece adecuado mezclar una luna de miel con un congreso.»

Pero Juana se apresuró a manifestar que había sido ella misma la promotora de aquella coincidencia: «Los médicos están siempre tan ocupados.»

La tarea de los congresistas duró tres días y dos noches. Para Juana fueron tres días de soportar caras nuevas en cuerpos viejos, frases manidas, miradas celosas y una ausencia casi total de su marido.

No obstante, en la cena del último día entraron juntos en el salón de recibo.

Sergio la recuerda ahora vestida con un traje blanco que realzaba su belleza y potenciaba aún más su casi escandalosa juventud.

Acostumbrada a sentirse arropada por su ya marido, cuando todavía eran novios, Juana procuraba no separarse de él.

Era consciente de que todos la miraban, y que las mujeres de los congresistas murmuraban Dios sabía qué clase de comentarios. Pero Juana no se inmutaba. Hasta entonces, durante todas las reuniones sociales Sergio jamás se había apartado de ella.

La sala era grande. Abundaban los esmóquines y las faldas largas. El alcohol cundía y las voces trascendían voluminosas horadando todo posible silencio.

Algunas mujeres se acercaron a Juana con aire diligente y protector: «Bonito traje», le decían. «Está usted bellísima.» Y la rodeaban como si Juana precisara un cerco de matronas responsables capacitadas para protegerla de cualquier eventualidad peligrosa.

Sergio descubre ahora que Juana se notaba incómoda. También advierte cuánto le hubiera gustado ser como aquellas mujeres dicharacheras, ventilando ideas al tuntún sin más objetivo que el de hablar por hablar y decir sin analizar o simplemente desentenderse de los tópicos que proliferaban en las reuniones masivas para rellenar huecos sin sonidos o vencer dudas sin respuesta.

Enseguida se ve a sí mismo apartándose de ella para disertar con sus colegas temas que habían quedado a medio definir pese al cargamento de ponencias que se habían expuesto.

De pronto notó un bulto junto a él que dispersaba la atención de su compañero y fomentaba desinterés por lo que estaba exponiendo. Era un bulto molesto que se arri-

maba cada vez más a su cuerpo e impedía que su mente pudiera ajustar acertadamente sus ideas.

Vio la falda blanca, notó el aroma de su perfume y sin pensarlo dos veces, adelantó dos pasos y trató de ocultar con su cuerpo el traje blanco de Juana.

Continuó hablando dando la espalda a su mujer. Le apremiaba desfogar sus criterios y recobrar la atención de sus colegas.

Juana no debía estar allí. Juana era sólo una pequeña versión de aquella reunión que con su presencia podía desbaratar los asuntos profesionales a los que él aludía. Estorbaba. Precisaba desligarse de ella.

Se lo dijo en cuanto, tras la cena, llegaron al hotel. «¿Por qué te has arrimado a mí mientras yo discurría con otros médicos? Estamos casados, Juana. Los matrimonios no suelen permanecer juntos en las veladas sociales.»

Recuerda ahora la mirada entre confusa y desencantada de su mujer. «Yo no sabía...» Ella no sabía. Ella era muy joven y no comprendía. Ella suponía que los matrimonios podían estar siempre unidos como siameses. Ella ignoraba que una vez casada, había que renunciar a participar de los intereses de los maridos. Pero él insistía: «¿Dónde has visto tú que las mujeres anden pegadas al marido en las veladas, fiestas o colectivos profesionales?» Y ella suplicándole que le perdonara. Y él insistiendo: «Eres muy naíf, querida Juana. Debes aprender a comportarte como la esposa de un hombre con grandes responsabilidades.»

A pesar de todo, Juana asumió la repulsa sin mostrarse dolida. Admitió enseguida que los médicos importantes eran dueños de un sinfín de esquemas que nadie tenía derecho a violentar.

Pidió disculpas. Prometió cambiar las costumbres que

durante el noviazgo parecían hechos normales. Y trató de aceptar sin traumas los reproches de su marido.

Desde Londres fueron a Berlín. La ciudad nueva. La ciudad resucitada. Según decían todos, aquella ciudad, antes de ser destruida por la guerra, era la ciudad más bella del mundo.

Allí Sergio no contrató un guía. No habría podido utilizarlo. Precisaba aprovechar su viaje para atender a dos enfermos graves que habían solicitado su presencia. «Llegaré a tiempo —prometió a los médicos interesados en conocer su opinión—. Haré coincidir mi viaje de boda con las fechas convenidas para visitarlos.»

Al llegar a Berlín se lo comunicó a Juana: «Voy a estar muy ocupado. Deberías solicitar un guía para visitar la ciudad. No sé cuándo podré reunirme contigo —le dijo—. He sido requerido para intervenir a dos enfermos graves.» Por supuesto la estancia en Berlín se prolongó más de lo previsto.

Juana se afanaba por encontrar pretextos no sólo para disculpar las constantes ausencias de su marido, sino para rellenar con alguna efímera distracción los vacíos del día. Más que vacíos eran desengaños. Pequeñas roturas de una felicidad que ella había imaginado irrompible.

Sergio la está viendo ahora tal como Juana se sentía en aquella ciudad hecha de formas nuevas, de costumbres nuevas y sobre todo de calles y edificios nuevos que se resistían a recordar la grandeza perdida de sus raíces. Nada era ya lo mismo en aquella ciudad. Algo parecido al azote violento de unos vientos desbocados había desgajado para siempre hasta los retazos de las ruinas que podían atestiguar grandezas perdidas.

No obstante, las noches solían transformar criterios, comportamientos y asperezas que el día había ido acumu-

lando. Las noches eran las verdaderas jornadas de una pareja enamorada. Y ella se agarraba a los arrebatos nocturnos para diluir virulencias y tratar de creer que los desfogues del sexo únicamente podían experimentarse cuando el amor los exigía.

—Yo no sabía que estaba obrando equivocadamente —se justifica Sergio.

—Siempre es difícil «saber» cuando os dejáis llevar por el egoísmo —responde el compañero.

—Tampoco era consciente de ser egoísta.

—Ningún egoísta sabe que lo es.

El TRIPULANTE MALOGRADO

Hubo un tiempo en que todo se acoplaba a lo que yo había soñado. Nada se prestaba a defraudarme. Vivía en un estado de gracia total sin que en mi horizonte se vislumbrase una nube, o un pájaro negro rasgando el aire, o un temor que sombreara la belleza del mundo. Todo era positivo, todo me incitaba a confiar, a saber con certeza que teniendo a Sergio a mi lado nada podía dañarme.

Entonces Sergio sólo se apartaba de mí para cubrir el cotidiano expediente profesional. Su mayor ilusión consistía en llegar a nuestra casa en cuanto su trabajo en la clínica finalizaba.

Yo le esperaba en el vestíbulo tendiéndole los brazos para que él me agarrase por la cintura y me enarbolara como se enarbola un galardón ganado con gran esfuerzo.

Recuerdo su alegría cuando al despertar notaba mi cuerpo junto al suyo. Me besaba. Y yo soñaba que aquellos besos eran regalos que Dios me enviaba para sellar una felicidad que hasta entonces yo nunca había conocido.

Cuando se metía en el cuarto de baño para asearse, lo oía silbar. Eran silbidos concretos: fragmentos que parodiaban tonadillas de unas canciones algo pasadas de moda, pero que emitidas por él, adquirían vigencias modernas. Sergio tenía buen oído. Me gustaba escucharlo. Me parecía que el hecho de silbar era algo positivo, algo que convertía el aire en una sinfonía de promesas efectivas y duraderas.

Tardé mucho tiempo en comprender que los silbidos también pueden servir para abuchear, o distraer la atención cuando algo funciona mal o para hacerse el despistado y así evitar alguna posible pregunta que pudiera resultar indiscreta.

Parece una utopía, no obstante en aquel tiempo nada era negativo. Nada impedía que la luz que se filtraba por las rendijas de nuestro convivir pudiera ser taponada. La dicha de existir se esponjaba al estar en sus brazos, oír su voz y notar que el corazón latía al escuchar el ruido del motor de su coche rasgando la arena del jardín al llegar de la clínica.

No acabo de situar cuándo comenzó el descenso de aquella inmensa felicidad que me parecía tan sólida.

Lo cierto es que ya nunca he vuelto a experimentarla. En realidad se ha ido de puntillas, como se han ido tantas y tantas cosas que nos parecían inamovibles. También los silbidos se han volatizado. Hoy día, ya nadie silba. Son muchas las cosas que pareciéndonos indispensables se van perdiendo a lo largo de la vida.

También las amistades se pierden: contemplo ahora a la que fue mi gran amiga Laura Vaquero. No era una belleza, pero su juventud le permitía parecerlo. En realidad con un poco de gracia y cierto buen gusto cualquier mujer joven puede conseguir lo que en la madurez, por mucho que se acicale, no puede alcanzar.

Laura Vaquero era el prototipo de la mujer atractiva.

No se maquillaba, tampoco gastaba mucho en peluquería, pero se valía de su cuerpo casi perfecto para llamar la atención.

Vicenta no era partidaria de aquella amistad nacida durante nuestra infancia y prolongada muy estrechamente a lo largo de la juventud. Pero cuando yo le preguntaba por qué motivo no le gustaba que fuera amiga de Laura, se ponía ceñuda y decía: «Te tiene envidia, niña mía.»

No le hacía caso.

Vicenta presumía de tener un sexto sentido que casi siempre quedaba en barruntos de poca monta, causados por naderías que a ella le parecían oráculos importantes e indestructibles.

Argüía que no había razón para que Laura anduviera siempre con la oreja pegada al dichoso móvil: «Ese artefacto poco recomendable que siempre interrumpe conversaciones y acaba por destruirlas.» Y añadía que para según qué clase de personas servía para concertar citas desafortunadas con fines algo vergonzosos y fingir despistes para engañar a la persona que se tenía al lado.

Vicenta fue contratada por mis padres siendo todavía joven. Su tarea principal consistía en vigilarnos a Rita y a mí cuando llegábamos del colegio. «Hay que hacer los deberes.» «Comportarse como dos señoritas bien educadas.» «No dejaros llevar por la gula y ser modestas en el vestir.» Aunque no era vieja, lo parecía. Tenía la vejez de la desconfianza, del miedo a verme descarriar cuando Sergio se convirtió en mi novio oficial.

Siempre recelaba peligros. Y casi nunca aceptaba con total convicción que las intenciones de mis amigas pudieran ser buenas. A todas les encontraba defectos. Por eso su opinión sobre Laura Vaquero me traía al fresco.

Tampoco era muy partidaria de Bruno Mateos, el escultor que mi padre había elegido para que me diera clases de dibujo y luego modelar bustos, torsos y cualquier clase de figuras que a ella le parecían siempre obscenas: «Hay que ser más recatado en mediando jovencitas como tú.»

Para Vicenta, todo aquel que, por la causa que fuera, se acercaba a mí, inmediatamente se convertía en un posible enemigo: «Hay que desconfiar de las buenas intenciones demasiado evidentes», decía.

Bruno Mateos era un hombre maduro que gozaba de cierto prestigio pero que adolecía de poca autoestima. Según él, sus trabajos nunca alcanzaban el reconocimiento que merecían. Por eso se veía obligado a ganarse la vida dando clases a aficionados pertenecientes a familias ricas.

Era un buen hombre, pero le faltaba empuje. Su fuerza residía en la forma de acoplarse a las ambiciones artísticas de sus discípulos. Todos le consideraban un gran profesor. Sabía aconsejar con tino y descubría sutilezas que nos permitían colocar los volúmenes en su sitio.

Una frase mil veces repetida lo caracterizaba: «Nada de caprichos que puedan crear confusiones.»

Y cada vez que se expresaba de ese modo producía la impresión de señalar con el dedo a los escultores que habían conseguido triunfar engañando a los críticos a fuerza de imponer rarezas que no ofrecían razones lógicas.

Con frecuencia, mientras deambulaba por su estudio para inspeccionar las obras de los alumnos mientras trabajaban, se detenía en el lugar que me habían adjudicado desde que me sometieron a sus enseñanzas escultóricas: «Muy bien, Juana. Aunque te alejes de lo convencional, sigue así. No te desvíes y llegarás muy alto.»

Parece que lo estoy viendo: su rostro mal afeitado reflejando no se sabía qué clase de contrariedades. Sin edad.

Sin alegrías. Sin esperanzas. Únicamente con cierto rictus de tristeza que nunca explicaba.

Probablemente era una tristeza hecha de mil causas que la vida, al margen de su decepción artística, le iba amontonando en su pequeño mundo de hombre fracasado.

Nunca hablaba de sí mismo. Sabíamos que estaba casado, pero su mujer raramente comparecía por el estudio. Tampoco hablaba de ella. Se hubiera dicho que su existencia empezaba y terminaba en las esculturas que sus discípulos hacían y en las que, en un cuarto reservado para él, esculpía en solitario.

A decir verdad, tampoco sus privacidades nos interesaban. Lo esencial para nosotros consistía en aprender a modular la arcilla, a cincelar, a pulir y a dar a nuestras creaciones aquel toque especial que sólo unos pocos conseguían.

Antes de empezar la sesión, Bruno Mateos nos largaba un pequeño discurso que venía a reafirmar su obsesión por lo clásico. Hablaba sin petulancia, pero con firmeza. Su voz no le ayudaba. Tenía un timbre agudo, algo atiplado, que solía acentuarse cuando se ponía nervioso. Con frecuencia nos citaba al famoso crítico de arte Roger Bousset: «Es un genio. Conoce cada error y cada acierto de las tendencias actuales.» Entonces yo todavía ignoraba que el hombre que mencionaba iba a cambiar algo esencial en mi vida.

No obstante, aunque lo alababa, también parecía reacio a aceptar sus tendencias revolucionarias. En cierto modo, cuando hablaba de él, su timbre de voz cambiaba: «Hoy viene cabreado», decíamos. Pero sólo podíamos detectarlo por su tono de voz. Lo demás no se alteraba. La expresión de su rostro era siempre la misma. Nada delataba sus interioridades. Probablemente sus cambios de humor venían dictados por frustraciones graves. Pero nosotros no podíamos adivinar en qué consistían. Era imposible. De haberlo sospechado, acaso hubiéramos actuado de un modo distinto. O tal vez no. En ocasiones el ser humano se vuelve impasible ante las derrotas ajenas: sabe, pero no quiere saber. Teme pero finge ecuanimidad. Se asombra del resultado cruel que atrapa a los desesperados, pero no desespera por no haber contribuido a remediar aquella probable desesperación.

El hecho ocurrió al cumplir yo un año de casada. Anteriormente había ya dejado mis clases. Recuerdo que al despedirme de él, le tendí la mano: «Espero volver al estudio cuando normalice mis nuevas actividades. Antes debo acoplarme a mi nueva vida.»

Bruno Mateos sonrió y me rogó que le siguiera hasta su estudio privado. Era la primera vez que yo entraba allí. Se trataba de una habitación grande llena de figuras tapadas con sábanas blancas. «Mi cementerio», bromeó. «Las figuras viven en mi mente pero están muertas. Nadie las quiere.»

Enseguida me tendió un estuche alargado para que lo abriera. Dentro había una llave grande de bronce parodiando el cuerpo de una mujer. «Es mi regalo de boda —me dijo—. Espero que esta llave pueda abrir todas las puertas de tus deseos.» Era un regalo muy original. Le di las gracias. «Lo guardaré siempre como una obra de arte muy apreciada», le dije.

Cuando se la enseñé a Vicenta no regateó comentarios censurables: «Esa llave es un escándalo. Tu maestro podía haber esculpido una mujer vestida. No se entiende por qué motivo todas las modelos que posan en ese maldito estudio deben andar en cueros.»

Lo que yo entonces ignoraba era que aquel «maldito» estudio iba a convertirse para mí en algo transitorio, una especie de recuerdo remoto, algo enlodado, de un hombre triste por motivos nunca confesados y saturado de incógnitas que nadie percibía.

Un año después me comentaron lo que había ocurrido: «Lo encontraron en su estudio privado con un tiro en la sien.»

Al parecer su mujer lo había abandonado por otro. Probablemente aquel abandono fue el remate de su aguante. Dejó una nota escrita justificando misteriosamente la causa de aquel suicidio. Todavía recuerdo la frase clave del breve manuscrito de despedida que dejó junto a su cuerpo: «Quise ser, pero nunca fui. Sólo pido que al menos mi lamentable "no ser" sea respetado.»

Aquella vez su nombre salió en letras de molde en todos los periódicos y revistas. Y, por supuesto, su memoria fue sobradamente ensalzada.

* * *

Intenté comunicar mi dolor a Sergio: «Era un gran profesor. Y a mi juicio, también un gran artista. Pero tuvo mala suerte.»

Sergio palmeó mi espalda para amortiguar mi llanto: «Vamos tontina, no hay para tanto. Todos morimos tarde o temprano.» Y acudió presuroso a buscar su móvil que venía sonando insistentemente desde un lugar escondido.

«¿Dónde andará el dichoso móvil?», se preguntaba a sí mismo mientras lo buscaba.

Pero las prisas y los nervios le impedían localizarlo.

Comprendí de pronto que la importante noticia que acababan de darme relacionada con la muerte de mi profesor, a Sergio ya no le interesaba por culpa del móvil escondido.

Por fin lo encontró. Escuché una larga perorata con no se sabía quién. Al parecer se trataba de algo urgente. «Voy enseguida», decía Sergio.

Pero el dolor por la muerte de Bruno Mateos continuaba royendo mis sentimientos sin que él se percatara de lo que aquella muerte suponía para mí.

Cuando cesó de hablar, se mostró compungido: «Debo dejarte, Juana. Lo siento, se trata de un asunto de vida o muerte.»

De Bruno Mateos ya no se acordaba. Incluso pareció extrañarle que yo continuara llorando: «Pero mujer, no hay para tanto. Son cosas que ocurren. Al fin y al cabo era sólo un profesor de escultura. Los hay a montones. Seguro que pronto podrás sustituirlo.» Y dándome un beso en la frente, salió corriendo de la estancia repitiéndome en voz alta que sobre todo procurase distraerme.

* * *

Mentiría si dijera que aquella prueba de insensibilidad debilitó mi amor por Sergio. Todavía en mí prevalecía la convicción de que, como médico, debía cumplir con los apremios de su profesión antes que dejarse vencer por cualquier contingencia doméstica por importante que fuera.

Desde el sofá donde me hallaba podía contemplar las buganvillas que por falta de lluvia comenzaban a chicharrarse. Hacía pocos días ostentaban un morado radiante y me parecía imposible que pudieran marchitarse tan pronto.

La muerte de Bruno Mateos seguía doliéndome, pero el desinterés que mostró mi marido por aquel dolor no creo que llegara a lastimarme. Durante unos instantes creí que lo que tanto me atormentaba era contemplar las buganvillas marchitas antes de lo previsto por culpa de un sol terco que se negaba a permitir que la lluvia pudiese mantener el color violado de sus flores.

Eso era lo que yo suponía. Me mortificaba asociar la muerte de Bruno Mateos con la muerte de aquellas flores resecas antes de tiempo.

Mirarlas era recordar el deterioro lento de un hombre bueno y desgraciado que, pese a su apariencia de persona triste, sabía transmitir a sus discípulos esperanzas artísticas y una cierta alegría llena de ilusiones.

No descarto tampoco que mi desaliento fuera asociado al hecho de imaginar mi propia carrera como escultora gravemente dañada. Y que la ayuda de mi padre, cuando me recomendaba que nunca dejara de avanzar en mi vocación, se viera menoscabada por aquella muerte.

En mi nueva vida de mujer casada, nada se acoplaba a mis verdaderas aficiones. Una vez que los quehaceres de renovar la vivienda se habían finalizado, lo que predominaba en nuestros hábitos comunes consistía en asistir a los festejos que continuamente proliferaban para celebrar cualquier nadería: cumpleaños, eventos más o menos políticos, reuniones de altura relacionados con algún congreso de médicos, o cenas masivas por algún motivo intelectual o artístico. Sergio era uno de los invitados imprescindibles que jamás faltaba cuando se le requería.

Yo le acompañaba siempre. Al principio con cierta ilusión. Me parecía un honor llegar a un lugar importante junto al famoso doctor Maritania. No obstante la ilusión no tardó en degenerar en rutina. Luego comenzaron los vacíos, los pequeños dislates alcohólicos emitidos para amortiguar los aburrimientos que brotaban siempre en aquellas veladas masivas y que se iban adentrando en mis sentimientos de un modo sutil y cauteloso. No tardaron en surgir las vacilaciones, las lucubraciones anacrónicas entre gentes cuyas mentalidades se diluían en necedades. Y todo ello presto a causar en mí un extraño abatimiento que mermaba mis energías internas y desestabilizaba mi habitual sosiego. A pesar de todo, todavía me consideraba feliz. Sí. Imagino que entonces aún creía ser una mujer privilegiada.

LA NAVE QUE NAVEGA SIN RUTA

—Contemplo ahora a Juana. Me divertía verla tan desenvuelta, tan segura de sí misma. A veces me hablaba con la rotundidad de una persona equipada con un arsenal de conocimientos que yo nunca imaginé que podía existir. Decía que la tierra en la que vivíamos era una nave que surcaba el mar del vacío y que daba vueltas sobre sí misma porque ignoraba cuál era el destino de su viaje —comenta Sergio.

El compañero le contesta que en realidad, cuando le hablaba de ese modo, era para darle a entender que muchos tripulantes y pasajeros de la nave tampoco saben o quieren saber la razón de sus vidas.

—Juana siempre lo supo, pero tú no querías admitir lo que te anunciaba.

Sergio Maritania no capta en su plenitud lo que le dicen.

—¡Era una niña! —exclama.

—Pero la edad no es obstáculo para «saber». Eso era lo malo. Tú suponías que el hecho de ser mucho mayor que Juana bastaba para dominarla. Para ti lo esencial era poder manejarla sin que ella fuera capaz de descubrir la trampa que le tendías.

—¿Qué trampa? Yo nunca quise dañarla.

—Pero la dañaste. Sin darte cuenta de la gravedad de tus actos, imponías sin admitir que ella a su vez pudiera imponer. Cuando algo te salía mal, adoptabas un victimismo que apabullaba y no comprendías que también tu victimismo podía convertir a Juana en una víctima incapacitada para demostrártelo. Te gustaba que te alabaran pero jamás la alabaste a ella en lo que más podía complacerla. Al contrario, no regateabas realzar los méritos de tu amante de turno. Incluso a veces te molestaba que su vocación por la escultura comenzara a ganar terreno entre los ambientes artísticos. Y lo demostrabas dándole a entender que su afición era sólo una forma de pasar el tiempo sin que sus trabajos tuviesen valor alguno.

Sergio Maritania trata de recordar. Está viendo a su mujer encerrada en la antigua cuadra que medio escondía la vegetación del jardín. La había mandado limpiar y acomodar para convertirla en un estudio: «Me parece muy bien —le dijo él—. Has elegido una bonita diversión para entretenerte.»

Comprende ahora que aquella falta de atención hacia sus trabajos artísticos podía herirla. Pero entonces no concebía que una mujer destacara en algo más que mostrando una apariencia atractiva, una elegancia correcta y una dependencia sumisa siempre administrada por su marido.

—Además te complacía resaltar los defectos de los demás, como si todo lo que tú hacías fuera perfecto.

—En cierto modo lo era —replica Sergio—. Al fin y al cabo en los medios quirúrgicos del mundo entero yo era una referencia casi indispensable.

—En efecto: te halagaba saber que eras el primero en tu profesión, que los enfermos de otros países solicitaban tu

opinión antes de dejarse operar, pero también eran circunstancias que aprovechabas para conseguir otros fines.

—Es posible. No puedo negarlo.

—A veces incluso equivocabas tus diagnósticos.

—Lo sé. Pero siempre salía ileso del trance.

—Achacando la culpa a los que no la tenían.

—Había que defenderse. Los habitantes de lo que Juana considera una nave somos así: vivir es un continuo defenderse de posibles errores. Sin ganar batallas nada en este mundo tiene sentido.

—¿Eras consciente del daño que podías hacer a quien achacabas una culpa falsa?

—Quizá, pero lo esencial era proteger mi prestigio. Todo valía con tal de salir ileso del trance.

—¿Lo considerabas justo?

—No pensaba. Me daba igual que lo fuera. El resultado bastaba para sentirme satisfecho.

Sin embargo la satisfacción de Sergio empieza a ser una lacra cada vez más angustiosa. Todavía inmerso en desorientaciones, contempla la inmensa multitud de seres como él que avanza por el Valle sin saber con exactitud adónde debe dirigirse mientras todos precisan encontrar la fórmula adecuada para salir del atasco en el que se encuentran metidos. Nada es totalmente seguro en la lobreguez que les rodea: buscan sin saber lo que buscan, pero no pueden dejar de buscar.

Recuerda ahora que cuando vivía, lo único que de verdad importaba era «ser algo, hacerse notar». Actuar para que todo el mundo pudiera considerarlo importante; ganar trofeos de cualquier calibre; saberse admirado y tener la seguridad que donde él se encontraba, siempre fuera el primero, no sólo como médico eminente, sino como hombre.

Nunca imaginó que aquel afán suyo de destacar podía durar tan poco y que, cuando finalizara, se vería obligado a formar parte de un rebaño desabrido formado por gentes extrañas sin la posibilidad de comunicarse con ninguno de los que seguían vagabundeando como hacía él.

En su decaimiento actual todo es un motivo de nostalgia. Echa de menos tantas cosas: las alabanzas, los reconocimientos oficiales, el verse reproducido en las revistas propias de su profesión, atender con mimo los casos desesperados que consiguió salvar. Era tan gratificante saberse popular entre los populares y deseado entre las mujeres más bellas. A todas les prometía un amor firme que nunca llegó a sentir. Acaso Juana podía ser para él algo más que una costumbre a veces grata y a veces molesta, aunque ya muy distante.

De hecho Juana había sido la única mujer que conociendo la verdad de su vida permanecía a su lado sin reclamar derechos perdidos.

Acabaron siendo buenos amigos. O al menos eso era lo que Sergio imaginaba.

Incluso a veces Juana fue su confidente. No sabía la razón de sus confesiones más íntimas, pero solía sincerarse con ella sin regatear detalles. ¿Por qué lo hacía? A punto está de averiguarlo, pero aún no acaba de discernir cuál era la razón de tanta franqueza.

Quizá lo que Sergio pretendía era mostrarse sincero con ella. Juana siempre aseguraba que con la verdad por delante jamás lo abandonaría. O acaso lo que Sergio pretendía era reafirmar su fama de conquistador para alimentar su orgullo.

También imaginaba que aquella familiaridad contranatura era en cierto modo una forma de ser fiel a su mujer. «Los adulterios declarados a la legítima convierten en “engañada” a la que se cree que engaña», solía comentarle al doctor Rodeno con cierto aire de guasa.

El hecho era que Juana parecía aceptar aquellos engaños declarados como una prueba más de su honradez.

Es ahora (ya sumergido en esa cárcel inmensa, situada en una dimensión desconocida) cuando empieza a dudar sobre la validez de su teoría.

—En este extraño lugar todo se trastoca —comenta.

Pero el compañero rebate su teoría:

—Al contrario, Sergio, el verdadero trastoque se produce siempre en ese globo que flota en el espacio y que tu mujer denomina «nave».

LOS ENTUSIASMOS PERDIDOS

Era difícil saber cuándo surgió aquel estallido silencioso que cambió el clímax subterráneo de Patricio Rodeno.

Tal vez ni siquiera tuvo un principio. A lo mejor fue motivado por un proceso largo que discurría al modo de los afluentes cuyos declives son poco acentuados y sus aguas llegan al mar con lentitudes tan solapadas que ni siquiera parecían haber formado parte de un río.

De pronto Patricio supo que también él había llegado al mar que le apartaba de una placidez nueva y hasta aquel momento desconocida para él. Comprendió entonces que sus esquemas ya no eran los mismos. Que las desidias de Emilia apenas ya le afectaban. Y que lo mejor que podía hacer era vivir su vida sin dar explicaciones a nadie.

También sus manías de hombre ordenado y sus desafueros contra la impuntualidad ajena iban disminuyendo. A veces se notaba como envuelto en una extraña felicidad de origen indefinido que conseguía convertirlo en un hombre mucho más equilibrado de lo que había sido en su juventud.

Incluso en su profesión el continuo departir con sus pacientes era ya distinto. El cansancio que solía causarle gran parte de la clientela había desaparecido. Y Emilia ya no le reprochaba aquella dejadez que demostraba cuando llegaba a su casa tras una jornada de intenso trabajo: «Tanto remendar cuerpos, rostros y mentalidades deformadas, sin duda fatiga mucho», solía decirle su mujer. Y él asentía para no facilitar discusiones inútiles.

Afortunadamente Emilia hablaba poco. Podían sentarse los dos ante el televisor varias horas, sin dirigirse la palabra. No había enfados fastidiosos entre ellos, ni siquiera ligeros brotes de rencores. Sólo un total desinterés de uno hacia el otro.

Inesperadamente surgían breves reproches mutuos a causa de los hijos: «Los mimas demasiado», recriminaba Patricio. Y ella apostillaba: «Es que tú los tratas con excesiva dureza.» Pero de ahí no pasaban.

Tampoco solían comentar entre ellos en qué clase de quehaceres habían empleado el tiempo durante el día. Se suponía que Emilia tenía sus reuniones amistosas para asistir a desfiles de moda, o para jugar al bridge, y sobre todo para visitar gimnasios dispuestos a mantener su figura a raya y evitar que los kilos de grasa se afanaran a aumentar el todavía aceptable volumen de su cuerpo.

En cuanto a Patricio, era inútil tratar de saber en qué consistía su rutina cotidiana. Todos los días eran distintos. Al margen de las horas fijas para atender a los pacientes existían horas muertas que se disipaban en nieblas prontas a diluirse en distintas variantes de escasa importancia.

No obstante había algo que nunca variaba: los encuentros nocturnos que los Maritania propiciaban en su casa a los buenos amigos. Eran tertulias informales que duraban poco más de dos horas.

Al principio, Emilia le acompañaba en las reuniones. Casi todos los invitados eran médicos de distintas especialidades. Pero sus mujeres aburrían a Emilia. Pronto se cansó de tanto escuchar anécdotas profesionales o chismes relacionados con el personal de la clínica, o soportar pequeñas discusiones que siempre se circunscribían a temas propios de actividades médicas.

Sin embargo Patricio Rodeno aguardaba aquellas veladas como si de ellas dependiera la placidez de su discurrir diario.

Allí su vida cambiaba. La rutina desaparecía y los instantes tenían una razón de ser. Sobre todo cuando Juana le tendía el vaso de güisqui.

No conocía la causa, pero le bastaba escuchar su voz disertando sobre minucias o hablando de su afición por la escultura, para sentirse atrapado y ansioso de que Juana no dejara de platicar.

Los temas eran siempre distintos, pero los razonamientos no variaban. Pese a su edad, la mujer de Sergio poseía un criterio sólido que nunca se distorsionaba. Tampoco divagaba. Sabía exactamente lo que según ella era justo o injusto, estúpido o inteligente, cobarde o valiente.

Únicamente en cierta ocasión, Patricio tuvo la impresión de que algo en aquella mujer brujuleaba a la deriva como si le fuera penoso alentar sus ideas y diera en echar mano de metáforas para decir sin decir y callar sin callar. Fue al poco tiempo de regresar a España tras su viaje de novios.

De pronto Juana le habló de las distintas ciudades que Sergio y ella habían visitado:

—¿Sabes, Patricio? Conocer mundos diversos es muy gratificante. Viajar por distintos países permite descorrer cortinas de circunstancias inesperadas, ahondar en los comportamientos humanos y sobre todo enriquecer nuestras defensas contra las lucubraciones de la mente.

Aquella forma de hablar era nueva. Juana no acostumbraba utilizar vaguedades para expresarse.

Le preguntó él qué ciudades le habían impactado más.

Juana cerró los ojos como si recordara. Enseguida exclamó:

—No sabría contestarte con rotundidad. Si he de serte franca, la configuración de los lugares que visitamos se vuelve difusa. No obstante se me quedó muy grabada la impresión psicológica que me causaron algunas ciudades. En realidad lo que yo recuerdo es mucho más profundo que la estética de los lugares. Seré muy torpe, pero se me han olvidado todas sus grandezas y sus bellezas. En cambio recuerdo muy bien las alegrías y las tristezas que podían causar ciertas poblaciones y localidades. Eso lo tengo muy claro. —Y tras un silencio breve, Juana prosiguió—: Es curioso: pese a todo, creo que no he visitado un lugar que rezumara alegrías.

En vano Patricio intentó ahondar en aquella frase y descubrir su sentido. La actitud de Juana pareció cambiar. Se notaba inquieta. Seguramente temía haber dicho algo inconveniente o indiscreto.

—¿A qué alegrías te refieres?

Juana movió la cabeza como si pretendiera ahuyentar algo molesto:

—No me hagas caso, Patricio. Fantaseaba.

Y sin dar más explicaciones pretextó atender a sus invitados para dejar la respuesta en el aire.

Fue en uno de aquellos encuentros cuando Patricio conoció a Laura Vaquero. Debía de ser algo mayor que Juana, pero se comprendía que eran amigas por la forma de vestir y especialmente por el empeño de ambas en recalcar afinidades comunes que sólo podían existir mediante muchos años de comunicación.

Sin embargo, aunque a simple golpe de vista se detectaba en ellas un estilo que las unificaba, era evidente que en el trasfondo de cada una se agitaba un mar de inclinaciones y modos de reaccionar completamente distintos.

Acostumbrado como estaba a analizar detalladamente cada surco, cada gesto, cada mirada, cada frunce de los rostros de los pacientes, y sobre todo cada tic o cada forma de modificar expresiones, no le fue difícil a Patricio detectar las indudables diferencias que convertían a aquellas mujeres en dos polos opuestos.

Eran íntimas. Eso al menos esgrimían las dos. «Amigas de la infancia.» Tenían la intimidad que suele forjarse en las emociones infantiles y que asume como algo normal las confidencias más secretas cuando las amigas se vuelven mayores. Pero ni Juana tenía aquel porte altivo y algo férreo de Laura, ni Laura conseguía remedar la suavidad que caracterizaba las modulaciones de la voz y de los movimientos de su amiga Juana.

Sin embargo era precisamente aquella suavidad lo que dotaba a Juana de una seguridad, que la rigidez de Laura le impedía conseguir.

Incluso su sonrisa, por mucho que pretendiera emular la dulzura de su amiga, resultaba tirante y poco convincente.

Había características que nunca fallaban. Al menos para el doctor Patricio Rodeno.

Desde que empezó a practicar la cirugía plástica, comprendió que además de ser un buen cirujano, debía ser también un artista, un psicólogo y en ocasiones un avezado psiquiatra.

Más de una vez le había comentado a Juana aquella diversidad de profesiones echando a broma sus teorías: «Tú serás escultora, pero yo también soy escultor.» Y añadía que modelar rostros o cuerpos era practicar el arte de crear figuras de carne.

A Patricio le gustaba bromear con Juana. Decía siempre que de haber sido Pigmalión hubiera esculpido una mujer como ella.

A lo que Juana respondía que, de haber sido cirujana plástica, nunca hubiese esculpido a un médico. «Sois tan inestables —bromeaba—, tan propicios a los cambios de humor.» Pero cuando se expresaba de aquel modo, siempre añadía: «No vayas a creer que me estoy quejando. Comprendo perfectamente que la tensión de vuestra tarea es muy fuerte. Únicamente expongo un hecho sin ánimo de crítica.»

No obstante, a Patricio la exposición de aquel hecho no le parecía desatinada. Al contrario: le ponía en trance de reflexionar. Más de una vez se había preguntado a quién se refería Juana cuando mencionaba la enigmática frase relacionada con la tensión de los cirujanos.

Emilia jamás le había reprochado que fuera tenso, o que tras varias intervenciones él cambiara su plácido modo de ser. En cuanto a su amigo Sergio, ignoraba cómo reaccionaba cuando tras una intervención difícil salía del quirófano. Por la forma de expresarse, Juana le daba a entender que Sergio podía asumir modos de ser diversos después de realizar operaciones difíciles: «Debe de ser algo parecido a escalar una empinada cuesta resbaladiza», comentaba a veces al hablar de su marido. «El corazón se dispara y la mente se convierte en un túnel lleno de oscuridades que deben clarearse a costa de aislarnos», decía él. Juana comprendía sin duda el esfuerzo que debía realizar un buen cirujano: «Debemos concentrarnos. A veces es preciso salvar obstáculos que de pronto nos sorprenden sin avisos previos.»

En cuanto a Laura Vaquero, resultaba difícil saber cómo era exactamente. En cuanto bebía unas copas de más su rigidez desaparecía. Todo en ella se recubría de flexibilidades prontas a adaptarse a cualquier teoría que el interlocutor lanzaba.

No era serena, pero lo parecía. Seguramente —pensaba Patricio— trata de dominarse para ocultar su verdadera personalidad.

No obstante, la duda surgía: ¿tenía una personalidad o sólo procuraba ocultar su escasa preparación cultural fingiendo altivez y misterio? Era difícil saberlo.

Aunque habían crecido juntas, Patricio comprendió enseguida que entre Juana y Laura existía una muralla férrea que las distanciaba. Incluso sus creencias eran diversas. Juana aseguraba que los matrimonios eran indisolubles cuando se celebraban por la Iglesia: «Es un sacramento», afirmaba. En cambio Laura no tuvo inconveniente en recurrir al divorcio en cuanto se cansó del marido: «No es el hombre que yo preciso», alegaba.

Pese a todo, continuaban siendo buenas amigas. Juana no podía olvidar las penurias que Laura había tenido que afrontar antes de casarse: sus padres carecían de medios económicos y ella quería a toda costa ser alguien entre los amigos de Juana. «En varias ocasiones yo le había regalado parte de mis vestidos para que pudiera participar con decoro de las fiestas y reuniones a las que yo solía asistir», confesó Juana a Patricio algunos años después. «Pretendía hacerse notar, pero sin mi ayuda no hubiera podido integrarse en nuestro ambiente.»

No obstante la boda de Laura fue ostentosa. El marido elegido por ella gozaba de una posición desahogada.

No tuvo hijos. Pero obtuvo un puesto destacado en la

alta sociedad. También consiguió que, al separarse de su marido, él la dotara de una parte económica sustanciosa.

Fue entonces cuando su persona dio en figurar con mayor brío. Su afición a la bebida la volvía locuaz. Patricio recuerda ahora cómo se aferraba a los hombres de cierto renombre sin importarle su estado civil.

Pero Juana no se daba cuenta de sus intenciones. Juana continuaba creyendo que las amistades de la infancia eran indestructibles y que el cariño que las había unido siempre venía dictado por una gran afinidad inmarcesible.

También ignoraba que la mujer antipática podía acumular posibles complejos peligrosos y que una mujer excesivamente simpática, pero carente de complejos, podía también ser peligrosa. Era esa dualidad lo que caracterizaba especialmente a Laura Vaquero. Nadie sabía con exactitud a qué atenerse con ella. Sus cambios de humor eran frecuentes e inesperados.

No obstante, según Patricio, la amiga de Juana era una de esas personas que no tenía inconveniente en convertir lo trascendental en nimiedades. Ni transformar promesas fundamentales en simples frases escritas en el agua.

LOS OLVIDOS RECUPERADOS

Sergio Maritania recobra ahora cada gesto, cada mirada y cada ademán que caracterizó ciertos instantes de su vida. Están ahí repentinamente envueltos en una mar de tinieblas pero clareados por una extraña luz que sólo es capaz de alumbrar recuerdos olvidados que consideraba inocuos.

Él no pretende evocarlos. Sencillamente surgen sin que su voluntad intervenga. En el continuo discurrir del Valle de los Perdidos, la intención y la voluntad no cuentan. Los recuerdos más ocultos sorprenden sin que intervenga la intención de evocarlos.

Por mucho que lo intenta, Sergio no puede forzar el recuerdo ni disolverlo. Son memorias impuestas por algo inexplicable mucho más fuerte que él.

—Creía que no tenían importancia —le dice al compañero.

—Sin embargo cada instante de tu vida ha quedado plasmado en lo que solemos denominar fuerza inicial.

No se trata de retroceder para captarlos, ni tampoco forzar la imaginación para hurgar en los rincones más ocultos de la conciencia. En el Valle donde Sergio se en-

cuentra, los deseos e impulsos ya no cuentan. No es posible volver atrás y reparar daños causados. Tampoco cabe la posibilidad de programar respuestas acomodaticias para desvirtuar los errores cometidos. Y es que en el deambular hacia no se sabe dónde, *cabe también la ingerencia de lo que* no se sabe cómo ni por qué.

Las evocaciones vienen a él convertidas en pedazos dispersos que, poco a poco, van acoplándose hasta dar con el instante justo, propicio a configurar un «todo» casi siempre negativo.

Se ve ahora delante de un enfermo recién intervenido que está a punto de morir. Sus familiares preguntan, precisan saber qué ocurrió para que una operación tan sencilla como la que él había practicado pudiera matar.

Sergio Maritania afronta las preguntas de los interesados con cara compungida y actitud inocente: «La operación ha sido correcta. El fallo se ha debido a la anestesia.» Y enseguida trata de comunicar a la familia del fallecido un cuadro heterogéneo y vago que viene a culpar al anestesista de un error que él, por miedo a saberse desprestigiado, se niega a admitir como propio.

La familia lo cree. La familia no puede dudar del famoso doctor Maritania. La familia precisa aceptar que el doctor Maritania tiene razón. Y el anestesista es trasladado con una buena recomendación a otra clínica. «No te apures, le dice el doctor Maritania: todo saldrá bien. Voy a recomendarte encarecidamente. Vales mucho, querido colega», y le entrega un fajo de euros, para que asuma el error.

—Lo que hiciste con aquel muchacho era vergonzoso —le replica el compañero—. Fuiste cobarde y deshonesto. Debiste ser franco y aclarar a la familia que el culpable de aquella muerte no fue el anestesista. En realidad todo ocurrió debido a tu negligencia.

—Tenía prisa —se defiende Maritania—. Me esperaba una mujer.

—Que además no era la tuya. Doble culpa. Mentiste, sobornaste a un hombre honesto y mientras operabas, te percatabas de que el tiempo transcurría y tú no ibas a llegar a la cita a la hora prevista.

—No todo lo que he hecho en vida ha sido reprobable. También salvé de una muerte segura a un niño que había caído en la piscina de la casa vecina sin que nadie, salvo yo, fuera capaz de rescatarlo. El niño estaba solo.

—Bien que te pavoneaste de tu hazaña.

—Fue difícil saltar la verja que separaba mi jardín del suyo. Era normal que me sintiera orgulloso.

—El orgullo es siempre lamentablemente torpe.

Pero mientras trata de defenderse de sus deficiencias morales, Sergio va acumulando ciertas etapas de su existencia plagada de ocultaciones que podían mermar su reputación profesional y humana.

El compañero insiste:

—Lo del rescate del niño y el repetir siempre lo de la altura de la verja fue coleando en las conversaciones de vuestro entorno durante todo el verano. La gente que te rodeaba se hartaba de ponerte por las nubes. Decían que además de ser un buen cirujano eras también una bellísima persona. Alguien incapaz de dañar a nadie. No, Sergio; no te vale como excusa haber salvado al niño de una muerte segura. Hiciste una buena obra, pero se te pagó con alabanzas que tú desgraciadamente introdujiste en el saco de la vanidad.

—Eso no significa que yo fuera verdaderamente malo.

—Malo es ya considerarse bueno. Malo es engañar, mentir, odiar y hasta burlarte de los demás.

—¿De quién me burlaba?

—De mucha gente. Algunos de tus amigos y colegas solían ser pasto de tus pitorreos. No obstante, la peor de tus tendencias a la ironía recaía siempre sobre Juana, tu mujer.

—¿Cuándo me he burlado de ella?

No es preciso que el compañero le conteste. De pronto surge una de las escenas relacionadas con los frecuentes menosprecios que Sergio le dedicaba.

Ahí está el mar negreando bajo el cielo veraniego y estrellado. Las olas se van rompiendo contra el muro que sostiene una gran terraza, formando cabrilleos de espuma blanca.

Los comensales son muchos. Se celebra una fiesta de gran altura. La terraza pertenece a un prócer de cierta relevancia que no ha dudado en echar el resto para deslumbrar a las elevadas jerarquías de España.

Sobre la gran terraza se han instalado las mesas para la cena cubiertas con manteles rojos y vajilla blanca. En el aire se aspiran perfumes caros y frutas exóticas que la brisa envía desde los bufetes laterales.

La noche es cálida, pero la ligera humedad del mar desvirtúa el exceso de un calor que podía ser agobiante.

Los hombres visten guayaberas de lujo y las mujeres trajes que, aunque largos, dejan al descubierto piernas tostadas gracias a los cortes verticales de la tela hasta la altura de la cadera. También los escotes son generosos. Y los peinados alzados al modo de ramilletes hechos de cabellos engominados que suelen cubrir con mechones largos y teñidos parte de los rostros mientras dejan vía libre a los cogotes. («Ese tubo corporal tan peligroso que no vacila en mostrar las auténticas personalidades de los seres humanos», según afirma su amigo Patricio.)

El champán cunde generoso y las voces se vuelven balbuceos cuando la música cesa.

El conjunto es armonioso. Nada chirría. Incluso el oleaje que se estrella contra el muro parece aliarse al murmullo que planea sobre la terraza.

La niña ha nacido hace poco y Juana no ha podido acompañarlo. Desde su embarazo, la futura madre ha tenido que soportar molestias fuertes. Fue preciso que guardara cama varios meses antes del parto: llevan ya un año sin reuniones en su casa, ni salidas nocturnas con los amigos de siempre, ni veladas de última hora.

A Juana le parece un sueño haber conseguido ser madre. Aunque se habían casado hacía ya tres años, el hijo nunca llegaba.

Fue un embarazo difícil. Lo peor para Juana era no poder acompañar a su marido cuando alguien los invitaba.

Vicenta siempre le decía a Juana que ser madre exige sacrificios, propuestas distintas y también grandes riesgos. Pero cuando Juana le preguntaba a qué riesgos se refería, Vicenta contestaba rotundamente: «A perder a tu marido.»

No obstante, Juana todavía confía en Sergio. Juana no concibe que las promesas hechas ante un altar puedan ser violadas: «Serán los dos una sola carne», había leído en el Evangelio el sacerdote que los casó. Y en su homilía añadió: «Lo que Dios ha unido, que no lo separe el hombre.»

Sergio alega razones de peso que Juana considera ciertas e inviolables. «Siento dejarte, pero no puedo desairar a uno de mis pacientes más importantes.» Y ella que «Naturalmente debes cumplir con tu obligación».

Y ahí está él, cumpliendo como es debido, sentado a una mesa donde las miradas se entrecruzan con expresión sonriente. Algún comensal le pregunta sobre su mujer. «Sigue pachucha. Además no puede dejar a la niña: la está amamantando.»

Junto a Sergio hay una silla vacía. De improviso escucha una voz femenina que se excusa por haber llegado tarde.

Cuando Sergio se levanta para saludarla y acomodarle la silla, un extraño bienestar imprevisto parece envolverlo. De pronto todo en torno a él se destiñe, se vuelve opaco y convierte la noche estrellada en un día soleado y radiante.

La mujer se llama Irene, es viuda, sin hijos y reside en Madrid. Por su forma de expresarse se comprende que se trata de una persona desenvuelta, interesante y que está orgullosa del cargo que ocupa en una empresa importante.

Durante la cena es ella la que lleva la voz cantante. Todos la escuchan con atención. Irene sabe explicarse, su conversación es fluida y, aunque para la mayor parte de los comensales lo que expone carece de verdadero interés, todos se notan atrapados por su voz. Es algo grave y muy melodiosa. No adormece pero hipnotiza. Sergio se dice a sí mismo que cualquier tema expuesto por ella, gracias a esa voz tendrá siempre categoría de algo relevante.

Ya no es joven. Pero su belleza no se ha marchitado. Ni siquiera los surcos que se forman en el rostro cuando sonríe delatan su edad. Con surcos y alguna arruga Irene sigue siendo bella.

Lo esencial en Irene es la férrea personalidad propia de una mujer liberada que no sólo no ha trastocado su feminidad, sino que se ha valido de ella para superarse.

Tras la cena, suena la música. Empieza el baile. Sergio la acompaña a la pista central. La melodía es suave y el cuerpo de Irene flexible. Al principio hablan. Le explica él que acaba de ser padre. «Mi mujer es muy joven. Una niña. Juega a hacer figuritas que nadie entiende. Ella dice que quiere ser escultora. Yo le permito que sueñe. ¿Cómo voy a quitarle esa ilusión? No me importa que se distraiga acumulando volúmenes incomprensibles hechos con barro o con yeso. Lo malo es que pretenda que nuestros amigos la tomen en serio. ¿Sabes qué mote le han puesto? Todos la llaman "la esculturista". No les cae bien esa manía suya de hablar de arte en todo momento y sacar a relucir sus empeños escultóricos como algo imprescindible en el discurrir de la vida.»

Irene le pregunta si no es partidario del arte.

Sergio le explica que al contrario: «También la cirugía es arte.» Y añade que los cuerpos esculpidos con un bisturí son mucho más trascendentales que las figuras extrañas que el mundo contemporáneo está imponiendo en la actualidad: «El gusto artístico que impera es verdaderamente lamentable», acaba diciendo.

Sin embargo Irene no está de acuerdo. Irene es partidaria de dar un realce nuevo a lo que el momento artístico reclama. «Bien estaba el realismo cuando la fotografía no existía, pero ¿qué validez puede tener hoy día una pintura o una escultura con figuras naturalistas exactas cuando los moldes o los retratos imprimen y reproducen con mayor exactitud las imágenes que se desea elaborar o captar?»

La música cesa. Se contemplan. Sonríen. Y cuando los músicos reanudan su misión, Irene y Sergio vuelven a enlazarse. Pero ya no hablan. Únicamente se dejan mecer por la melodía. Los cuerpos de ambos se aproximan.

Aquella noche Sergio comenzó su larga cadena de infidelidades matrimoniales.

Y Juana, para los amigos de Sergio, fue desde entonces más «esculturista» que nunca.

—Los motes casi siempre nacen de burlas consideradas inofensivas —comenta el compañero.

—Yo no sabía —balbucea Sergio—, yo no imaginaba...

—Eso es lo malo: no sabías porque no querías saber. Temías aprender a imaginar. Y sobre todo, te causaba pavor descubrir que tu ignorancia sobre lo que «estaba bien» o «estaba mal» era voluntaria. Te bastaba suponer que por ser tú quien eras, todo lo que hacías era correcto. En suma, no vacilabas en transformarte en un pequeño dios que todos debían venerar.

LAS INQUISICIONES NOCTURNAS

Las noches prometen descansos. Las noches están hechas para dormir, recuperar fuerzas y olvidar lo que pudo turbar las horas de las jornadas diurnas.

Apoyar la cabeza en la almohada y relajar el cuerpo son factores esenciales para vaciar la mente y llenarla de olvidos.

Enseguida surge la caricia del sueño. Al principio cerramos los párpados. Pronto llegará el traslado a ese mundo imaginario que nos permite transformar las realidades del día en mentiras, también reales, aunque soñadas.

El mundo de los sueños es como otra vida dentro de la que consideramos una existencia verdadera.

Sin embargo, cuántas veces he tenido la sensación de que esa existencia verdadera es también un sueño.

Sobre todo cuando al apagar la luz, lejos de relajarnos y dejarnos llevar por la fatiga, surge un detalle que despierta nuestros sentidos y nos obliga a poner en tela de juicio los vaivenes diurnos.

Son muchos los enemigos que nos acosan en la duermevela. Al principio se nos antojan inofensivos por su evidente insignificancia. Se trata de naderías como la evocación de un perfume, o de una frase, o de una prenda, o el crujido de una madera. No le damos importancia, pero en la oscuridad del dormitorio esas naderías se convierten en flechas envenenadas con pócimas hechas del peor de los insomnios.

Nada puede contra ellas. De repente la fatiga se trueca en inquietudes. Nada, ni el somnífero, ni el cansancio, ni la oscuridad pueden vencer el desasosiego que nos producen.

La luz apagada puede a veces ser un enemigo. La oscuridad total es un factor importante para recrear imágenes añejas con la claridad de lo nuevo.

De repente todo se vuelve diáfano y claro como si fuera de día y por mucho que nos empeñemos en borrar lo que vence nuestro sueño, no podemos conseguirlo. Al contrario; en ocasiones esas visiones nocturnas cobran tanta vida que resulta imposible evitarlas. Misteriosamente se amplían, despliegan nuevas facetas que consideramos perdidas y se mezclan con imágenes que nada tienen que ver entre sí, pero que sin duda nacen de una misma fuente, o de una misma raíz.

De improviso las dudas: ¿Cuándo comenzó el declive? ¿Por qué permití tal incongruencia? ¿Cómo es posible que yo no comprendiera lo que estaba ocurriendo? Y escucho las constantes frases de Vicenta censurando lo que yo consideraba insignificancias. Y las fatigas que me causaban las reuniones de sociedad mientras todos se mostraban alegres y contentos. Tantas y tantas cosas que llenaban mi vida de cansancios inexplicados.

A veces me veía también a mí misma sentada junto a un cuadro de Picasso, observando cada detalle de sus pinceladas. Los demás bebían, bailaban, reían, coqueteaban y ni siquiera se fijaban en la ya desprestigiada «esculturista», que tanto precisaba conocer las verdades del nuevo arte.

Nadie buscaba mi compañía. Dejé de ser novedad en cuanto Sergio empezó a propagar mi empeño en construir figuritas incomprensibles para distraerme. Nadie quería departir conmigo en las reuniones de sociedad. Se rumoreaba que yo era una niñata aburrida.

De pronto, el norte de mis recuerdos nocturnos cambia el rumbo. Algo inmaterial me traslada al aeropuerto. Sergio llegaba de América y yo no pude acompañarlo porque por fin después de dos años de matrimonio, estaba esperando nuestro primer hijo: «Tu embarazo es complicado. Mejor será que no te arriesgues», me aconsejó antes de emprender el viaje.

Pero en mis ansias de volver a estar con él me trasladé al Prat para recibirlo. Evoco ahora multitudes circulando por las grandes naves. Escaleras mecánicas, tiendas de prendas femeninas ofreciendo marcas costosas. Casetas con libros, otras con objetos diversos, varias perfumerías y un sinfín de cosas vendibles que evidenciaba el incipiente auge de una España integrada al progreso que por fin la unificaba a los restantes países europeos.

Veo la valla que separa a los recién llegados de los que esperan. Letreros anunciando nombres, hoteles, avisos. Escucho megafonías advirtiendo retrasos, horas determinadas y destinos. La valla es larga y yo debo colocarme en la cola.

Sergio lleva mucho tiempo viajando. De nuevo congresos, consultas, conferencias, reuniones profesionales.

Nuestros contactos eran telefónicos. Frecuentes pero distantes. Siempre vencía la prisa, «Te echo de menos» y él «Yo también». Pero el tiempo apremiaba: «Me esperan, debo dejarte.»

Siempre surgía algo importante que acortaba nuestros diálogos. No obstante, yo todavía confiaba en que el reencuentro fuera idílico. Esperar un hijo lo había llenado de felicidad: «Debemos celebrarlo», me dijo antes de emprender el viaje.

Fue un festejo íntimo pero sustancioso. Mi padre se mostraba feliz. Los años habían encalmado su tristeza. Los años y también Bárbara Luque: la mujer que había sido la amiga íntima de mi madre.

El roce continuo de ambos había reforzado la amistad que siempre hubo entre ellos. Se comprendían, se completaban y, sobre todo, los dos se apoyaban constantemente en la memoria de la muerta. Tal vez no fuera un amor apasionado. Lo que sí había era una comprensión mutua. También amistad y compañerismo y, sobre todo, una indudable necesidad de compartir soledades.

Cuando me comunicaron que pensaban contraer matrimonio, tuve una gran alegría. Bárbara Luque podía ser la compañera perfecta para mi padre.

Recuerdo la cara de guasa que puso Sergio al conocer la noticia: «Ya te lo dije, Juana: los hombres no sabemos estar solos. Tu padre es todavía joven y a esa edad el dolor se supera muy pronto. Ahí tienes el resultado: han transcurrido poco más de dos años y ya ha encontrado sustituta. —Y tras un breve silencio, añadió—: Tiene gracia; el hecho de haber sido amigo consorte de Bárbara Luque no ha entorpecido la posibilidad de convertirse también en el marido consorte de la mejor amiga de su primera mujer», remató Sergio.

Cuando se abordaban temas parecidos, yo siempre le apostillaba: «Prométeme que si yo me muero, tú te casarás con Laura. Será una buena madre para nuestros hijos.» Más de una vez le propuse aquella probabilidad. Entonces yo no podía imaginar que Sergio iba a morirse antes que yo. Era tan vital. Tan inquieto. Tan dispuesto siempre a arañar y recoger lo que sus actividades profesionales le ofrecían. Imposible imaginarlo inmóvil dentro de un ataúd.

De nuevo estoy en el aeropuerto a la cola de la gente que aguardaba la llegada de los pasajeros. Y mientras espero, la evocación me presenta infinidad de instantes que más tarde me dejaron herida para siempre. Estoy viendo tantas cosas: el abrigo de visón que lucía Laura, las joyas que Sergio me regaló sin venir a cuento, aquel olor a mujer poco aseada que se había quedado pegado en el cuerpo de mi marido y que descubrí cuando hacíamos el amor, sus repentinas depresiones que desembocaban siempre en la misma autopregunta: «¿Por qué estamos en este mundo? ¿En qué consiste nuestro destino?» Y cuando yo le argüía que Dios nos había creado por amor, se volvía belicoso y casi me increpaba: «¿No irás a creer en esas boberías?» Cuando se encorajinaba, yo siempre callaba. Temía irritarlo aún más. Pero me dolía verlo tan metido en «nadas», tan dudoso de todo y a veces tan poco seguro de sí mismo.

No podía ser feliz. Era imposible. Lo único que lo ponía de buen humor consistía en sentirse encumbrado, alabado y deseado. Pero caía en picado en cuanto sus inquietudes dejaban vía libre al descanso. No le gustaba reposar. Para Sergio el sosiego era como renunciar a ser alguien, a tener derechos, a convertirse en un ser insignificante. Por eso inventaba inquietudes que le permitían evitar reposos: caza, golf, viajes, festejos. Salidas nocturnas. Todo era válido para él cuando no ejercía de cirujano.

Si no conseguía encontrar una solución agitante, su tendencia a la inseguridad solía vencerla con brotes coléricos. Tenía la impresión de que imponiéndose y humillando a los demás con arrebatos algo violentos vencía la inestabilidad de su ego.

Otra vez la cola de gente que aguarda la llegada del avión. Los viajeros tardan en asomar por la puerta de la aduana.

De pronto vislumbro a Sergio tras los cristales de los batientes. Agito el brazo para que él me vea. Pero no me ve. Está enfrascado en una conversación con un pasajero que yo desconozco.

Mientras tanto los otros viajantes despejan el camino que marca la valla. El local se llena de recién llegados, pero Sergio continúa departiendo animadamente con su interlocutor.

Cuando todos los pasajeros han atravesado la zona franca, yo permanezco en el mismo lugar sin saber lo que debo hacer. Podría ir a su encuentro, pero temo que mi interrupción sea contraproducente. Aguardo. Sergio no puede tardar.

Tras la valla donde yo me encuentro se multiplican los abrazos, las alegrías, los pequeños llantos emocionales. Pero Sergio continúa hablando insistentemente con ese desconocido a unos pocos metros de distancia, como si yo no existiera. Sé que me ha visto porque estoy sola al final de la valla y nuestras miradas se han cruzado.

La cola ha desaparecido. De nuevo me ha mirado, pero ni me saluda ni viene hacia mí. Tampoco yo voy hacia él. Temo molestar, ser poco consecuente y entorpecer una conversación que seguramente es importante.

Durante unos instantes dudo entre quedarme donde estoy o marcharme. Una ráfaga de malestar me está invadiendo. Resulta duro sentirse segundona e ignorada después de haber pasado tanto tiempo esperando su regreso.

No estoy enfadada, estoy triste. Y también me siento ridícula. No sé cómo debo reaccionar. Temo que si me muestro dolida, me replique como hace siempre: «Por favor, Juana, no seas naíf.»

El tiempo se desliza sin segundos ni minutos. El tiempo es ahora un cómplice inicuo de un reloj que no funciona. Pero cada instante que transcurre es como un siglo hecho de desaires.

Cuando al fin Sergio se despide del interlocutor, se acerca hacia donde yo me encuentro. Me abraza y me besa. «¿Estás bien?», me pregunta. No le contesto. Trato de sonreír. No quiero que descubra el descalabro que supone haber permanecido de pie a unos pocos metros de distancia durante su interminable coloquio con un desconocido. Me niego a que averigüe hasta qué punto el largo departir junto a la puerta de la aduana con alguien ajeno a nuestra intimidad ha roto mi alegría de volver a verlo.

No me siento humillada por su falta de atención. Lo que me mantiene alterada es la desorientación que su actitud me ha producido.

Me gustaría expresarle mi decepción. Pero no encuentro la forma de abordarlo. Temo que cite esa palabra odiosa que, poco a poco, va hurgando en la herida de mis pequeños desengaños cuando incurro en algo que le parece indigno de una mujer sensata. «Vamos, Juana, no seas naíf.»

Durante mucho tiempo esa palabra va royendo mis libertades. Por eso antes de decidirme a hablar me aferro al recurso de callar.

Además tengo miedo de haber obrado mal. Con Sergio nunca sé lo que me corresponde hacer. Hasta cierto punto, me siento culpable. En mi fuero interno cuando surgía la desorientación siempre ganaba la culpabilidad. Y eso es lo que a mí me ocurría: vivía desorientada y me sentía culpable. ¿De qué? No lo sabía. Pero me notaba insegura. Temía desprestigiarme. Ciertas demostraciones suelen desprestigiar, especialmente cuando nacen del orgullo herido. Y el mío estaba ya en trance de sufrir gangrena.

Pensaba: Soy orgullosa. Debo corregirme. Pase lo que pase, debo aceptar con sensatez mis indudables fracasos.

Vuelvo a la valla: Sergio camina a mi lado en busca de nuestro coche y yo sigo pensando en el orgullo que me impide ser una mujer normal. No obstante sonrío. Y pregunto trivialidades que suelen esgrimirse entre dos seres que se nutren de distancias, de indiferencias y de rutinas.

De improviso, Sergio me sorprende con una pregunta inesperada: «¿Por qué has venido a buscarme? No hacía falta que te molestaras.»

Seguramente no se da cuenta de que, lo que acaba de decirme, más que pregunta es una afirmación. Para mí viene a ser lo mismo que si me hubiese dicho: «No me hacías falta. Lo importante era departir con aquel pasajero desconocido.»

Le contesto que estaba deseando verlo. «Te he echado tanto de menos.»

Y escucho su voz llamándome tontina romántica. Y constata que también él me ha necesitado: «Sobre todo por las noches.»

En efecto, las noches continúan siendo apasionadas. A pesar de mi embarazo, la fusión siempre es perfecta.

Las camas matrimoniales son buenas aliadas de los ardores, tanto los que son reales como los falsos. Las camas a dos hablan con el lenguaje de los enamorados. Nada puede ser mentira. Nada nos permite creer que lo que nos funde con el ser querido se convierte en cualquier sentimiento que no brote de un amor sincero.

Por eso el amor que yo experimento por Sergio se dignifica en los prodigios del instinto. Mejor dicho, para mí, no resulta creíble que alguien pueda hacer el amor sin sentirlo.

De ahí que acepte con resignación esos amagos de desdenes que durante el día Sergio me depara. Incluso llego a convencerme de que son necesarios, y que sin ellos, la facultad de amar generosamente podría malograrse.

No obstante, en ocasiones no renuncio a departir con él como cuando éramos novios. Necesito que nuestros diálogos se reanuden. Preciso el hecho de que hablar con mi marido no se limite a comentar un anuncio de lluvias, o de soles, ni le diga que «me duele la espalda porque va a cambiar el tiempo». Por ello a veces me arriesgo a abordarlo utilizando temas que a él tanto le gustan: «¿Qué tal tus trabajos quirúrgicos de hoy?» o «¿En qué consiste tal o cual enfermedad que tú has podido atajar?»

Pero cuando le planteo ese tipo de preguntas suele mirarme con cierto atisbo de extrañeza. Casi nunca me explica el resultado de sus actividades profesionales, ni comenta el éxito o las frustraciones de sus trabajos. «No lo entenderías», me contesta.

De pronto: Ibsen. Eso recuerdo: Ibsen y su casita de juguete. Nunca me había sentido tan cercana a la protagonista de *La casa de muñecas* como cuando me noto tratada como un ser inútil. Yo, para mi marido, no valgo para dialogar. Ni tampoco para soportar ciertas deudas amenazantes como le ocurría a la Nora de Ibsen. Yo fluctúo sin grandes problemas internos en un ambiente en el que la superficialidad es la reina. Yo-Nora *no sé ni contesto*. Sólo aparento. Soy una muñeca bien vestida, bien arreglada y con un aspecto envidiable que sonríe, que acepta vacíos sin inmutarse, y que tiene un marido importante dispuesto a mostrar su indudable superioridad en cada momento.

Cierto que la Nora-Juana no se ve envuelta en chantaje como la Nora de Ibsen. Ni tampoco le ha pasado por el magín suicidarse. Pero lentamente va comprendiendo que lo que su marido ve en su persona es únicamente una burda imitación de alguien superficial, y que el día que ya no pueda jugar con ella, la casa de muñecas se desmoronará por falta de diálogo.

Por supuesto, yo comprendo que no estoy facultada para dar consejos a un hombre mucho mayor que yo. Pero a veces echo de menos departir con él cosas más importantes que algún chismorreo o algún barrunto o acaso algún juicio equivocado que siempre revolotea por las conversaciones de las reuniones sociales.

Evoco ahora la presencia de Emilia Rodeno en mi casa. Sergio ha salido de viaje y yo estoy llegando al final de mi embarazo.

Emilia Rodeno suele presentarse siempre sin avisar. No me importa. Ella y su marido son dos puntales amables en mi nueva vida de casada. La veo ahora entrando en mi salita particular, con aire alterado. Precisa hablarme.

Me dice apresuradamente que debo llamar por teléfono a mi marido. Que es urgente: «Te habrás enterado ya del probable escándalo que está a punto de estallar relacionado con esos mecanismos que la firma italiana DURASA ha intentado colar en los medios de comunicación sobre los altos mandos quirúrgicos.»

Algo me suena pero no logro captar lo que Emilia pretende decirme. Sólo le confirmo que Sergio acaba de dirigirse a Italia para informarse sobre un nuevo invento quirúrgico de gran importancia.

Emilia se lleva las manos a la cabeza. «Por favor, llámale al móvil. Que no siga adelante. Están tendiendo una trampa muy bien urdida. Aunque no lo parezca, se trata de un timo con apariencia millonaria. Ese famoso mecanismo es un fraude. Patricio ya ha renunciado a él.» Y me añade que como su marido está en el quirófano, no puede comunicarse con Sergio: «Hazlo tú, Juana. Hazlo de parte de Patricio.»

«No me atrevo —le confieso—. Si como tú aseguras ese dichoso asunto es una trampa bien urdida para engañar a los cirujanos, estoy convencida de que Sergio sabrá detectarlo.»

Pero Emilia insiste. Emilia conoce las interioridades de la empresa DURASA. «El fraude es evidente, se trata de una operación que finge abarcar un capital inexistente. Y que tarde o temprano producirá un estallido a escala internacional. Lo sabe poca gente, pero no creo que tarde mucho en descubrirse el chanchullo.» Y como yo todavía vacilo, insiste: «No lo dudes, Juana. Háblale a tu marido. Le harás un favor.»

Quisiera explicarle a Emilia que Sergio nunca comenta sus asuntos profesionales conmigo, que no confía en mí y que si le llamo por el móvil es muy capaz de echarme en cara la pérdida de tiempo que supone comunicarnos por teléfono sin motivos de peso. Alegará que tiene cosas más importantes que exigen atención y que los consejos de una niña inexperta no deben interferir en sus asuntos. Pero no me atrevo a sincerarme con Emilia. Me produce cierta vergüenza mostrarme ninguneada ante ella. «¿Por qué no le hablas tú?», le pregunto a Emilia.

«No me parece normal. En fin de cuentas tú eres su mujer. Dile que Patricio te lo ha confirmado.»

Tanto insiste que al final me dispongo a comunicar con él. Escucho su voz. Sabe que soy yo la que le llamo:

«¿Qué pasa? —me pregunta con cierta reticencia picajosa—. ¿Algo va mal?» Su pregunta me intimida, me resta fuerzas. Pero no renuncio: «¿Dónde estás?», le pregunto. «Conduciendo.» Le pido que detenga el coche porque voy a comunicarle cierto asunto importante.

Y enseguida: «¿Te ocurre algo?» Le digo que no. Que yo estoy perfectamente, pero que el que está en peligro es él. «Puedes caer en una trampa», le anuncio.

Escucho un soplido que quiere ser media carcajada, «Vaya, hombre; de modo que estoy en peligro. ¿Y en qué consiste la trampa? ¿Puedes especificar a qué clase de trampa te refieres?»

Se lo explico. Pero aunque trato de ser concreta, me noto confusa. Claramente comprendo que Sergio no va a tomar en serio lo que le diga. Y esa sensación me obliga a balbucear frases que no son precisamente convincentes, antes al contrario, se van perdiendo en ruidos vagos que parecen palabras pero son únicamente sonidos prestos a tergiversar lo que intento explicarle.

Me interrumpe. «No entiendo lo que me dices —exclama nervioso—. Trata de ser más concreta.» Con la mirada y un gesto le ruego otra vez a Emilia que exponga ella la razón de mi llamada. Pero se niega. «Debes decírselo tú», me repite por lo bajo: «Eres su mujer y te hará más caso.»

Vuelvo a intentarlo. «No te fíes de la empresa DURASA», le digo: ese tinglado es un timo. Una estafa. Si estás a tiempo, renuncia a negociar con esa gente.»

De nuevo la risita burlona: «Y ¿de dónde has sacado tú esa información tan interesante?»

«De Patricio —le digo—. Ha sido él quien me ha rogado que te avisara.» Pero Sergio no se apea: «¿Y por qué no me ha llamado Patricio directamente?», me pregunta.

Le explico que está operando, que el asunto es urgente

y que por eso me ha rogado que le avisara yo: «Sabe que te diriges a Italia para recabar esa gestión y quería ponerte al corriente de lo que esa empresa pretende.»

Pero de pronto comprendo que Sergio no me escucha. Seguramente el móvil está cumpliendo su frecuente misión de fastidiar al usuario. Probablemente el coche de Sergio está atravesando un túnel, o la mano que sostiene el aparato ha rozado una tecla enemiga, o el mecanismo se cansa de oír voces y decide que, donde se halla, no existe cobertura.

Aguardo a que me llame él. Pero en vista de que el teléfono no suena, vuelvo a marcar el número de su móvil: «¿Otra vez? Pero, vamos a ver, Juana, ¿qué pretendes? ¿Por qué diantres te empeñas en jeringarme el viaje? ¿Quién te manda meter baza en un asunto que no te incumbe. ¿Crees que no sé lo que hago? Por favor, deja de jugar a detectives.»

Me noto atrapada. De nuevo comprendo que lo que Sergio decide es inamovible. El doctor Maritania nunca puede equivocarse.

Contemplo a Emilia y le doy a entender que mi marido no tiene la menor intención de hacerme caso. «Lo siento, Emilia, pero desgraciadamente para él, yo no soy buena consejera. —Y tras un silencio breve—: Tiene razón. Me falta experiencia. Soy demasiado joven para opinar. Los jóvenes tenemos poca credibilidad frente a la opinión de los mayores.»

Emilia me mira con benevolencia. Quizás está adivinando el pequeño terremoto que está trastocando mis percepciones internas.

Asiente con la cabeza, pero no pronuncia palabra. Entre ambas se produce un vacío inmediato que se llena de mil conceptos que ni ella ni yo deseamos comentar.

«No te preocupes, Juana. Allá él con sus ínfulas de hombre infalible —me responde al final—. Tú has cumplido.» Me da un beso y se dirige al vestíbulo. Oigo el chirrido de la puerta que da al jardín. Luego, el portazo. De nuevo recuerdo el portazo de Nora. Seguramente ese portazo lo ha dado Emilia por mí. Sin embargo yo me quedo en la salita. Me noto avergonzada y vejada. Una vez más Sergio me ha confirmado que mis opiniones no cuentan, que mi afán de apoyarlo cuando lo precisa es una fantasía inalcanzable. Y que mi intromisión, lejos de ayudarle, será siempre un quehacer equivocado, un esfuerzo inútil.

Cuando al poco tiempo surgió el estallido y los medios de comunicación airearon la noticia de la gran estafa DURASA, Sergio fingió indiferencia. En ningún momento trató de darse por afectado.

Por Emilia supe que Sergio había perdido mucho dinero. Pero el doctor Maritania nunca reconoció su fracaso y por supuesto jamás me dijo: «¿Sabes una cosa, Juana? Tenías razón cuando me advertiste de lo de la trampa. Fue una estupidez llevarte la contraria. Debí hacerte caso».

Reconocer un fallo, para Sergio era dar un paso atrás, mostrarse debilitado y disminuido. Sobre todo si ha sido advertido de algún peligro por una mujer, casi niña, que él suele calificar de naíf.

* * *

No obstante es posible que lo fuera. En aquel tiempo, mi edad todavía se esmeraba en convertir cualquier adversidad en algo bello. Y yo esperaba aún que los cuentos de hadas pudieran ser reales.

Además, aunque en los insomnios soplaran vientos bravucones, las mañanas se llenaban siempre de esperanzas soleadas, olvidos beneficiosos y perspectivas optimistas que pugnaban por amordazar adversidades y asentar certidumbres prometedoras.

Aunque me sentía dolida, yo aceptaba todavía que Sergio pudiera tener razón. La equivocada era yo, pensaba. Me faltaba el don de la oportunidad. La escasez de años suele ser un factor propicio a derrumbar aciertos. Las corazonadas mandan; nos obligan a considerar que lo que el instinto nos señala es lo adecuado. Pero nos equivocamos. Nada instintivo suele ser razonable. Para acertar hay que meditar, reflexionar y sopesar lo que se debe decir.

Pese a todo, yo continuaba sintiendo por mi marido lo mismo que sentía cuando me casé con él. No obstante, desde mi perspectiva actual no puedo saber con exactitud hasta qué punto lo que yo experimentaba por Sergio era únicamente amor. Había mucho más. En mis lucubraciones siempre se colaba la admiración, su fama de cirujano importante; su porte elegante propio de un hombre atractivo; su aparente seguridad que durante varios años mantuvo ante mí como uno de los pilares más sólidos de su personalidad. Y también cierta piedad por sus «altibajos», sus decaimientos y sus ráfagas de orgullo.

Imposible saber entonces que Sergio era un ser bamboleante (a lo mejor lo sabía, pero trataba de engañarme a mí misma). También ignoraba su incapacidad para evidenciar una infalibilidad de arcilla. Con frecuencia dejaba escapar sus dudas de todo como si de repente alguien le insuflara al oído que en esta vida no era posible estar seguro de nada.

Lo exponía de repente, como si más que hablar conmigo hablara con alguien invisible. «A veces todo se convierte en un inmenso ¿por qué? Nada tiene lógica. Todo es un misterio.» Y de improviso, como si yo pudiera sacarlo del atolladero, me repetía: «¿Te ocurre a ti lo mismo?»

No esperaba respuesta; su pregunta era como pedirme un salvavidas por el móvil mientras la barquita que él utilizaba estaba naufragando en la inmensa soledad del océano.

Al principio aquellas dubitaciones me alarmaban. Quería ayudarlo pero no sabía cómo.

Se comprendía que, repentinamente, algo interno que no podía describir estaba hurgando su vacío, su falta de solidez intelectual o acaso su miedo a esa «nada» para el final de la vida, que siempre andaba citando.

Mis respuestas a sus preguntas solían flotar en el aire. Sergio no las escuchaba. Sólo se escuchaba a sí mismo. Lo que yo pudiera aclararle, no encajaba en sus esquemas.

Pero él preguntaba. Siempre preguntaba. Era su modo de confirmarme que, a pesar de tenerlo todo en este mundo, algo que no podía saber qué era le estaba restando vigor y le impedía continuar trabajando.

Cuando lo veía tan deprimido, no podía evitar sentirme culpable. Al escucharlo tenía la impresión de que yo no le bastaba, que acaso ya no me quería y que por mi culpa era desgraciado.

Entonces yo procuraba mostrarme cariñosa para que no sufriera. Me dolía mucho imaginar que Sergio era desgraciado por mi culpa.

A veces le preguntaba si aquel fenómeno le ocurría ya antes de casarse.

Me decía que sí: «Nunca he dejado de experimentarlo. Empecé a notarlo en la adolescencia.»

Semejante afirmación me tranquilizaba. No podía soportar la idea de ser yo la causante de su angustia.

En cierta ocasión, al verle decaído le pregunté si se encontraba bien. Negó con la cabeza. «Ya sabes; lo de siempre.» Le dije que iba a rezar por él. «Me duele verte tan triste.»

Pero al instante reaccionó: «¿Rezar? Para qué sirve rezar —me contestó—. ¿Quién va a escucharte? Por favor, Juana, deja esas insensateces para tu hermana Rita.» Una mujer de mundo no puede andar perdiendo el tiempo en semejantes majaderías.

Fue duro escuchar aquello, pero no intenté disuadirlo; hubiera sido como nadar sin agua o respirar sin oxígeno. Sergio no quería escuchar. Sólo precisaba quejarse, sentirse hundido por culpa de algo que no sabía definir.

Creo que cuando ocurría aquel fenómeno yo lo quería más que nunca. Siempre he sentido lástima por los seres que sufren y que ignoran cuál es la causa de su sufrimiento.

Además, por aquella época yo todavía no había caído en los errores que todo el mundo aceptaba como buenos.

El mundo cambiaba, la ética iba transformando sus directrices y yo las aceptaba como la mayoría de la gente que trataba.

Hasta entonces la vida para mí había consistido en seguir un camino trazado por valores ancestrales. Un camino liso que muchos empezaban a considerar obsoleto. En el siglo XXI existían otros trazados mucho más atractivos. Avenidas bien pavimentadas, calles con edificios elegantes flanqueados por árboles profusos, bulevares con restaurantes y bares de altura, y hasta pasadizos medio escondidos que prometían placeres discretos y ocultos.

Yo ignoraba que la vida pudiera ofrecer recovecos abocados a convertir nuestra existencia en otras vivencias más luminosas y excitantes. Yo ignoraba muchas cosas que aprendí más tarde cuando de tanto subir cuestas agotadoras decidí probar declives que, aunque no me dejaran rodar cuesta abajo, al menos me permitieran sentirme unida a los demás.

No obstante, mis caminos perdidos todavía eran vitales cuando nació la niña.

La estoy viendo agarrada por las manos de Sergio, mientras la colocaba en mi pecho. «Nuestra hija», decía con voz medio ahogada por la emoción.

Enseguida noté sus labios en mi frente: «Es tan bella como tú», me dijo.

La niña ya no lloraba. La habían aseado y olía a colonia. Su corazón latía. Sus ojos pugnaban por abrirse pero al instante se cerraban. Su piel rosada era como hecha de seda. Y yo tuve la impresión de que aquel pedacito mío y de Sergio iba a convertir nuestro convivir en un avance del Cielo.

Desde el momento actual me cuesta enjuiciar lo que yo experimenté al tener a mi hija por primera vez en los brazos. Lo único que recuerdo con exactitud era la convicción de que aquel montoncito de carne iba a acabar con todas las inercias y todas las incomprensiones que venían atormentándome antes de que naciera.

Recuerdo que cuando besé su frente supe que un nuevo amor comenzaba su andadura alma adentro para enriquecer mi existencia. Era un amor distinto de los que yo había experimentado hasta entonces. No podría describirlo. Tampoco se pueden describir los entresijos intimistas de un panal de miel, o la fascinante organización que rige el mundo soterrado de las hormigas. Algo parecido por lo inexplicable era lo que yo estaba experimentando tras dar a luz a mi hija. Una sensación deslumbrante que transformaba por completo los símbolos habituales que hasta entonces habían regido mi modo de aceptar la vida.

De pronto me sentí mayor, responsable, dependiente

de un sinfín de obligaciones que, lejos de ser una carga, eran despliegues y garantías de una felicidad centelleante y madura.

En cierto modo era como si a partir de entonces todo lo que podía sucederme iba a depender siempre de mi hija. Nada podía ya tener una razón de ser sin ella. Y nada podría motivarme y cambiar mis compendios o sinopsis más allá de su presencia.

* * *

Ahí está ahora Vicenta haciéndose cargo de la pequeña. Y escucho su voz áspera criticando cualquier minucia para no perder la costumbre de acibarar todos los acontecimientos en los que ella iba a ocupar un lugar específico. «La están asfixiando con tanto achuchón —decía—. A los recién nacidos hay que darles "distancias". Bastante apretujados estaban antes de nacer.»

Vicenta seguía interpretando su papel de «alguien responsable», de «persona comprometida y capacitada para lo que fuera menester».

Y la veo arrancando a mi hija de los brazos de Laura, como si el hecho de que la niña fuera mecida por ella pudiera contagiarla de alguna enfermedad incurable. «Pero Vicenta, mujer, Laura tiene derecho a coger a la pequeña», le decía yo casi indignada. Pero ella, que no. Que los recién nacidos deben acostumbrarse a descansar en la cuna, y que ella estaba allí para que las leyes de la naturaleza se cumplieran a rajatabla.

Laura me miraba y sonreía: «Esa mujer no cambia. Sigue siendo tan mandona como cuando vivía tu madre.»

Nunca me atreví a decirle que desde que Laura comenzó a frecuentar mi casa, Vicenta decidió que, de «amiga», Laura tenía poco. Que no la veía clara. Que en ella prevalecía una forma de actuar indefinida: «No es como tú, Juana.» Y yo que por favor dejara de ser tan susceptible, tan desconfiada y tan cargada de manías adversas. «En la vida no todo es un fiasco», le insistía.

Pero ella seguía rebatiendo mis afirmaciones con firmeza como si pudiera adivinar algo que yo no sabía ver.

Afortunadamente Laura nunca se dio por aludida. En aquella época nuestra amistad parecía ser muy firme. Y las suspicacias de Vicenta iban siendo demasiado frecuentes y diversas para tomarlas en serio.

También Bárbara (casada ya con mi padre) fue en los principios una lacra incómoda para Vicenta. No obstante, con ella no se ensañaba como se ensañaba con Laura. Bárbara durante muchos años había sido para Vicenta una señora muy bien educada que pese a su porte elegante no tenía inconveniente en ganarse la vida trabajando en una empresa constructora como interiorista. Pero siempre añadía: «A saber lo que se cocerá en esa empresa. No hay mujer bonita que se mantenga honesta metida en faena con tanto hombre.»

Vicenta consideraba que la honestidad podía peligrar si una mujer inteligente se atrevía a rivalizar en las faenas propias del sexo masculino. No obstante pronto aceptó aquella supuesta anomalía. Bastó que Bárbara, tras la muerte de mi madre, abrazase a Vicenta llorando y alabando su quehacer doméstico durante la cruel enfermedad que había padecido su amiga para vencer los nubarrones de sus dudas: «Sin ti, todo habría naufragado —le dijo—. Fuiste para tu señora la gran ayuda y el gran apoyo.»

Indudablemente casi siempre la adulación puede transformar los recelos en confianzas. Vicenta no es una mujer moldeable, pero asume con facilidad y agradecimiento los halagos. Por eso a partir de entonces ya nunca dudó de la integridad de Bárbara. Antes al contrario, todo fueron alabanzas para ella.

Tras el nacimiento de nuestra hija, hubo un largo período de atenciones por parte de mi marido. Entre él y yo surgió de nuevo un frente a frente de situaciones y actitudes muy parecidas a las que caracterizaron nuestro noviazgo. Nada nos retraía el uno del otro. Al contrario: nuestro matrimonio volvía a ser un nudo de comprensiones y sutilezas. Los hondos agujeros que el tiempo había ido horadando entre nosotros se iban llenando otra vez con la ilusión que ofrece lo nuevo. El milagro de aquella indudable recuperación se debía a la niña. Parecía como si a Sergio le faltaran horas para gozar de aquel ser que durante casi tres años veníamos esperando como se espera el desenlace de una promesa que tarda mucho en cumplirse.

De nuevo yo era la mujer admirada, el punto de referencia de todas sus aspiraciones. Y el orgullo de su vida. Nada adverso podía ya infiltrarse entre él y yo.

Se acabaron los minutos eternos como los que sufrí mientras aguardaba su regreso tras la valla del aeropuerto. Fuera las breves reconvenciones por nimiedades. Y los desdenes cuando intentaba advertirle algo que podía ser contraproducente para él. Fuera la costumbre de repetirme que era una mujer naíf y, sobre todo, fuera sus constantes inquietudes por algo que no podía saber en qué consistía («¿Te ocurre a ti lo mismo, Juana?»). La niña, en aquella época, lo abarcaba todo, lo modificaba todo. O mejor dicho: todo parecía recuperar su puesto perdido, su encaje desencajado y aquella inexplicable lejanía que lentamente había ido echando raíces allá donde las raíces no admitían verdaderos arraigos.

* * *

El sueño me vence. Echo una ojeada al reloj. Una vez más las inquisiciones nocturnas han robado a mi descanso más de dos horas sobrecargadas de recuerdos. Ciertos hechos pasados se niegan a desaparecer de mi memoria. Avaros quieren abarcar un presente con la ferocidad de un animal rabioso. Son terriblemente codiciosos. No claudican. No admiten «ser olvidados».

EL APELLIDO DE DIOS

Nada se parece tanto al olvido como la dispersión de las ideas —piensa Sergio Maritania—. Sin saber por qué de repente todo para él es un caos, todo se convierte en incertidumbres vertiginosas y desvíos mentales. Nada está en su sitio.

Sin embargo las imágenes brotan, imponiendo y reclamando un orden. Aunque mezcladas, todas exigen salir a flote e instalarse en el lugar que les corresponde. Sólo así podrá gobernar el pensamiento para comprender la verdad de lo que se ignora y que pugna por salir a flote.

No obstante cuando Sergio intenta concretar y ceñirse a una de ellas para analizar y vencer la confusión que lo domina, algo más fuerte que su voluntad lo está impidiendo.

—¿Qué es? —pregunta Sergio.

—En este Valle la voluntad ya no tiene poder —le aclara el compañero—. La voluntad es rea de las ideas y de las imágenes. De ahí que tu voluntad carezca de valor.

—Pero yo estoy percibiendo infinidad de situaciones que precisan ser aclaradas. ¿Qué debo hacer?

—Esperar. Percátate de que en este lugar no sois voso-

tros los que mandáis. Por eso estás confuso. La incoherencia domina vuestra voluntad porque todavía estáis a merced de los que viven. En realidad son ellos los que, aunque de un modo involuntario, manejan vuestras evocaciones.

—¿Con qué finalidad?

—La de prepararos para cuando llegue el momento de poder actuar.

—En estos instantes estoy viendo el bautizo de mi hija —exclama Sergio—. No entiendo la razón de ese recuerdo.

—Insisto: no busques la causa. Limítate a analizar la escena.

—Estoy viendo todo con tanta minuciosidad que hasta percibo las sombras de los árboles bamboleándose en la arena del jardín. Y percibo incluso el goteo aceitoso del coche donde mi hija y mi mujer se han instalado para dirigirse a la Iglesia. También escucho el sonido que produce la brisa al rozar los tilos de la avenida que conduce a la verja. El vocerío de las gentes que me rodean me aturde. Son familiares lejanos, algunos amigos y parte de los componentes del servicio doméstico. Veo también a la niña en brazos de Vicenta, durmiendo. Y luego contemplo a las tres acomodadas ya en la parte trasera del vehículo. Yo ocupo el asiento junto al mecánico. ¿Por qué? ¿Por qué recuerdo todo eso?

—No lo recuerdas. Sencillamente forma parte de la escena. Cuando vivías, esas imágenes no tenían importancia, pero en tu estado actual, los momentos destacados de tu existencia surgen aderezados con todos sus detalles —le aclara el compañero.

En efecto. Nada escapa ahora a la memoria de Sergio. Todo se plasma como fue en su momento. Nada deja de tener un protagonismo especial, ni nada puede pasar inadvertido como ocurrió cuando él vivía.

Sin embargo ese «todo» se limita ahora a una sola escena. La del bautizo de su hija y aquello que tuvo que ver con las horas de aquel día.

Contempla la entrada en la iglesia. No se trata de un bautizo masivo. El padre de Juana ha conseguido que la niña fuera bautizada a solas.

Sergio Maritania se ve a sí mismo avanzando por el pasillo hasta llegar al altar. Todo lo que le rodea adquiere relieve. Ve las velas llameantes en los candelabros, las flores blancas en el altar, la pila bautismal tras el arco que separa la nave grande de la capilla lateral.

Y ve al sacerdote derramando el agua sobre la cabeza de la pequeña mientras pronuncia sus nombres silabeando las palabras con la solemnidad propia de un misterio sagrado. «Alma, Margarita y Francisca de Asís.»

Sergio nota un extraño amago de emoción que no comprende. Él no concibe que el ritual del bautizo constituya un acto importante. Ni siquiera conoce el origen de esa ceremonia. «Parece imposible que a estas alturas todavía se tomen en serio semejantes costumbres ancestrales», se dice a sí mismo.

Pero todos los que rodean a la pequeña se muestran atentos, devotos y algo emocionados. Especialmente los padrinos: Bárbara Luque y el padre de Juana.

A decir verdad, Sergio en aquellos momentos no entendía nada. De hecho, todo para él era novedoso y absurdo. Ni sus padres ni los centros de educación donde había estudiado le habían explicado en qué consistía aquel extraño ritual que incluso aceptaban los que no eran creyentes.

Observa ahora a Juana. La contempla como sumida en una devoción que se le antoja ilógica. ¿Por qué sus ojos están húmedos y sus labios se aprietan formando huecos en su mentón como si estuviera haciendo esfuerzos para no llorar?

También la niña ha esbozado un ligero gemido cuando ha notado el frío del agua sobre su cabeza. «Ganas de torturarla», piensa Sergio. Pero reconoce que sin bautizo no podrá casarse por la Iglesia cuando le llegue la hora de enamorarse. Y las bodas civiles son tan sosas. Mejor es ponerse a tono para celebrar una boda por todo lo alto.

No obstante, Sergio se aburre. Quiere regresar a su casa, liberarse pronto de tanta parafernalia, según él, fuera de época. Siempre ha considerado que esas costumbres son flecos algo averiados de prácticas atávicas que inventaban castigos y amenazaban desastres para mantener a raya al personal.

Sergio no ha sido informado de lo que supone pertenecer a una determinada religión que propone civilizar, ayudar y, sobre todo, vivir en paz con los demás y con uno mismo. Por eso desea acabar cuanto antes con tanta antigualla aburrida y rutinaria.

Sin embargo el ritual se prolonga. El bautizo no es suficiente. De pronto surge otra escena, ligada a la que acaba de presenciar.

Juana prometió a su hermana Rita que cuando la pequeña fuera bautizada, sus padres la llevarían al monasterio de San Evaristo para que pudiera conocerla.

Y ahí están ahora aguardando en el locutorio dividido por el grueso enrejado de hierro a que la puerta del fondo se abra y la hermana María Inmaculada comparezca.

De nuevo Sergio percibe aquel olor a humedad que él asociaba a los tufos que probablemente se aspiran en las naves carcelarias. Y se ve a sí mismo comentando con Juana lo que para él constituye una incomprensible anomalía:

«Hay cosas que no se comprenden —le dice—. Pensar que tu hermana ha preferido ser carcelaria en vez de ser carcelera. —Y como Juana no parece escucharlo, insiste—: Con ese palmito no se concibe que haya elegido ser enterrada en vida.»

Juana no contesta. Únicamente sonríe y trata de poner en condiciones el traje de cristianar de la pequeña. Juana es ahora una mujer feliz que no se presta a bucear en los razonamientos de su marido. Ni siquiera teme que pueda crear tiranteces cuando Rita comparezca.

Conoce bien a su hermana y no duda de que si Sergio se deja llevar por sus contrasentidos, Rita sabrá defenderse.

De pronto la puerta del fondo se abre y la hermana María Inmaculada asoma radiante; su paso apresurado avanzando hasta la verja.

Procurando que su hábito no roce demasiado los barrotes de hierro, alarga el brazo y le pide a su hermana que acerque la pequeña para acariciar su frente: «Por fin Dios le ha dado su apellido», comenta con expresión luminosa: «¿Qué nombre le habéis puesto vosotros?»

Juana se apresura a decirle que su primer nombre es Alma.

Rita continúa sonriendo. Comenta parecidos. Se fija en el color de los ojos: «Son azules, como los tuyos», y añade que el nombre que le han puesto al bautizarla la complace: «Pero todavía es más bonito el apellido que le ha dado Dios.»

Sergio la contempla extrañado: «No sabía que vuestro Dios tuviera apellidos —comenta en tono entre burlón y extrañado—. Por lo visto no basta con los que le hemos dado nosotros.»

Rita no se inmuta. Rita siempre tiene una respuesta a

tono frente a cualquier pregunta: «Para su futuro carné de identidad sin duda vuestros apellidos son suficientes —exclama. Y ampliando su sonrisa, añade—: Sin embargo no sirven para garantizar el sello que le ayude a conquistar un Más Allá en buenas condiciones.»

Sergio se rebela. No admite un argumento tan poco científico y tan exento de cordura: «Entonces todos los que no han sido beneficiados con ese misterioso apellido ¿cómo pueden acceder a ese famoso Más Allá que tú proclamas?»

Rita continúa sin inmutarse. Rita no se altera por un quítame allá esas pajas. Rita es ahora un cerebro pensante que no se deja amilanar por cuñados desviados y poco enterados de lo que, según su criterio, es la clave de la vida.

«De hecho todos los humanos tenemos derecho a ese apellido —explica—. Algunos lo rechazan porque prefieren ser hijos ilegítimos o bastardos. Otros ni siquiera saben que pueden tener acceso a esa gran distinción y la mayoría ignora que el apellido de Dios no sólo enaltece al que lo utiliza, sino que le ayuda a vivir mientras la tierra va surcando los mares del vacío.»

Habla con rotundidad, como si sus ideas fueran infalibles. Sergio le reprocha ahora que esté tan segura de todo y le dice que en la vida la certeza engaña y que aunque el engaño domine, nadie puede estar totalmente en posesión de la verdad.

Rita contesta que en efecto: nuestras verdades probablemente son meras imitaciones de la auténtica Verdad, que el ser humano es muy limitado, que con cinco sentidos no se puede enjuiciar con exactitud, pero que todavía es peor negar las verdades reveladas, darles la vuelta y dogmatizar contra los dogmas como si fuéramos dioses: «¿Sabes, Sergio? La prepotencia ofusca. Y negar la evi-

dencia es una forma de imponer criterios inventados por el hombre.»

Sergio toma a broma la respuesta de su cuñada. Mientras tanto Juana procura distanciarse de aquel asomo de discusión. Aunque Rita se expresa suavemente y con evidentes muestras de no querer imponer sus puntos de vista, Sergio no cesa de exponer los suyos como si fueran infalibles: «Perdóname, cuñada, pero la vida me ha enseñado que la mayoría de las religiones son productos de un cerrado fanatismo.»

Rita no se amilana. Ni siquiera transforma su sonrisa en una mueca de enfado: «Es posible que desde tu punto de vista todo lo que se nutre del espíritu se convierta en carnaza fanática. Pero ¿no será también fanatismo considerar fanático al creyente que practica su religión? —le dice ensanchando su sonrisa. Y enseguida añade—: No todo lo que podemos tocar o sujetar es únicamente válido para los humanos. También el viento es producto exclusivo de nuestro planeta, sin embargo es inasible. Asimismo el sonido es inatrapable, y los olores, y los estornudos y los bostezos —bromea—. Sin embargo sería insensato afirmar que no existen. ¿Podrías asegurar que porque no vemos ni tocamos esos fenómenos, deben ser descartados como simples fantasías?»

Sergio continúa presenciando la escena y se da cuenta de que su visita al monasterio de San Evaristo se está convirtiendo para él en algo molesto. Siempre le ocurre lo mismo cuando se enfrenta con la hermana de su mujer. No puede entender lo que Rita intenta decirle. Lo empieza a comprender ahora, pero todavía algo en él se resiste a aceptarlo.

De pronto se escucha el sonido entre tintineante y solemne de unas campanas en acción. Son sonidos cercanos que retumban sin herir el oído: «Tocan a misa vespertina —aclara Rita—. Debo dejaros.» Y a modo de una invitación jocosa le pregunta a su cuñado si quiere asistir con ella a la ceremonia.

«No entiendo de misas», le contesta Sergio y explica que en cierta ocasión participó de una misa que afortunadamente sólo duró un cuarto de hora. «Perdóname, Rita, pero no puedes negar que las misas largas son verdaderos tostones.»

Rita se despide. Besa sus propios dedos y los coloca en la frente de la pequeña. Enseguida añade: «¿Sabes, Sergio? A ti te parece que una misa que dura un cuarto de hora es una misa larga. No obstante la que vivió Cristo duró tres días. Tres largos días con sus noches de un tormento horrible. Sin embargo no quiso acortarla.»

Sergio no entiende lo que le está diciendo. «¿Qué tendrá que ver la misa con la cacareada pasión de Cristo?»

Rita está a punto de marcharse, pero se detiene, contempla a su cuñado y añade: «Todo. Fueron precisamente aquellos tres días de sufrimientos constantes lo que hoy permite a los humanos asistir a las misas que duran sólo un cuarto de hora.»

Rita alcanza ya la puerta del fondo. Pero Sergio le ruega que aguarde un instante: «Me falta saber qué nombre tiene el apellido de Dios», casi le grita.

Rita se vuelve hacia él y exclama:

—Gracia.

Sergio finge que no lo ha oído bien.

—¿García? —pregunta a modo de guasa—. Vaya un nombre exclusivo. España está llena de Garcías.

—No —rectifica ella—. He dicho Gracia. Se llama así porque el que lo recibe queda libre de toda mancha espiritual.

Y sin esperar respuesta, Rita desaparece tras la puerta del fondo. Las campanas han dejado de sonar y la escena del bautizo se esfuma para Sergio sin dejar más rastro que el de un extraño desasosiego. Pero enseguida rectifica: «Cosas de monja», piensa.

ALGO Y TODO. POCO Y MUCHO

El doctor Patricio Rodeno no podía saber con exactitud cuándo comenzó aquel «ver su vida» con un color distinto del que siempre había considerado inalterable.

Él mismo se extrañaba de que incluso sus indiferencias por cosas que hasta entonces se le habían antojado irrelevantes de pronto tuvieran un sentido que jamás había imaginado en ellas.

Tampoco había analizado minucias como por ejemplo un gesto, o un suspiro, o una mirada vuelta hacia un horizonte inexistente que llenaba de bienestar ciertos instantes cruciales.

De improviso, el ánimo casi siempre decaído, se le iba acrecentando entre sentimientos nuevos y alegrías que escasamente tenían razón de ser.

Luego estaba la placidez. Aquel extraño sosiego que parecía dominarlo cuando escuchaba la voz, o la risa, o las pisadas características de una Juana renovada, radiante de felicidad cuando contemplaba a su hija.

Una madre joven era tal vez el espectáculo más bello que Patricio había contemplado jamás.

Ni siquiera había experimentado semejante sensación

cuando nacieron sus hijos y Emilia, todavía vivaz y sonriente, se ocupaba de ellos.

Algo distinto comenzaba a invadir su vida. Algo que, siendo inexplicable, se volvía necesario.

Primero fue la costumbre de continuar frecuentando a los amigos Maritania. Aunque las reuniones masivas se hubieran acabado, nada le impedía aferrarse a la rutina de visitar a sus amigos cuando el trabajo finalizaba. Era su hora distendida. Sus instantes libres de presiones. Conversaban los tres sin ataduras, dejando escapar cavilaciones y motivaciones. «¿Un güisqui?», preguntaba Juana. Y le tendía el vaso como tenía por costumbre.

Juana parecía feliz. Indudablemente la existencia de su hija había rellenado vacíos que amenazaban destruir sus endebles pero siempre prometedores castillos de naipes.

Era posible que aquella endeblez, al parecer superada gracias a la novedad que suponía para su marido el hecho de ser padre, pudiera mantenerse estable. Juana probablemente ni siquiera imaginaba que la devoción que en aquellos instantes Sergio demostraba por su familia y su empeño en acortar la frecuencia de sus viajes y sobre todo la necesidad de llegar a su casa antes de que la pequeña durmiera para analizar cada mueca, cada sonrisa y cada avance vital de la niña, podía cambiar de la noche a la mañana.

«¿Por qué negar los continuos bamboleos anímicos de mi amigo?», pensaba Patricio. Llevaba demasiados años tratándolo para ignorar las constantes veleidades de Sergio. Podía ser entrañable, podía volcarse en amabilidades y convertirse en el hombre más cordial de este mundo, pero de repente, y sin dar explicaciones, se volvía adusto, se transformaba en «otro» que nadie entendía y que él administraba con talento para confundir al interlocutor y darle a entender que la culpa de semejante cambio no era cosa suya, sino de las circunstancias, o de los equívocos ajenos o de cualquier nadería que él sabía elevar a la categoría de motivos relevantes.

Por eso cuando Sergio tras una larga temporada de jugar a ser padre y marido perfecto empezó a exponer necesidades imperiosas que le impedían llegar pronto a su casa, Patricio comprendió que su amigo había traspasado la barrera de sus rutinas para echarse en los brazos de usanzas perdidas, de hábitos que nada se parecían a los que había adoptado al nacer la niña.

El que no cambiaba era Patricio. Aunque Sergio permaneciera ausente, él nunca dejaba de asistir a la casa de su amigo, como venía haciendo desde que el matrimonio Maritania decidió organizar reuniones al término del día.

En ocasiones, Laura Vaquero también se añadía a la tertulia. Los temas que se debatían eran casi siempre los mismos: los desastres diarios que los medios de comunicación anunciaban: el deterioro manifiesto de la capa de ozono, los asesinatos sentimentales, los temblores de tierra inesperados, los robos a mano armada, los escándalos de los curas desviados, los incendios forestales, las inundaciones, el terrorismo, los malos tratos a las mujeres, a los niños, a los hombres.

El guiso que se cocía en lo que Juana denominaba «nave» era cada vez más siniestro y burbujeante. «Salimos de un bache para meternos en otro», comentaba ella entre sonrisueña y alarmada. Pese a todo, Juana en aquella época parecía feliz. A Sergio todavía le divertía jugar a ser padre. Y la madre se convencía de que la actitud de su marido había entrado en la vereda de lo que no cambia.

Lo que le preocupaba a Juana era ver a su amiga Laura algo decaída: «A ti te pasa algo», le decía.

Pero Laura impugnaba cualquier precariedad: negaba con la cabeza, no obstante sus ojos se abrillantaban como si las lágrimas pugnaran por escapar de un dolor oculto.

Fue Patricio el que puso las cosas en su sitio: «Tu amiga Laura se encuentra en bancarrota. Su ex marido está al borde de la ruina —le confió a Juana—. A ese paso tu amiga va a quedarse en las puras bragas.»

Patricio todavía no acababa de averiguar por qué motivo fue tan sincero con Juana. Únicamente recuerda ahora que en cuanto ella tuvo noticia de aquel descalabro, le rogó a su marido que, por favor, la ayudara. «Laura está sufriendo. Tendríamos que prestarle un apoyo hasta que encuentre trabajo.»

Patricio recobra ahora la extraña reacción de Sergio cuando Juana le expuso aquel problema. Mostraba indiferencia. Buscaba un motivo para marear la perdiz: «Hay que restaurar ese cuadro, Juana. La humedad lo está emborrascando» o «No te olvides de mandar mi esmoquin a la tintorería», cualquier cosa valía para desoír las propuestas de su mujer.

Sergio era así. Siempre encontraba pretextos para eludir problemas domésticos. No quería saber.

Pero como en cierta ocasión Juana insistiera, se limitó a contestar: «No te preocupes; Laura sabrá escapar del atasco.»

Patricio todavía ignora qué motivó a su amigo a expresarse de aquel modo.

La que no admitía aquella repentina indigencia era Vicenta: «A mí no me engaña esa señora de pacotilla —le comentó a Patricio—. ¿De dónde saca esas joyas? ¿Y ese nuevo abrigo de visón?»

Juana prestaba poca atención a los anuncios y criterios

de Vicenta. «No le hagas caso —solía decirle a su amigo—. Siempre ve catástrofes en los pequeños estallidos de algún petardo olvidado.»

No obstante, Juana no se hartaba de rogarle a su marido que prestara apoyo a Laura: «La veo tan desvalida.»

También recurrió a su padre. «Ayúdala, papá, Laura precisa un trabajo. Está muy decaída. La vida no ha sido amable con ella.»

A pique estuvo Patricio de decirle a Juana que tampoco Laura había sido amable con la vida. Algo que aún no acababa de asimilar le estaba apuntando que la actitud de aquella mujer no era totalmente clara.

Tampoco eran demasiado transparentes las constantes ausencias de Sergio. No obstante, Juana todavía confiaba. Sergio sabía alimentar su soledad cuando regresaba de las veladas nocturnas que el mundo social organizaba.

También entonces proliferó el número de pacientes. «Debo atenderlos personalmente», y añadía que sus colaboradores no estaban lo suficientemente preparados para diagnosticar ciertas anomalías patológicas.

Patricio Rodeno conocía a los ayudantes de su colega. Especialmente a Felipe Rodríguez Juárez. Era un buen médico. Un profesional inteligente que más de una vez había sacado de apuros al doctor Maritania porque su paradero era desconocido. Sin embargo Juana ignoraba aquellas frecuentes sustituciones.

Juana seguía alimentando la convicción de que su matrimonio había sido el mayor acierto de su vida. Y que más allá de las constantes desapariciones de su marido, sólo había actitudes sacrificadas, cumplimientos de un deber sagrado, y esfuerzos sobrehumanos para salvar vidas y apurar hasta el límite su juramento hipocrático.

Sin embargo las ausencias de Sergio eran cada vez más

habituales: «Afortunadamente su salud no flaquea —comentaba Juana—. Parece hecho de roble.» Y añadía que se sentía orgullosa de vivir con un hombre que sólo pensaba en ayudar al prójimo: «Reconozco que en cuestiones espirituales es un perfecto ignorante, pero suple esa ignorancia con una bondad fuera de todo egoísmo.» Y acababa añadiendo que en el fondo, su forma de darse a los demás era un mandamiento cristiano: «Ya quisieran muchos que se las dan de devotos practicantes llegar a la suela de sus zapatos.»

* * *

No obstante Patricio «sabía». Patricio no ignoraba que las frecuentes huidas de su amigo no siempre obedecían a urgencias profesionales.

Empezó a sospecharlo cierta noche veraniega al asistir a una cena de altos vuelos sobre una terraza abocada al mar.

Entonces Laura Vaquero sólo era una sombra en el ambiente familiar de los Maritania. Una sombra que la sociedad casi ignoraba. Se la citaba, pero pocos se acordaban de ella. Y aunque todavía no presumía de pobre, tampoco despuntaba por un exceso de simpatía. De ahí que su nombre rara vez constara en los listados de los invitados.

Cuando Patricio evoca las minucias de aquella fiesta se acuerda perfectamente de que Laura no figuraba entre los comensales. La historia de Laura tardó algunos años en comenzar su largo camino hacia los barrancos sin protección.

Lo que Patricio recuerda de aquella noche es el conjunto del ambiente: la gran mancha oscura de un mar moteado de luminarias que el cielo prestaba a la superficie del agua, la morbidez de una música suave, y el balanceo de las barcazas que el lento oleaje producía.

De pronto descubrió a su amigo Sergio. Lo habían acomodado junto a una mujer algo madura pero dotada de las armas necesarias para vencer cualquier obstáculo juvenil.

Aquella noche Juana no pudo acompañar a su marido. Juana era ya una madre consecuente de una niña que llamaban Alma y que precisaba de ella para alimentarse.

El ambiente era estimulante y la música suave. A veces los acordes se deslizaban como ladrones por entre los recovecos del sentimiento. Las melodías tristes estaban hechas para embrujar y emocionar. Y la noche también tenía mucho de embrujo y de fantasía cuando se abastecía de estrellas que jugaban a fingir danzas al ritmo de las olas.

Bastaba contemplar la expresión de Sergio mientras departía con su vecina de asiento para adivinar lo que podía ocurrir.

La mujer se llamaba Irene. Una Irene de mirada inteligente y porte interesante. Patricio supo que era viuda, sin hijos y con fama de persona cultivada, con grandes contactos políticos y sociales que le permitían acceder a las más altas esferas del mundo influyente.

Fue en aquella cena cuando Patricio comprendió que, en adelante, los encantos de Juana iban a sufrir grandes mermas en las atenciones de su marido.

Bastaba ver la fusión que se estaba produciendo en la pista de baile entre el cuerpo de aquella mujer y el de su amigo Sergio. No hablaban. Solamente se dejaban mecer por los acordes de una melodía melancólica. «Nada más elocuente que un diálogo musical exento de conceptos verbales», pensó Patricio. Los conceptos verbales surgían después, al apoyo de los silencios musicales y al impulso de una separación corporal forzosa. No resulta lógico seguir bailando al finalizar los acordes. Estaría mal visto. Por eso Sergio y su pareja se desligaron de aquel abrazo, se miraron con la vaguedad que produce el alcohol y murmuraron pequeñas confidencias que, aunque todavía tímidas, abrían puertas capacitadas para trasladar a la pareja más allá del retraimiento y de los sueños nunca realizados.

Irene vivía en Madrid. Y durante varios meses Madrid (según afirmaba Juana) se llenó de enfermos operables que reclamaban someterse al talento quirúrgico del doctor Maritania.

Por aquel tiempo mucho tuvo que bregar el ayudante de Sergio, Felipe Rodríguez Juárez, para sustituir al doctor Maritania debido a las constantes ausencias que se iban sucediendo en cadena.

Afortunadamente, el doctor Rodríguez Juárez era un alumno aventajado y un experto en realizar remiendos artesanales en los enfermos que operaba gracias a las sugerentes lecciones que su jefe le había ido inculcando cuando se producían ausencias obligadas.

En aquella época Juana todavía no sospechaba. Confiada, imaginaba que los frecuentes viajes a Madrid de su marido se debían a fuerzas mayores insalvables.

Lo malo para ella (según pudo constatar Patricio) consistía en la soledad que poco a poco iba adueñándose de sus quehaceres cotidianos.

Alma ya no era un bebé indefenso. Y aunque su madre vigilara cada minucia o alteración de la niña, le sobraba tiempo para sumar vacíos a su proseguir diario.

Más de una vez Patricio la había animado a que continuara sus clases de escultura: «¿Para qué? —alegaba ella—, ¿para que vuelvan a llamarme la "esculturista"?»

Patricio la recuerda ahora en el palacete lujoso que Sergio había rehabilitado para ella al morir sus padres. Es una antigua masía rodeada de plantas profusas y árboles que habían crecido desorganizados pero robustos.

Y la ve rodeada de toda clase de comodidades, de silencios tranquilizantes y de interrogantes que nunca tenían respuestas.

Juana empezaba ya a no comprender muchas cosas. Pero tampoco sabía dilucidar en qué consistían y por qué causa se notaba siempre temerosa. No obstante continuaba aferrada a su faceta de mujer confiada, de esposa colmada y de mujer ilusionada que no acababa de admitir que la vida se le fuera desparramando sin conseguir adentrarse en ciertos razonamientos debido a su escasa experiencia.

Y es que las reuniones sociales no estaban hechas a su medida. No entendía la razón de tantas euforias, tantas afirmaciones siempre envueltas en cotilleos que a nada conducían.

A veces Patricio, cuando la veía tan alejada de aquellos ambientes (alimentados con alcohol y con mal disimulados porros, o quizá con algún estimulante de mayor envergadura), tenía la impresión de que desde que se había casado, aquella mujer sólo rozaba la vida, pero no la vivía a fondo. La gente no reparaba en ella. «Será muy guapa, pero es tan sosa», decían. «Se las da de artista para estar a la altura de su marido y supone que de ese modo llamará la atención.»

No obstante, Patricio no pensaba como la mayoría de aquellas gentes. Patricio llevaba mucho tiempo ahondando en la verdad de Juana. Más de una vez, cuando tras el trabajo se reunía con los Maritania en su casa, se había percatado de que la mujer de Sergio distaba mucho de ser como la juzgaban los que se consideraban amigos de ella.

Emilia pensaba igual que él, aunque casi nunca lo acompañaba en aquellas visitas crepusculares.

Patricio admite ahora que, en efecto, al principio aquella costumbre se había creado para matar el tiempo. Un tiempo sobrante que no tenía pautas ni razones de peso. No obstante, semejantes lucubraciones carecían ya de sentido.

Patricio no podía concretar cuándo comprendió que la verdadera razón de aquella costumbre se hallaba en la posibilidad de departir con Juana sin testigos molestos.

Cuando el ser humano se fía únicamente de la memoria, el tiempo se trocea, se dispersa y resulta imposible calcular con exactitud los «cuándos» y los «cómos» de algo que convierte la vida en algo muy distinto de lo que siempre se ha considerado inmutable.

Por eso ahora el doctor Rodeno no puede juzgar con exactitud cuándo comprendió que aquella necesidad de visitar a sus amigos venía dictada por exigencias extraamistosas. Exigencias que de pronto surgían imperiosas desde lo más profundo de sus inquietudes.

Lo cierto era que el departir entre ambos se iba ajustando cada vez más a sus prioridades.

Juana le hablaba de su vocación interrumpida, de la nostalgia que le iba creciendo por dentro cuando recordaba las horas irrecuperables en el estudio de su maestro Bruno Mateos, muerto hacía más de tres años. «Creo que ya nunca volveré a realizar esculturas», le dijo a Patricio en un momento de abatimiento.

Aquella frase fue una sacudida demasiado quejumbrosa para ignorarla: «No debes abandonar lo que para ti es tan esencial —le dijo casi enfadado—. Crear es siempre el reflejo de unas inquietudes que nunca deben menospreciarse», y le largó un discurso sobre la gravedad de excluir nuestras esperanzas y negarnos a desarrollar lo que constituye un pilar recio en nuestras formas de entender la vida.

Recuerda ahora la expresión relajada de Juana cuando él se convertía en su mentor: «Que no, Juana, que tu propósitos de abandonar tu vocación de escultora son un pecado.» Pero ella no estaba de acuerdo. Ella se notaba presionada no sólo por la sociedad, sino por la persona que más le había impactado: «Lo que yo pueda hacer dista mucho de ser importante», reconocía como quien reconoce una culpa grave.

Le habían imbuido que una mujer como ella, de escasos conocimientos creativos y destinada a ser únicamente una señora de su casa, jamás podría conseguir un puesto decoroso en el mundo de la escultura. Y aquella felonía exasperaba a Patricio.

En cierta ocasión Juana le dijo que, en realidad, las pequeñas depresiones que experimentaba su marido se iban apoderando también de ella: «Me habré contagiado de Sergio —decía—. Es como estar enfermo de vida —le confió con la mirada turbia y casi llorosa—. No obstante, Sergio afirma que lo mío es pura necesidad de hacerme notar, de ser distinta, de no aceptar lo que en realidad me corresponde.»

Aquella vez Patricio reaccionó como si le hubieran clavado un puñal a traición. «Y tú lo has creído. ¿No te das cuenta de que esas maniobras son simples manipulaciones para esclavizarte? Sergio te quiere para él. Lo conozco a fondo. Es muy posesivo.» Pero ella insistía en lo contrario: «Sergio sólo quiere que yo no haga el ridículo.»

En vano Patricio trataba de darle a entender que las protecciones contra el ridículo podrían ser más ridículas que la propia ridiculez: «¿Sabes, Juana? Creo que las piezas de tus cavilaciones están mal colocadas. Sergio no conoce el mundo artístico. Aunque se envanezca de sus éxitos quirúrgicos, ignora la dimensión de las creaciones.»

Y ella que no. A su entender lo que Patricio le decía para animarla era un magnífico «quizás». Algo que siempre se quedaba en el camino y que nunca llegaba a convertirse en un «por fin».

«Es muy raro que los quizá que esperamos lleguen a conseguirse», acabó diciendo.

Patricio negaba con la cabeza: «En la vida lo que se precisa es tener paciencia —insistía—. Eres muy joven, Juana, y tu potencial es muy alto.»

En ocasiones Patricio suele evocar aquella época como una etapa neutra que apuntaba una amistad sin grietas. Una amistad que iba colocando las piezas del futuro en su sitio sin que ni Juana ni él fueran conscientes de la afinidad que los unía.

Sencillamente se encontraban bien juntos. Ni siquiera se daban cuenta de que más que comentar hechos y noticias, sus coloquios iban acumulando confidencias, inquietudes y, aunque de un modo velado, también algunas quejas.

Ocurría pocas veces, pero, de pronto, una frase o una simple palabra ponía de manifiesto pequeñas ruinas vitales del propio doctor Rodeno, como si de alguna forma procurase conjuntar sus frustraciones más íntimas con las todavía vagas decepciones de la mujer de su amigo. En ocasiones se refería a ciertos hechos que sin ser muy concretos alentaban el ánimo. «La vida no consiste en agarrarse a cualquier asidero para vencer la soledad, hay que luchar, Juana —le decía cuando la veía decaída—. La soledad es la gran Celestina del descanso. No te permitas demasiados descansos, Juana. Lucha contra ellos; cánsate.

Trabaja. Crea esculturas —le insistía—. El cansancio físico es el mejor descanso mental.»

Entonces todavía eran pullas triviales que ponían de manifiesto el desierto interno que Patricio venía experimentando desde que su matrimonio, por distintas causas difíciles de concretar, había dejado de ser el soporte más importante de su existencia. Incluso alguna vez las quejas de Patricio tenían nombres. No se pronunciaban pero tanto Juana como él sabían cuáles eran.

Bastaba lanzar alguna alusión a la desidia o al desorden para adivinar que Patricio, sin percatarse de su resbalón, se estaba refiriendo a Emilia. Y bastaba que Juana citara prepotencias y desconciertos al vuelo para que entre ella y Patricio se instalara la imagen del doctor Maritania.

Por supuesto ninguno de los dos mencionaba aquellas características con criterios críticos. Sencillamente las exponía como se expone la descripción de un paisaje o la humedad de un día lluvioso o incluso una joya bellísima que, por circunstancias irrelevantes, se veía obligada a permanecer oculta en una caja fuerte.

De hecho ninguno de los dos se dejaba llevar por el mal gusto de menoscabar los méritos y las virtudes de sus respectivos consortes. Ni Patricio intentaba dejar en mal lugar a su amigo, ni Juana pretendía desprestigiar a Emilia.

Aunque mucho mayor que Juana, Emilia siempre sabía colocarse a su nivel. En cierto modo la admiraba y jamás dio muestras de rebajarla como hacían muchas amigas comunes.

Si la veía derrumbada, procuraba siempre sacarla del atasco. «Tú no te achiques, Juana. Patricio y yo sabemos que tu talento es muy grande.» Aquellas muestras de apoyo eran gratificantes, pero no bastaban para sacarla del pozo cada vez más hondo que atormentaba a Juana. Sergio de nuevo recuperaba sus costumbres perdidas. La niña era ya para él un hecho consumado; un ser añadido a la cotidianidad de sus hábitos y la euforia que experimentó tras su nacimiento había recobrado la apatía que Juana creyó perdida para siempre.

Fue entonces cuando Emilia reforzó su colaboración cada vez que su amiga daba muestras de decaimiento. «No te sientas despreciada —le repetía—. El verdadero desprecio consiste en rebajar, con nuestras razones, las torpes razones de los otros. Y las tuyas son mil veces más inteligentes que las de los que sólo se alimentan de chismes y de cegueras anticulturales.»

* * *

En estos momentos Patricio se halla a solas en su consulta. Es la hora de los encuentros en la cafetería de la clínica. La hora de comentar las minucias de sus quehaceres con el compañero ya perdido en la vaguedad de lo que se esfuma para siempre. La muerte supitaña es implacable. No admite que los recuerdos adversos venzan y ganen la guerra de los hábitos adquiridos. Tal vez por eso cree que, a pesar de todo, está echando de menos a Sergio.

Aunque Patricio era propenso a contradecir los altibajos de su amigo y jamás, desde que se había casado con Juana, alentaba las secretas medidas que su colega adoptaba para engañarla, cuando llegaba la hora de comentar las costumbres contraídas, los posibles rencores o defectos adquiridos quedaban borrados por una extraña nostalgia que no había forma de evitar.

Pese a las muchas felonías del muerto, Patricio no podía admitir que las reuniones de aquellos instantes hubieran muerto con él.

Había tantos interrogantes pendientes de respuestas. Tantas recriminaciones repentinamente carentes de sentido. Y tantos defectos gravitando sobre un pasado incapacitado para mejorar el futuro.

«Se acabó la costumbre de bajar a la cafetería —piensa ahora Patricio—. Se acabó el hábito de descargar contra Sergio reproches, alabanzas y reconocimientos casi siempre adversos.» Nada puede ser ya como había sido. El fallecimiento inesperado fija al individuo en los instantes en que la muerte lo devora, y se lleva con él todos los posibles cambios que un nuevo porvenir podía haberle ofrecido.

LOS TRIUNFOS FRACASADOS

—¿Cuándo podré salir de este horrible presidio terrenal? —pregunta Sergio al compañero.

—Depende de ti. Mientras te resistas a asumir toda la realidad de tu vida y rechaces el peso específico de tus actos, no se te concederá el derecho a evadirte de la tierra. Tus conocimientos todavía son confusos. Las dependencias adquiridas en vida continúan gravitando en vosotros.

—Y, ¿cómo puedo deshacerme de esas dependencias?

—Precisarás ciertas ayudas. No será fácil conseguirlas, pero si no quieres permanecer en este Valle hasta el fin del mundo, deberás intentarlo.

—¿Cómo?

—Lo sabrás más adelante. Ahora aún no estás abierto a ellas.

—Entonces, ¿qué debo hacer?

—En primer lugar vencer tu ignorancia, olvidar tu prepotencia y reconocer tus errores.

Sergio recapacita. Comprende lo que le dicen pero no consigue dar con la fórmula que le permita introducirse en las claves del sistema.

—Si al menos pudiera comunicarme con alguno de los

seres que me rodean —comenta. Y añade que de haber podido elegir, hubiera preferido vagar por el Valle a solas—: Nada acentúa tanto la soledad como verse rodeado de seres que no nos sirven ni pueden ayudarnos.

—No pensabas así cuando ejercías de médico. El aislamiento te horrorizaba. Si te faltaba compañía te notabas desamparado.

Sergio se rebela: no admite un argumento tan desprovisto de lógica:

—Pero es que los que ahora me rodean no me acompañan. Al contrario; están aumentando mi sensación de aislamiento, de abandono, de un total desamparo —continúa explicando Sergio—. Si al menos alguno de ellos me mirara, o me abordara, o se fijara en mí.

—Imposible —replica el compañero—. El hecho de comunicarte con alguno de esos seres resultaría contraproducente. Las compañías imperfectas suelen fomentar aún más los equívocos que cometisteis. Cualquiera de esos seres que te rodean, si se comunicaran contigo evitarían que te percataras de los fallos y desaciertos que caracterizaron tu vida. Debes asumirlos tú solo. Lo contrario aminoraría tu sentido de la responsabilidad que contrajiste. Y lo que tú precisas es sentirte responsable. Cuando vivías rara vez admitías tu responsabilidad. Únicamente pensabas en ti. Todo giraba en torno a tu persona. Ni siquiera cuando te creías altruista, lo eras. Tu pretendido altruismo formaba parte de una incorregible soberbia —continúa explicando el compañero—. Y con soberbia no se puede pisar el eslabón que te saque del Valle y te conduzca allá donde el arrepentimiento es ya auténtico y automático.

—No sé a qué lugar te refieres.

—De hecho no es exactamente un lugar. Es una forma de sentir, de comprender y de ver con claridad vuestros desva-

ríos, vuestras torpezas, vuestros desafíos. Una vez que alcances esa dimensión podrás eliminar todo rastro de suciedad.

—¿Y quién decide allí si estamos sucios o limpios? —pregunta Sergio con cierto tono de sorna.

—Vosotros mismos. En ese lugar no hay más juez que la diafanidad de vuestras propias mentes. Por mucho que podáis sufrir y desear salir de semejante atasco, lo que allí manda y decide va condicionado por vuestros propios criterios. Aunque necesitaréis desesperadamente vencer los obstáculos que os atormentan, también precisaréis sentiros limpios para dar el paso definitivo hacia la felicidad eterna.

Sergio no logra concentrarse en los argumentos de su compañero. De pronto comprende que, aunque en vida se consideraba un hombre culto, era un perfecto ignorante. Nadie, salvo su mujer y su cuñada, solían abordar cuestiones como las que ahora le están aclarando.

—Lo peor no era tu ignorancia —le replica el compañero—. Lo peor consistía en tu insistencia para convencer a Juana de que sus criterios olían a naftalina, que en el mundo de los sabios nadie se cuestionaba semejantes fantasías, que al morir uno se adentraba en la nada y que sólo importaba triunfar a costa de lo que fuera mientras se vivía, porque el tiempo era siempre breve.

—Eso era lo que yo creía.

—Quizá te empeñabas en creerlo. Estabas demasiado aferrado a tus hábitos y temías perderlos si te dejabas llevar por criterios que negaban tus triunfos terrenales.

Y como Sergio no parece entender lo que le explican, el compañero recalca:

—Una cosa es no tener fe, y otra mucho más grave procurar que los que la tienen, la pierdan. Eso es lo que tú hacías con Juana. Precisabas contagiarle tus argumentos para convencerte a ti mismo de que tenías razón.

De nuevo la plática del compañero se esfuma. La mente de Sergio súbitamente experimenta un quiebro: la niña ha crecido. Acaba de dar sus primeros pasos. Juana la contempla como quien descubre un tesoro. Le tiende los brazos para que la pequeña se eche en ellos y enseguida la abraza. Sergio las contempla casi con ternura. Y también con cierto alivio. Ver la fusión de su mujer con su propia hija viene a equilibrar los desgarros ocultos que sin duda ha podido causar con sus constantes ausencias.

Irene ya no es el núcleo de sus infidelidades. Irene duró lo que duran las tempestades de un verano ardiente. Irene sólo fue la bisagra de una puerta que se abría a un horizonte olvidado. Alguien que se empeñó en causar a Sergio nostalgias de una juventud perdida en una reciente madurez más o menos consecuente.

De hecho aquel desliz fue sólo un principio. Pero bastó aquel primer eslabón para que el doctor Maritania recuperase su necesidad de sentirse nuevamente joven.

Ni siquiera le bastaba que su mujer lo fuera. Para él la juventud de un hombre se medía más allá de los años. La juventud de los hombres consistía en acumular conquistas, probar el sabor de varias mujeres, buscar continuamente la fémina distinta, aquella que podía conducirle al nirvana de lo inesperado. Sólo lo «inesperado» podía acabar de una vez para siempre con sus periódicas neuras. Aquellas depresiones que Juana definía como «estar enfermo de vida».

Sin embargo Sergio siempre le llevaba la contraria cuando su mujer se expresaba de aquel modo: «No, Juana; no estoy enfermo de vida. Estoy enfermo de muerte», le había dicho alguna vez.

Y es que, para Sergio, ponerse a meditar era siempre un suplicio. La meditación solía llevarle al miedo, al vacío, al horror de caer en la nada.

No obstante, la llegada de su hija cambió el rumbo de sus miedos y terrores. La niña era la novedad soñada, la confirmación de que su matrimonio con Juana era la pieza que faltaba para alcanzar la verdadera felicidad.

Lo está comprendiendo ahora mientras contempla a la pequeña Alma corriendo todavía inestable hacia los brazos que le tiende su madre.

Juana abraza a la niña, Sergio experimenta cierto alivio. Juana no conoce sus maniobras extramatrimoniales. Y si las conoce, le basta tener a la niña en sus brazos para restar importancia a sus devaneos de hombre maduro.

El día ha amanecido alegre y el jardín se inunda de sombras y claridades que discurren suavemente al impulso de una brisa que barre el sopor de un verano todavía agraz.

Aunque cunde el silencio, en torno a él revolotean infinidad de murmullos que cuando vivía no llegaba a captar. Los capta ahora tal como se captan los recuerdos desfasados al contemplar fotografías añejas.

Son sonidos deslavazados que rara vez se detectaban en los vaivenes cotidianos. Los comportamientos humanos sólo asumen aquellos que coinciden con las conductas y los acontecimientos que se están viviendo.

Ahora no. Ahora todo lo que Sergio percibe sobresale exigiendo una atención especial: los pasos algo oscilantes de la niña acercándose a su madre, los aleteos rápidos de los pájaros rasgando un cielo diáfano, el sonido de las hojas cuando el viento las balancea, las respiraciones de los que le rodean, la tos de Vicenta seguida de un carraspeo un tanto altivo y algo exigente.

No obstante, pese a los fenómenos que ahora va descubriendo, Sergio experimenta una gran paz.

Todo cuanto percibe es casi perfecto: la alegría de la

pequeña, la risa espontánea de su madre, y la esperanza de que lo que está experimentando va a durar para siempre.

Se diría que los relieves propios de los sobresaltos quejumbrosos, que de vez en cuando amenazaban brotes de tormentas, se han alisado. La tarde es plácida y Sergio acepta esa placidez como un regalo que el destino le tenía reservado para compensar los contrasentidos y posibles dificultades que su profesión le obligaba a soportar.

Además Juana lleva ya mucho tiempo sin acordarse de sus figuritas. Nada parece colmar tanto sus desosiegos y apetencias como la niña.

De vez en cuando se dirige a su marido para comunicarle los pequeños descubrimientos que le ofrece la pequeña: «¿Te has fijado cómo nos mira? Se le nota que es feliz» o *«Cuando frunce el entrecejo se le pone cara de sabionda. A lo mejor acaba convirtiéndose en un fenómeno de la cirugía como tú».*

En estos momentos Juana continúa siendo la mujer que no duda. Sus hábitos no han cambiado. Consecuente con sus creencias, sigue practicando. En vano Sergio intenta de vez en cuando tomar a broma sus convicciones. Juana no se inmuta. Sonríe y le da a entender que algún día también él «comprenderá».

Incluso en cierta ocasión, para escandalizarla, se presta a confiarle ciertas prácticas que ella considera abominables.

En estos momentos, mientras la contempla jugando con la niña, Sergio le dice que debe marcharse porque tiene un compromiso urgente que no puede desatender.

Juana le pregunta en qué consiste la urgencia. No le interroga con curiosidad, ni siquiera con interés. Su inter-

pelación es únicamente una forma de llenar una porción del jardín con su voz. Una manera cordial de mostrarse unida a los quehaceres de su marido.

Sergio esboza una sonrisa un tanto desafiante. De sobra conoce lo mucho que va a dolerle a Juana lo que va a responderle, pero no se inmuta. «Debo realizar dos interrupciones de embarazo —le confía con la mayor naturalidad—. Sí, ya sé que no se trata de mi especialidad, pero las afectadas son dos buenas amigas y prefieren que sea yo quien las intervenga.»

Juana ya no juega con la niña. Juana es ahora una figura sombría que adopta la actitud de una estatua. Ni siquiera percibe el empeño de la pequeña en llamar su atención, dándole tirones a su falda.

Sergio sabe que la está hiriendo: que para ella esas dos interrupciones van a ser dos crímenes. Pero Juana no se altera ni protesta. Calla. Y durante unos instantes Sergio tiene la impresión de que también el jardín ha perdido su voz. Ya nada ondea en torno a él con sonidos amables.

Todo se vuelve silencio. Un silencio frío como de muerte. Sergio intenta defenderse: «Uno de esos fetos puede ser deficiente —explica—. Mejor es que no nazca. Su madre no quiere tener niños anormales.»

Y como comprende que su argumento no sirve, enseguida añade: «La otra tiene muchos hijos y se niega a aumentar la familia. Está al borde de la depresión. Si yo no neutralizo el feto, la madre puede sufrir un gran shock *psicológico. Es mi deber ayudarla. —Y añade—: El tiempo apremia. Imposible posponer mi trabajo. Si tardara en realizarlo, a lo mejor podrían multarme.»*

Juana continúa inmóvil. La mirada fija en la pequeña Alma. No se atreve a contemplar a su marido. En estos momentos Sergio no es el hombre que llegó a enamorarla.

Para ella ni siquiera es un hombre. Es una máquina con facultad para matar.

Resulta difícil echarle en cara lo que acaba de comunicarle. A veces las palabras se escapan, se desentienden de los razonamientos por muy evidentes que sean. Y Sergio insiste: «No adoptes esa actitud, Juana. La ley es la ley. Y mis intervenciones son estrictamente legales.»

Juana coge a la niña en brazos y se dirige hacia la casa. El jardín le está doliendo demasiado. No quiere ver a su marido. También escuchar su voz se está convirtiendo en un suplicio.

Tampoco intenta convencerle de que las leyes no son infalibles y que muchas de ellas son más ilegales que ciertas prohibiciones.

La niña levanta el bracito para decir adiós a su padre. Juana continúa callada y el jardín está perdiendo sus relieves. Sergio se encoge de hombros. «Esas mojigatas —piensa—. ¿Por qué me habré casado con una medio monja?», se reprocha.

EL ACORDEÓN AGUJEREADO

Aquella tarde, cuando abandoné el jardín con la niña en brazos, tuve la impresión de que algo muy importante dentro de mí acababa de ser destruido. No sabría concretar con exactitud qué era: sólo estaba segura de que cierta pieza muy valiosa se había roto. Y que la melodía afectiva que hasta entonces había dignificado mi vida estaba modificando sus notas armónicas como si fuera un acordeón con el fuelle agujereado.

El aire de mis sueños ya no obedecía a las teclas. El aire de los sueños se me estaba escapando por los agujeros que repentinamente había sufrido el valioso instrumento que presidía mi vida.

No podría asegurar si lo que yo experimentaba en aquellos momentos significaba una merma grave de mi amor por Sergio. Pese al desengaño que suponía descubrir en él una faceta que lo transformaba en una lamentable caricatura del médico sólido y consecuente que yo tanto había admirado, continuaba queriéndole. Las guerras internas de los sentimientos nunca pueden concretarse con exactitud. Existen demasiados factores que se enfrentan con las armas en alto para saber cuál es el bando que nos pertenece o cuál debemos atacar.

Sin embargo, a veces en los amores más entrañables surgen grietas que parecen insalvables; desvíos que dañan los sentimientos y los amenazan de muerte. Y eso era lo que yo percibía en aquellos instantes, fisuras que herían, cortes de algo importante que tal vez nunca podrían cicatrizarse. No obstante lo que predominaba en mí no era tanto la desilusión que Sergio me había causado como la desorientación que su declaración acababa de producirme. No encontraba el modo de cerrar aquel hecho que tanto podía dolerme y ofuscarme.

Contemplaba a mi hija bulliciosa, alegre, serpenteando por la habitación, colmada de vida, de invenciones repentinas para jugar a ser alguien y dar razón a su existencia, al tiempo que me parecía imposible que su padre estuviera facultado para robar a otros seres (como era ella cuando yo la llevaba en mi vientre) los derechos que, por desarmados y desvalidos, no podían defender.

Sin embargo yo todavía confiaba en que mi desilusión fuera remediable: el tiempo tiene resortes muy eficaces para convertir ciertos desengaños en sombras de recuerdos que acaban por resultar inofensivos.

Lo difícil era vencer la desorientación. Esos «ir y venir» que nunca acaban de acoplarse y que pocas veces nos permiten encauzar nuestras decisiones hacia las metas adecuadas.

En un principio mi reacción consistió en huir. Escapar de aquella voz que me acababa de mostrar una faceta que, por muy legal que fuera, era a su vez un delito. No obstante, mientras trataba de situarme en el terreno de la sensatez, todo se me iba en idas y retornos, incapacitados para transmitirme una opción serena.

En mi mente bullía un mundo de contradicciones. Todo se mezclaba: el dolor que Sergio me había causado con sus constantes argumentos sobre mi falta de elasticidad y mi tendencia a contemplar la vida desde un punto de vista según él naíf. Luego estaba mi indisoluble unión matrimonial (desde siempre había oído decir que la mujer debe estar unida al marido para formar una sola carne y participar de sus vivencias como si fueran las propias). Que lo esencial era evitar reproches y que la diferencia de edad que existía entre nosotros mermaba cualquier opinión mía que pudiera enfrentarse a la suya: «Qué sabrás tú —era una frase muy repetida en el léxico de mi marido—. Eres demasiado joven para opinar.»

Lo mejor era callar, fingir que sus declaraciones no me habían inmutado y tratar de serenarme para que cuando él regresara, no me encontrase enfurruñada ni ofendida.

A pesar de todo, algo especial estaba minando mi aprecio hacia él. Algo que me dolía tanto como me había dolido su declaración sobre las intervenciones que debía hacer.

Fue una tarde larga. Una tarde en que el crepúsculo tardaba en llegar porque las primaveras se empeñan siempre en prolongar una luz diáfana aunque todo en torno a nosotros sea noche oscura.

Aquel día Patricio no pudo cumplir con el rito de acercarse a nuestra casa como venía haciendo casi siempre. Me alegré de que no viniera. Me hubiera resultado difícil no desahogarme con él. Tenía la convicción de que Patricio tampoco hubiera aceptado los argumentos de Sergio, y eso hubiera supuesto una especie de infidelidad hacia mi marido.

Afortunadamente algo vino a recomponer de algún modo la sensación de estar viviendo una tarde hueca y triste: la inesperada visita de mi padre y de Bárbara. No llegaron solos. Venían acompañados de un hombre un tanto peculiar que ambos habían conocido en su último viaje a París. Era alto, de cabello canoso y mirada clara. Al principio tuve la impresión de que ya lo conocía, sin embargo me resultaba difícil dar con sus señas de identidad. Era francés. Un francés de acento parisino que lo situaba en ambientes refinados. Cuando lo nombraron me parecía imposible que el famoso Roger Bousset estuviera allí, en mi propia casa.

Inmediatamente me vino a la mente las veces que Bruno Mateos había citado su nombre mientras nos daba clases en su estudio. «Hoy día, Roger Bousset es el mejor crítico de las artes plásticas —solía argumentar—. Deberíais leer las obras que ha escrito relacionadas con sus visitas a los mejores museos del mundo.»

Y añadía algunas frases escritas por él, que pretendían realzar su categoría de crítico avezado: «Lo clásico no destruye el valor de la nueva figuración. Los principios básicos jamás se alteran cuando la mano que esculpe se atiene a la solidez y el rigor que las estructuras exigen.» O bien: «Las buenas esculturas no excluyen tendencias diversas aunque no se ajusten a la realidad visual.»

Le tendí la mano emocionada. No podía creer que un crítico de su categoría estuviera departiendo conmigo como si yo fuera una escultora apreciable: «Su padre se ha empeñado en que yo analice sus obras —me había dicho al llegar. Y añadió—: Nos conocimos en una velada artística celebrada en París. Afortunadamente yo ya tenía previsto mi viaje a España.»

Lo estoy viendo ahora tal como lo contemplé aquella tarde. No puedo juzgar con exactitud la impresión que su presencia me produjo. Sólo puedo evocar su expresión amable, su mirada risueña, su porte erguido de hombre seguro de sí mismo y convencido de su capacidad analítica.

Y también recuerdo que durante el tiempo que estuvo allí departiendo conmigo, la desolación que las declaraciones de Sergio me habían causado estaban dando paso a una atmósfera ambiental completamente ajena a la que acababa de soportar. De pronto ya nada se tambaleaba, nada anunciaba huecos en el acordeón de mi vida. Roger Bousset acababa de convertir mis horizontes sombríos en una estabilidad simétrica y estable. Sobre todo cuando a instancias de mi padre y de Bárbara subimos al desván donde yo había encarcelado mis «pobres y ridículas figuritas» que tanto había denigrado mi marido.

De entrada se produjo un silencio algo sospechoso. Fue un lapso demasiado largo para que mis temores no eclipsaran el entusiasmo que me había producido el hecho de conocer a aquel hombre.

No sé cuánto tiempo estuvo él revisando cada pieza. Se me antojaron siglos. Su silencio no podía augurar nada bueno. Los diagnósticos tardíos jamás suelen ser positivos.

Tampoco me atrevía a mirar a mi padre. Temía ver en él la misma desilusión que estaba yo experimentando.

El desván en aquellos momentos era para mí un inmenso reproche por haber permitido que mi padre se hubiera atrevido a involucrar al crítico de arte más exigente del momento para determinar sobre unas «figuritas» que, a medida que los segundos pasaban, se me iban convirtiendo en verdaderos engendros.

En aquellos momentos debo reconocer que no me sentía defraudada: me sentía avergonzada, intrusa de algo que no encajaba ni con mi forma de vida, ni con mis ilusiones, ni por supuesto con el arte auténtico.

Contemplaba aquella horrible habitación saturada de polvo y de muebles y objetos inservibles con el rencor que puede causar una esperanza equivocada. «No debí aceptar que ese hombre subiera al desván», pensaba. Pero estaba allí, mirando mis pequeños esperpentos con la curiosidad malsana que experimentan los desaprensivos.

Y yo soportando aquella pantomima, simulando una indiferencia que en realidad era un temor envarado y tenso, mientras trataba de mentalizarme para fingir que la opinión de aquel hombre no me importaba demasiado y que el silencio del que hacía gala acaso fueran gritos jubilosos llenos de alabanzas.

Recuerdo que de pronto y todavía inmerso en el más crudo silencio, posó su mano sobre una de mis obras y comenzó a acariciarla. Lo hacía suavemente, como si temiera herirla. Luego se volvió hacia mí: «¿Por qué la esconde? —me preguntó—. Debería instalarla en el salón de esta casa.»

No lo entendía. Durante unos instantes creí que no se estaba refiriendo a mis trabajos. Pero Roger Bousset súbitamente me preguntó: «¿Todo lo que estoy contemplando lo ha hecho usted?» Y como yo perpleja asintiera, insistió: «Y, ¿por qué lo oculta? No tiene sentido.»

Sentido no tenía lo que estaba escuchando. Durante un lapso breve pensé que Roger Bousset se estaba burlando de mí.

De pronto mi padre tomó la palabra: «Desde siempre supe que mi hija ignoraba el valor de sus trabajos», exclamó.

Bousset se volvió de espaldas a las célebres «figuritas» y me miró fijamente: el rostro severo, el rictus como de enfado y su porte erguido, levemente vencido hacia delante, adoptando una postura propia de un hombre entre asombrado y reverente: «Cuando su padre me habló de usted, nunca imaginé que sus alabanzas pudieran ser algo más que simples arrebatos propios de un amor de padre. Ahora comprendo que no sólo no estaba equivocado, sino que se quedó corto.»

No pude contestarle. Fue Bárbara la que lo hizo por mí. «A veces las ignorancias de los que nos rodean, acaban por aniquilar las verdades más relevantes», exclamó. Y enseguida añadió—: Juana se mueve en un mundo totalmente opuesto al arte.»

Recuerdo la mano de mi padre posándose sobre mi cabeza: «Creo que mi hija merecía la opinión de un verdadero experto. Sobre todo porque aunque ella no me lo ha dicho, seguramente había adoptado la decisión de abandonar la escultura. —Y tras una ligera pausa decretó—: Hubiera sido un crimen que renunciara a su verdadera vocación.»

Roger Bousset ya no me miraba. Sus ojos de nuevo escudriñaban con atención aquel montón de trabajos que yo había arrinconado junto con los objetos que ya no servían o carecían de valor. Sin palabras, sin aspavientos, sin dar muestras de asombro, pero censurando abiertamente el holocausto al que mis obras habían sido condenadas, dijo entonces que semejante atropello se iba a acabar: «Debo mantener una larga charla con usted —exclamó y volviéndose hacia mí—: Esas joyas no merecen el destino que usted ha decretado para ellas. —Y sin alisar su ceño, siguió argumentando—: Como experto en la materia, me veo obligado a liberarlas de su encierro. Su padre tiene razón, sería un crimen que usted dejara de trabajar.»

Debo admitir que al oírlo fue como escuchar un sonido musical hecho sólo de palabras. Nada era ya lo mismo en el descenso angustioso que experimenté al escuchar la confesión de mi marido. De improviso todo se volvía luz, todo se prestaba a derrumbar obstáculos, amenazas y desprecios.

No recuerdo con exactitud lo que le dije. Probablemente ni siquiera le di las gracias. Lo abracé. Lo abracé como sin duda los moribundos que Sergio resucitaba con la magia de sus manos lo abrazaban a él, tras recobrar el derecho a vivir.

Eso era lo que yo experimentaba en aquellos momentos: un extraño resurgir tras una larga etapa de agonía. Un saberme rescatada de no se sabía qué lugar cavernoso que olía a tumba mohosa.

Fue lo mismo que despertar en una dimensión a la que yo había ya renunciado. Sergio no estaba. En aquellos momentos Sergio y sus manejos quirúrgicos ni siquiera existían. Sólo existía una mano acariciando mis trabajos y una voz que se empeñaba en ahogar las frases que pudieran anular las que durante varios años había ido apagando cualquier resquicio de esperanza.

Recuerdo que Roger, después del abrazo que le di, se quedó mirándome entre asombrado y complacido: «Nadie me había dado las gracias de una forma tan seductora —bromeó riendo. E inmediatamente se acercó a mí y me estampó un beso en la mejilla—. También yo quiero darle las gracias. Para un amante del arte, descubrir un talento como el suyo no deja de ser mucho más que un alto en el camino: es un descubrimiento triunfal.»

No supe replicarle. Escuchaba las risas de mi padre y de Bárbara. Contemplaba la mueca un tanto chancera de Roger y lo que acababa de decirme fue como si todos mis complejos acumulados desde que me había introducido en el ambiente que frecuentaba mi marido desaparecieran. Nada era ya lo que había sido. Nada arrastraba reproches, ni desdenes, ni podía ya acumular vergüenzas.

Hasta la miseria del desván era ya un señuelo. Toda la sordidez que nos rodeaba se esfumaba para dar paso a un pequeño universo de bellezas jamás soñadas.

Estaban allí, en un rincón junto a una tronera que todavía despedía una luz descarada pese al declinar de la tarde.

No puedo negarlo. Fue entonces cuando por primera vez tomé conciencia de que mis denostadas figuritas eran algo mucho más importante de lo que habían propagado las torpes opiniones de los que contemplaban la vida con los ojos cerrados y la mente apagada.

Todo se estaba reestructurando en aquel pedazo de nave desmantelada que sólo acumulaba trastos desdeñados.

Ya nada podía afectarme cuando alguien sacara a relucir mis torpes devaneos artísticos. Se acabaron los complejos, los miedos, las afrentas que los quiebros humanos de la gente que tratábamos solían dirigirme con acentos poco halagüeños.

Roger Bousset estaba superando todas las heridas que, año tras año, habían ido plagando de cicatrices mis emociones más secretas y entrañables.

No. Aquella tarde no fue sólo un departir amable, o un ritornelo doloroso cuando evocaba la tarea que mi marido estaba realizando en la clínica.

Confieso que tras la visita concertada por mi padre, la evocación de un Sergio llenando mi mundo particular de desorientaciones se estaba borrando.

Todo se me iba en escuchar a Bousset proyectando estrategias, anunciándome apoyos y asegurándome que en adelante, él iba a tomar las riendas de mi futuro artístico: «Es una vergüenza que su talento no salga a la luz.»

Recuerdo ahora los comentarios de mi padre, las sonrisas alentadoras de Bárbara y, sobre todo, aquella luz que se filtraba por la tronera como si a partir de aquellos instantes el desván jamás pudiera ser otra vez el trastero oscuro de las cosas inservibles que se resignaban a medio vivir en la oscuridad de lo que no merecía ni verse ni ser tocado por tratarse sólo de residuos viejos y feos.

* * *

Estoy viendo ahora la llegada de mi marido. Roger Bousset acababa de marcharse con mi padre y yo me había instalado en la sala de estar en espera de correr a su encuentro para explicarle lo ocurrido durante su ausencia.

En aquellos momentos era ya de noche. Una noche que todavía arrastraba la luminosidad de una tarde alargada. Había noches así: incapacitadas para ser oscuras.

Y la de aquel día era como un reflejo prolongado de una luz especial que la tronera del desván emitía con el vigor propio de un inmenso ventanal.

Recuerdo que dentro de mis percepciones todo era radiante. Ni siquiera podía afectarme ya lo que Sergio me había comunicado respecto de las interrupciones que iba a efectuar en la clínica. Tanto las pesadumbres como las desilusiones, cuando se ven anegadas por alegrías inesperadas desaparecen, se esfuman, se vuelven pequeñas contrariedades que no merecen ya nuestra atención.

Por eso cuando supe que Sergio estaba allí, salí al jardín para echarme en sus brazos.

Precisaba comunicarle mi alegría, volcarle aquella felicidad nueva que mi encuentro con Roger Bousset me había proporcionado. ¿Quién mejor que mi marido podía recoger el puñado de ilusiones que Bousset me había regalado? ¿No era Sergio aquella mitad de mí misma que desde que contrajimos matrimonio debía compartir conmigo penas, alegrías y toda clase de eventos destacados?

«Debe ser el primero en saberlo —pensaba—. Tiene derecho a ser tan feliz como yo lo sería si él me comunicara algún trance suyo que fuera gratamente importante.»

Recuerdo que salí al jardín corriendo. Llegué hasta la puerta del garaje. Aguardé a que saliera del coche y me lancé hacia él para abrazarlo.

Eso fue lo que hice: estrecharlo con fuerza como si aquella fusión bastara para transmitirle mi entusiasmo. «Soy tan feliz —le susurré al oído—. Necesito decírtelo. Quiero que tú lo sepas antes que nadie.»

No me entendía. Intenté ser más explícita: «Nunca dirías quién ha venido a verme. —Y enseguida añadí—: Roger Bousset.»

Sergio continuaba sin entenderme. A veces demasiado alborozo aturde y obnubila.

Ni por un momento me pasó por la imaginación que aquel nombre era un arcano para él: «¿Y quién demonios es Roger Bousset», preguntó.

Todavía eufórica me permití ser un poco impertinente: «¿Es posible que nunca hayas oído hablar de él?», le dije.

Enseguida comprendí que mi pregunta era irrelevante. Tampoco yo hubiera podido conocer los nombres importantes de ciertas figuras eminentes que Sergio podía citar en el terreno quirúrgico.

«Se trata del mejor crítico de arte de nuestro tiempo —le aclaré—. Ha escrito muchos libros.» Sergio no me entendía. Venía cansado y producía la impresión de que mis manifestaciones le parecían exageradas. «¿Y qué cuernos supone para ti ese señor? ¿No te habrás enamorado de él?»

Sus palabras me sonaban a réplicas sin sentido: ecos deslavazados que estaban convirtiendo mi regocijo en una especie de delirio deshumanizado. A pesar de todo, no bajé velas. Existía una verdad relevante que Sergio debía conocer. Aunque en su ignorancia artística pretendiera restar importancia a lo que yo acababa de decirle, mi aparente quimera continuaba siendo una realidad ineludible.

«Ha subido al desván. Quería ver mis trabajos —le expliqué—. Le han parecido magníficos y está dispuesto a promocionarlos.» Y como Sergio me mirara con aire de no entender lo que le decía, añadí: «Se ha empeñado en que recupere mis actividades escultóricas. Ha dicho que sería un crimen enterrar unas obras tan valiosas. Sí, Sergio: no me mires así. Ha dicho "valiosas". No lo estoy inventando.»

Sergio frunció el entrecejo. Comenzaba a comprender. Era un comprender extraño, como de alguien que está viendo venir el derrumbamiento de un edificio o un alud de nieve rodando por una montaña sin árboles dispuestos a protegernos.

«Así que todo va a volver a empezar —me espetó con aire severo—. Yo creí que tus manías artísticas se habían acabado.»

No recuerdo muy bien lo que le repliqué. Tal vez no dije nada. Únicamente supe. Y también comprendí. Y por primera vez desde que me había casado tuve la sensación de que entre Sergio y yo se estaba abriendo una brecha que difícilmente podría cerrarse.

No obstante, no era aquella sensación lo que verdaderamente me dolía. Lo que me estaba dañando era sólo un reflejo de lo que su actitud soslayaba más allá de sus frialdades e incomprensiones. Repentinamente vi con claridad que lo que para mí era un valor imprescindible, para mi marido era casi una vergüenza.

Sergio nunca había apreciado mis trabajos. Desde su punto de vista, mi vocación artística era sólo un capricho, una fantasía arbitraria para hacerme notar. Por mucho que lo que él denominaba «mis figuritas» pudieran ser apreciadas por algún especialista en la materia, yo continuaría siendo para él la «esculturista» que presumía de escultora.

Fue lo mismo que tragar una porción de veneno. De pronto recordé. En ocasiones los recuerdos que nos estorban y destrozan ilusiones instintivamente los condenamos al rincón más lejano del olvido. No queremos enfrentarnos a ellos. Los enfrentamientos pueden destruir nuestras convicciones más esperanzadoras.

Pero los recuerdos estaban allí, destapando todas las evocaciones que durante años había tratado de sumergir en lo que se ignora.

Surgían a montones. Era imposible detener aquel rebrote de pequeños exterminios que, desde que me había casado con él iban saliendo a flote sin que yo hubiera intentado convertirlos en conjeturas, en avisos o en decepciones.

Aquella tarde se me aclararon muchas cosas. Era absurdo negar la evidencia. Yo, para Sergio, era sólo una apariencia, una pieza más de su colección; alguien que podía «enseñar» a los demás como un galardón ganado a pulso, pero sin derecho a ser otra cosa. Según él, yo carecía de criterio. No era apta para pensar, o idear, o asumir autoridades que él consideraba irrelevantes.

Debí comprender aquello cuando mis advertencias sobre el asunto DURASA se convirtieron para él en una simple equivocación, sin que mis avisos fueran una información digna de tomarse en cuenta. Las opiniones o los consejos de una muchachita sin derecho a opinar o a dar consejos bien cimentados carecían de valor para mi marido.

La edad era un factor importante. La edad tenía o no tenía derechos fundamentados. Todo se basaba, según él, en la experiencia. La inteligencia no contaba. La inteligencia podía perderse en los vericuetos de la impericia por falta de veteranía.

Pero no era sólo la convicción de que mis opiniones o ideales habían sido para él renglones torcidos. Había algo más. Algo que desde que nos casamos venía yo deseando que se produjera. Pero jamás se produjo.

Creo que de producirse, nada, ni siquiera mis decepciones artísticas, hubieran sufrido el envés que sufrieron al comprobar que mis ilusiones únicamente podían aspirar a ser enterradas sin esperanza de resurrección.

Al contrario: todo hubiera sido lícito y comprensible si Sergio, aunque discrepara de mis ambiciones, me hubiera ofrecido su apoyo.

Pero nunca lo tuve. Lo descubrí de pronto cuando asimilé su rechazo al transmitirle lo que había ocurrido durante su ausencia.

Sin embargo todavía intenté convencerle. Todavía procuré engañarme y tratar de borrar aquella inhóspita sensación de saberme siempre marginada por él: le hablé de mi padre. Le dije que había sido él quien había solicitado la opinión de Bousset. «Yo no lo conocía. Y, por supuesto, jamás me hubiera atrevido a solicitar que viera mis obras. Estaba convencida de que mis esculturas carecían de valor. Por eso las encerré en el desván.»

Pero mientras le hablaba, Sergio movía la cabeza negativamente sin dejar de sonreír con ironía. «¿De modo que ese tinglado lo ha organizado tu padre? —Y dando un respingo como de alivio, prosiguió—: Me lo temía. Esa clase de gente tiene por norma aceptar cualquier tipo de sobornos. —Y como si quisiera atajar el asunto de una vez añadió—: No seas ingenua, Juana; lo que tu famoso crítico pretende es sacar una suculenta tajada de sus elogios. Seguramente tu padre le habrá pagado una buena suma para que te alabara. —Y como viera que yo no reaccionaba, se apresuró a aclarar—: Lo mejor es que lo olvides.»

Y sin esperar respuesta echó a andar camino de la casa.

Recuerdo que la arena del jardín crujía. Era un crujir quejicoso como si pretendiera emular las quejas que yo no expresaba.

Fue entonces cuando tuve conciencia de lo que, hasta el momento, había procurado marginar: Sergio no era el hombre que yo imaginaba. Su pretendida sensibilidad era un mito. Todo cuanto yo había soñado conseguir cuando me casé con él había sido una simple quimera, una rotunda confirmación de su gran mentira. Imposible confiar en su apoyo. Los apoyos que tanto había yo apreciado en mis sueños se habían ido esfumando a lo largo de aquellos años tan llenos de espera y tan vacíos de ayudas.

Ahí estaban de pronto infinidad de veces que yo solicitaba su auxilio o su defensa, sin conseguir ni una mirada de aliento. Pedir orientación, protección y ayuda era siempre solicitar quimeras: «Yo no estaba en lo cierto», era su respuesta. «Te equivocas, Juana: no vas por el buen camino. Hay que ser más diplomática, menos naíf.» Ni siquiera decidió defenderme cuando cierto día el mayordomo se insolentó conmigo cuando con mis mejores modales le indiqué cierto error en su trabajo.

Aquella vez le pedí a Sergio que me respaldara. No era aceptable que mis inocentes insinuaciones hubieran merecido una respuesta tan brusca y casi despótica. «Ayúdame, Sergio —le dije—. No es normal que ese hombre, por muchos años que haya trabajado para tu familia, pretenda ser más dueño de esta casa que yo. Por favor; échame una mano y procura poner las cosas en su sitio.»

Sergio se quedó mirándome con aire severo. Era evidente que mi queja no le gustaba: «Seguramente habrás vuelto a meter la pata —me reprochó—. Ese hombre tiene mucha más experiencia que tú. En materia doméstica, siempre fue el número uno. No puedo llevarle la contraria ni tampoco tú puedes opinar por encima de sus opiniones.»

Aquella noche no volvimos a hablar de Bousset, ni de mi padre, ni de mis sueños derribados.

Seguramente no hablamos. Tal vez sólo mencionamos lo que era indispensable. «Pásame el salero, por favor» o «¿Verás el partido de fútbol en la televisión?». Es muy probable que también citáramos los asesinatos de aquel día, o los malos tratos de turno y quizás algún evento político.

La cuestión era demostrarnos a nosotros mismos que nuestro matrimonio navegaba por las aguas encalmadas de un lago sin oleajes.

Sin embargo yo volví a recordar que aquella misma tarde, Sergio había realizado dos interrupciones que ya nunca figuraban ni en los telediarios ni en los periódicos porque la ley consideraba que no eran delitos: sólo se trataba de una aportación civilizada para sosegar a las pobres mujeres preñadas a disgusto.

* * *

Sergio y sus peculiaridades ya no están en este mundo. Se fueron con él dejando una estela de hombre perfecto, de prócer generoso, y sobre todo de un profesional de gran altura.

La gente que lo conoció continúa ensalzándolo: «Era magnífico, era un ser excepcional.»

Nadie conocía su verdadera personalidad, salvo yo y acaso su gran amigo Patricio. Tampoco él, a pesar de haberse introducido tantas veces en la verdad del doctor Maritania se permitió echar fuera las ruinas internas de aquel hombre.

Eran demasiado ingratas y deprimentes para que pudieran ser creíbles. Por muchos datos fidedignos que se hubieran expuesto al aire libre, nadie las hubiera creído.

Lo mejor era cerrar a cal y canto lo que apestaba, lo que su endiosamiento le obligaba a aceptar sin escrúpulos.

Y seguir viviendo. Desvincularme de cualquier ilusión para amoldarme a las falacias e imaginar que andando el tiempo las ilusiones perdidas acaso podrían recuperarse.

* * *

Esta mañana me ha llamado Patricio. Quería saber cómo había pasado la noche.

—Mal. Todavía no he podido digerir que Sergio ya no está en este mundo.

—Pasaré a verte esta tarde en cuanto termine mi trabajo.

—He recordado infinidad de situaciones que merecen olvido. Pero qué difícil es olvidar. Cuando la noche se vuelve vigilia, todo cobra un relieve demasiado voluminoso. No hay forma de alisarlo.

—Supongo que Bárbara te habrá hecho compañía.

—Hemos charlado durante horas. Pero no hemos sacado nada en claro. Pensar en voz alta es un desahogo, sin embargo también puede ser una fuente de autorreproches.

—¿A qué te refieres?

—Nadie es perfecto. Seguramente yo no fui para Sergio la mujer adecuada.

Patricio protestaba, carraspeaba y trataba de interrumpirme.

—Reflexiona, Juana. ¿Crees que existe alguna mujer adecuada para un hombre como él? Por favor, no te menosprecies. No permitas que incluso desde el otro mundo continúe desorganizando tu vida y rebajando tu talento.

Y como yo permaneciera en silencio, insistió:

—Espero verte esta tarde. No se te ocurra inventar excusas para evitarme.

CONOCER LO QUE NUNCA SE SUPO

—¿Sabes ya por qué lo hiciste?

Sergio asiente. Aunque le duela reconocerlo, algo más fuerte que su voluntad le obliga a sincerarse. Nadie en este Valle está capacitado para falsificar la realidad.

Los hechos se desnudan, cambian de color y rescatan la verdad que la conveniencia humana había ido disfrazando con imposiciones acomodaticias.

Imposible modificar matices o borrar evidencias, por muy sólidas que pudieran parecer. En el Valle sólo caben las confirmaciones y certezas, limpias de engaños o fábulas amoldables y transigentes. Sergio no tarda en contestar:

—¿Era envidia? No lo sé. En cualquier caso era una envidia solapada. Yo no tenía conciencia de envidiar el talento de Juana. Lo que de verdad me fastidiaba era, en primer lugar, comprender que yo desconocía el mundo del arte y ella, en cambio, era maestra documentada. Lo sabía todo. Luego estaba el temor de que sus conocimientos artísticos superasen mis conocimientos científicos. Y por último, no podía soportar la idea de que mi mujer, pese a su edad, pudiera competir conmigo en admiraciones ajenas.

Me negaba a ser el marido «de». Quería que el «de» se lo adjudicaran a ella.

El compañero parece conforme.

—Estás empezando a merecer lo que precisas para salir de este Valle. Sin embargo todavía te falta lo principal para que puedas quedar libre. ¿Tienes conciencia de tus fraudes profesionales?

—Quisiera olvidarlos pero no puedo. Mientras vivía eran recuerdos velados. Hechos que carecían de importancia. No me quitaban el sueño. Pero en este lugar todo aumenta de tamaño. Las evocaciones son como insectos gigantes; nos acosan, nos clavan aguijones y nos martirizan constantemente.

—Céntrate en alguno —le aconseja el compañero.

Pero Sergio se nota incapacitado para poder escoger.

A fuerza de ser ensalzado por sus compañeros de profesión y por sus agradecidos pacientes, la imagen que tiene de sí mismo es intachable. Todo el mundo decía: «El equipo del doctor Maritania es el mejor.» Tal vez lo fuera: sus ayudantes eran médicos bien preparados, hombres generosos entregados a su labor científica. Ningún auxiliar adjunto se hubiera aventurado jamás a dejar a su maestro en mal lugar. Especialmente el doctor Felipe Rodríguez Juárez. Para él, cualquier dificultad imprevista, en mediando las manos de su admirado jefe, de ningún modo podía torcerse. El éxito estaba asegurado.

Aquella admiración era siempre compensada por un resultado brillante. De ahí que incluso cuando algún prócer extranjero precisaba una intervención arriesgada, no vacilaba en solicitar el arbitraje del famoso doctor español, aunque tuviera que trasladarse a España.

En el ambiente generalizado se cocía la certeza de que ningún profesional era capaz de vencer las dificultades que podían surgir si no intervenían las mágicas manos del doctor Maritania.

Fue aquel ascendiente tan reconocido lo que le acreditó para convertirse en un miembro destacado de la respetada Real Academia de Medicina.

No obstante, Sergio no descartaba operar gratuitamente en el hospital donde trabajaba para los que carecían de medios económicos.

Luego estaban los que él denominaba «los medianos». Aquellos enfermos que, aunque carecían de un potencial económico importante, conseguían reunir dinero para ser operados en la clínica Príncipe de Asturias.

Según la conciencia generalizada, las intervenciones caras ofrecían mayores garantías.

Fueron varios los casos que proliferaron en los últimos tiempos relacionados con pacientes de escasos medios pero apoyados por un grupo de gentes caritativas que no vacilaban en ayudarlos.

Sergio recobra ahora con todo detalle la obsesión de aquel enfermo que, carente de bienes para cubrir el coste de su operación en la clínica de los privilegiados, consiguió reunir el caudal suficiente para ser intervenido como si fuera un paciente adinerado.

La operación precisaba no sólo un cirujano de gran prestigio con un equipo hecho a su medida, sino también una larga atención hospitalaria en una clínica preparada para afrontar cualquier imprevisto.

El enfermo vivía en un pueblo y sus posibles eran escasos. No obstante, prevaleció la conciencia general y todos los habitantes de aquel lugar se pusieron de acuerdo para recolectar el dinero suficiente y sufragar los gastos que aquella intervención requería.

Sergio está reconstruyendo ahora la llegada del enfer-

mo. Lo ve sonriente, tratando de agradecerle los esfuerzos que sin duda va a realizar para sacarlo de aquella terrible deformación adquirida hacía años y que el tiempo había convertido en un monstruoso cuerpo sin que ningún médico se atreviera a intervenirle por el riesgo que suponía enderezar y suprimir las malformaciones adquiridas.

Sergio no se inmuta. Tras estudiar posibles enmiendas, murmura frases alentadoras: «Todo se arreglará. No se preocupe.»

El enfermo se emociona. Lo está viendo ahora confiando en él, abrumándole con alabanzas y asegurándole que sólo él podría sacarlo de aquel no vivir al que la naturaleza le había condenado. «Afortunadamente usted me sacará del infierno en el que estoy metido.»

Y él asintiendo: «No se preocupe, todo saldrá bien.» Salir bien era ponerse en sus manos, dar órdenes a sus ayudantes para conseguir, sin problemas, el resultado prometido.

Y mostrarse distendido, prepotente, dueño absoluto de la situación. Y dejar al enfermo convencido de que en cuanto despertara de su anestesia, sería ya otro hombre. «Ni usted mismo va a reconocerse cuando se mire al espejo.»

El paciente lo contempla radiante, convencido de que la generosidad de sus paisanos va a proporcionarle una nueva vida, que los despiadados bultos colgantes de su maltrecho cuerpo van a desaparecer y que tras el calvario de sus años perdidos en inmovilidades y en desesperaciones, gracias al doctor Maritania van a convertirse en sueños abstractos vencidos por un porvenir triunfal.

Sergio está evocando ahora los días previos a la intervención. Repasa minuciosamente la necesaria artesanía relacionada con los análisis, los medicamentos; pruebas de la presión arterial, de cardiología; infinidad de atenciones dispuestas a garantizar el indudable éxito que todos esperan.

Los proyectos son ya un solo plan simétrico, un éxito adelantado y sobre todo un augurio convertido en certeza.

Ahora contempla al enfermo medio adormilado, echado en la camilla que han introducido en el ascensor para dirigirse al rellano de los quirófanos.

Y se ve a sí mismo lavándose las manos y los brazos junto a sus ayudantes, vistiendo la ropa esterilizada, el gorro encasquetado y los guantes a punto de cubrir los dedos.

De improviso lo inesperado cambia el rumbo del proyecto. Es un «inesperado» inquieto, nervioso y contundente que irrumpe en el habitáculo previo al quirófano donde el paciente ya anestesiado aguarda que el doctor Maritania comience su tarea.

De hecho lo inesperado es otro médico que de pronto se acerca a él con aire preocupado. Guardando las debidas distancias para no contaminarlo, le explica que en el qui rófano contiguo acaba de ingresar un alto personaje del mundo financiero.

«Es muy urgente —le dice—. Antes de perder el sentido ha pedido que seas tú quien lo intervenga. No se fía de nadie más. El accidente lo ha destrozado. Por favor, Sergio, no podemos defraudar a ese hombre. Es un personaje demasiado importante para que tú no lo atiendas. En fin de cuentas el paciente que vas a operar es un pobre diablo sin peso específico. Todo está previsto. Nada puede fallar. Tu ayudante Felipe Rodríguez Juárez fácilmente podrá sustituirte. Es tu mejor discípulo.»

En estos momentos la mente de Sergio es una balanza mal nivelada. Recuerda las promesas que le ha hecho al paciente anestesiado que aguarda en el quirófano. Todo está a punto de comenzar. Nada ha sido descartado. Cada cosa está en su sitio. La estrategia que se debe aplicar está más que superada. «Al fin y al cabo tu paciente no notará la diferencia. El resultado no va a modificarse», le dicen.

Y enseguida relaciona su ética con los resultados. «Salvar la vida de su accidentado es más importante que normalizar la vida de un desgraciado.» Además, el paciente deforme nada puede añadir a sus merecimientos. En cambio el accidentado que aguarda ansioso su intervención es un hombre mundialmente renombrado, un prócer notable de fama internacional.

Tal vez sea esa premisa lo que más importa. No obstante la desecha. La ignora. O mejor dicho: quiere ignorarla. «Para un médico decente, todos los pacientes son importantes», se dice a sí mismo. Debe convencerse de que su decisión no roza el fraude, ni la codicia, ni la corrupción.

Pero la sensatez está por encima de todo equívoco. El tiempo apremia y los pacientes aguardan.

Sergio Maritania ya no duda. Comunica a su ayudante Felipe Rodríguez Juárez que se haga cargo del enfermo anestesiado: «Conoces a la perfección lo que se debe hacer. Yo no puedo intervenirlo. Me reclaman en Urgencias. Saldrás adelante. Lo harás muy bien.»

Y sin mediar más comentarios, se dirige rápidamente al quirófano contiguo. El paciente está ya preparado para ser intervenido. La operación es larga, costosa y corre el peligro de malograrse. Afortunadamente los médicos de turno se han adelantado a realizar lo necesario para que el doctor Maritania intervenga sin excesivos impedimentos.

Aquí se acaba la evocación. De improviso todo se esfuma. El compañero pregunta:

—¿Te das cuenta de lo que hiciste?

Sergio todavía se aferra a los pretextos humanos.

—Los dos se salvaron.

—Pero mentiste. Te aprovechaste del enfermo deformado. Le obligaste a creer que lo habías operado tú.

—Lo hice para no defraudarle.

—No, Sergio: lo hiciste para garantizar la paga de un trabajo que no realizaste. No rebajaste el precio. Cobraste una fortuna a un pobre hombre que confiaba en ti.

—Al fin y al cabo el dinero no era suyo. Los paganos fueron sus paisanos.

—No importa el origen del pago. Lo que importa es tu engaño, tu mentira, tus aires de haber efectuado un magnífico trabajo sin confesar que el verdadero artífice había sido el doctor Felipe Rodríguez Juárez.

—No podía delatarme.

—A veces delatarse es subir peldaños —le responde el compañero—. Aunque no te dieras cuenta, tu mentira te obligó a descenderlos. Ni siquiera llegaste a comprender hasta qué punto te estabas mintiendo a ti mismo. Eso era lo peor. Incluso andando el tiempo, te convenciste de que aquella operación la realizaste tú.

—En teoría fui yo quien proyectó lo que debía hacerse.

—Pero el paciente no pagó tu proyecto. Pagó tu intervención.

Sergio Maritania ya no se defiende. Bruscamente lo que nunca supo se transforma en algo tangible, real y vergonzoso.

Quiere replicar, razonar y reconocer. Pero no puede.

Sergio ha perdido ya su poder de tergiversar razones contundentes.

—Yo no sabía.

El compañero le impide decir lo que «no sabía».

—Lo esencial es que lo que no supiste entonces, lo sepas ahora.

LA LLAVE SIN PUERTA

La tarde es apacible y el doctor Rodeno cuando se introduce en el coto cerrado de los Maritania no se dirige a la vivienda. Sabe que Juana se ha refugiado en la antigua cuadra convertida desde hace varios años en una inmensa nave acondicionada como taller para realizar sus esculturas.

Hace cuatro días que Sergio ha fallecido, y Juana, para evitar visitas insustanciales e inoportunas, inventó ausencias y viajes que sólo muy pocos sabían que eran falsas excusas para escapar de vaciedades y vivir su vocación sin impedimentos.

Mientras avanza por el jardín, Patricio trata de neutralizar brotes de ideas que se contradicen, que lo agobian y que por mucho que arañan su conciencia, no le permiten trivializar sus sentimientos.

Todavía no ha podido asimilar la muerte de su amigo. Todavía le duele saberlo ya esfumado para siempre de su vigor, de sus errores, de sus prepotencias y sobre todo de su talento.

«El mundo cambia cuando los seres que de algún modo condicionaron nuestra vida nos dejan vacíos no sólo de sus momentos y actitudes incordiantes, sino del espacio cúbico que ocupaban», piensa Patricio al tiempo que se dirige al estudio de Juana.

También en la clínica Príncipe de Asturias se echa en falta al hombre que durante años fue clave importante en el proseguir quirúrgico.

Patricio no acaba de concretar lo que está experimentando: es algo demasiado desestructurado para que su capacidad de persona bien nivelada y consecuente pueda centrarlo en la realidad de una muerte inesperada como la que repentinamente ha fulminado al doctor Maritania.

Colocarlo en sus recuerdos es todavía demasiado prematuro. Los muertos no pueden ser analizados desde las perspectivas vitales. Las muertes recientes tardan bastante en parecer verdaderas. Por eso no encajan todavía en los recuerdos. Tampoco son aún pasto de nostalgias. Ni de reproches. Los muertos recientes son siempre llamadas que los vivos hacen al vacío porque carecen todavía de resortes y mecanismos concretos que los sitúen en lo que se descarta. Lo inesperado, aunque convertido en una rara acumulación de fragmentos que parecen vivos, son sólo muertes pequeñas y vitalidades desperdigadas, en espera de convertirse en un todo definitivamente perdido. Lo repentino se vuelve rebelde, se resiste a no ser. Por eso desde su silencio Sergio está exigiendo puestos esfumados, atenciones y presencias que ya no tienen derecho a reclamar. Por supuesto también ofrece cambios, apreciaciones inesperadas, certezas que se resisten a ser evocaciones.

De pronto Patricio se detiene ante un eucalipto. Es el árbol que Alma consideraba su amigo. Ahí está ahora, tal como ella lo dejó, lanzando todavía efluvios perfumados que remedan la voz de la niña. Alma solía jugar con aquel árbol gigante de cuerpo endeble, como si fuera una persona.

Alma era así: fantasiosa e imaginativa. Disfrutaba mucho en el vasto jardín desorganizado de la masía Maritania.

En ocasiones Patricio la había contemplado rodeada de otras niñas como ella mientras trataba de aleccionarlas sobre la magia de ese árbol. «Me habla —decía—. Me explica historias sobre su vida.» Y a continuación inventaba razones que sus amigas acaso creyeran a pies juntillas, porque Alma, aunque sólo tenía siete años, acumulaba razones dialécticas propias de una persona mayor.

A Alma también le gustaban las esculturas de su madre. Su padre casi siempre sonreía cuando la oía opinar. Enseguida tomaba a broma las afirmaciones de la pequeña. Y Alma se apretujaba en el regazo de Juana para defenderla: «Son muy bonitas, papá. Míralas, parecen hechas con las cortezas de los árboles.»

Entonces Juana todavía no había acondicionado su estudio. La antigua cuadra abandonada entre vegetaciones profusas necesitaba un repaso a fondo para que ella pudiera instalarse con todo lo necesario y dedicarse de lleno a realizar sus trabajos.

Fue preciso que el árbol que Alma tanto apreciaba enmudeciera y la niña transformara sus relatos en simples evocaciones metidas en nieblas, para que la nave que hoy día es ya un taller importante comenzara su andadura hacia la fama.

Desde aquel hecho han transcurrido algo más de seis años. Seis años de crepúsculos continuos. Oscuridades que ni siquiera los días soleados podían clarear.

Todo cambió desde entonces. Sin embargo el árbol continúa ahí, como si fuera un árbol normal. Su tronco endeble y estilizado hecho de cortezas tal como las esculturas de Juana. Los tallos envejecidos desafiando la erosión del tiempo para convertirlo en un árbol normal.

Patricio se pregunta ahora cuál será la reacción de Juana cuando al dirigirse al taller donde trabaja se enfrente con ese árbol desde que Alma ya no habla con él. Tal vez no lo mire. Acaso cierre los ojos para no verlo. O quizá por lo contrario se detenga, contemple su tronco rugoso, aspire el aroma que desprenden sus hojas alargadas y dialogue con él como hacía la niña.

En estos momentos el doctor Rodeno sabe que Juana lo está esperando como las sequías anhelan lluvias abundantes. Desde la muerte de Sergio apenas han tenido ocasión de verse a solas. Su desaparición ha trastocado infinidad de situaciones, proyectos y acuerdos. Nada en la clínica Príncipe de Asturias ha escapado del trastoque que ha supuesto la súbita muerte del más afamado cirujano de la clínica.

Cuando Patricio se detiene ante la puerta del estudio, vuelve a él la vaga sensación de que, aunque sin vida, el doctor Maritania continúa mediando en todo lo que solía relacionarse con él.

Resulta difícil para el doctor Rodeno despegarse de su amigo. Aunque lo intenta, algo más fuerte que su deseo de olvidarlo le está obligando a recobrar ciertos fluidos que sin poderlo evitar se imponen, se materializan en todo lo que aquel hombre esgrimía y trataba como si fuera posesión propia.

El doctor Rodeno empuja ahora la puerta de la antigua cuadra sin llamar. Juana de espaldas está dando los últimos toques a una escultura de mármol blanco.

Al oír el chasquido de la puerta continúa trabajando:

—Termino enseguida —le dice—. No te vayas. Necesito hablar contigo. Hay cosas que nunca te he dicho. Cosas que me ahogan y preciso echar fuera.

Patricio se acomoda en el sofá donde Juana suele descansar cuando tras una jornada de trabajo intenso su espalda reclama un apoyo.

Y él la contempla en silencio. Lleva puesta una bata azul y calza zapatos sin tacón.

Pese a todas las vicisitudes que Juana ha tenido que sortear durante algo más de quince años, su aspecto no sólo no ha perdido encanto, sino que, al madurar, toda ella ha ganado en belleza, en armonía y sobre todo en seguridad. Juana ya no es la mujer disminuida que durante tanto tiempo se vio pisoteada por su marido y por la gente que la rodeaba. Juana, pese a sus constantes adversidades, ha llegado a vencer precipicios, zozobras, desprecios y tiranías agarrándose a la mano que su innata fortaleza le tendía, para no dejarse abatir ni permitir que las vías torcidas de su tren desbocado la obligaran a descarrilar.

Juana posa sobre un taburete la escoda que estaba utilizando y tras frotarse las manos con un trapo limpio avanza hacia el doctor Rodeno. Se la nota cansada, pero no vencida. Distendida se deja caer en el sofá donde la aguarda Patricio.

Durante unos instantes se contemplan sin mediar palabra. Los recuerdos pugnando por remover posos y acabar de una vez con tantos silencios que durante años reclamaron ecos sin conseguirlos.

—Han pasado cuatro días —comentó Patricio—. ¿Cómo te sientes?

Juana trata de esbozar una sonrisa. Y enseguida comenta:

—Anoche soñé con él.

—Y eso, ¿es bueno o malo?

—No lo sé. Me dejó desconcertada. No me habló. Continuaba adoptando aquella actitud de hombre infalible que se niega a dejar entrever sus sentimientos.

Patricio asiente.

—¿Los tenía? —bromea.

—Hubo un tiempo en que me pareció el hombre más sensible de este mundo.

—Y esa sensación, ¿cuánto duró?

Juana se encoge de hombros.

—No sabría decírtelo con exactitud. Era una sensación poco estable. En ocasiones desaparecía. Otras regresaba. Al principio aquella inestabilidad me preocupaba. Luego me hice a ella.

Patricio desvía su mirada; no le gusta contemplar la expresión de Juana cuando aborda temas que pueden herirla. Lleva demasiado tiempo asumiendo sus desconciertos para que los suyos propios no se alteren.

Cuántas veces le oyó decir: «Algún día esa cuadra será mi verdadero refugio.» Por aquel entonces todavía la vida de Juana se debatía en bamboleos inciertos. Todo en ella era vulnerable. Imposible imaginar que aquel cuerpo frágil y carente de verdaderos apoyos fuera capaz de romper amarras y lanzar su insignificancia por la borda para conquistar la cumbre de los que nacieron bajo el signo del prestigio.

Patricio contempla ahora la inmensa nave plagada de estatuas. Son como criaturas que estuvieran aguardando el momento de poder moverse.

—Pronto muchas de las esculturas que estás contemplando van a viajar a París —comenta ella—. Debo darme prisa en acondicionarlas como es debido. El tiempo apremia. La fecha de la exposición está ya muy cercana. —Y de repente recuerda—. Por cierto, ¿cómo evoluciona Roger Bousset? ¿Se ha enterado ya de que mi marido ha muerto?

—Bousset está fuera de peligro. Felipe Rodríguez Juárez lo ha atendido como lo hubiera hecho Sergio. Pronto podrá volver a su vida normal. —Y cambiando de tercio—: Agradeció mucho tu visita. Pero me ha rogado que no vuelvas a la clínica. Cuando lo den de alta, tiene intención de venir a verte.

Juana asiente sin palabras. Enseguida añade:

—Cosas de la vida. ¿Quién hubiera dicho que mi marido, después de haberle acusado de soborno, acabaría reconociendo que su paciente Roger Bousset era el crítico de arte más importante de Europa?

Y como Patricio continuara callado, Juana irrumpe de nuevo:

—Así era Sergio. Ni siquiera admitió su error cuando le propusieron operarlo. Al contrario, desde entonces el insignificante Bousset fue un hombre importante.

El silencio de Patricio no se altera. En estos momentos está contemplando el suelo. Probablemente le abochorna mirar el rostro de Juana. Por el tono de su voz, se diría que en ella ya no existe ni una pizca de dolor por la muerte de su marido.

«Al fin y al cabo Juana tiene razón», piensa Patricio. Lo esencial para Sergio siempre consistía en destacar, no sólo como cirujano sino en su vida privada. Precisaba ser admirado, no admitía que lo acusaran de haber equivocado sus afirmaciones. Él jamás se equivocaba. Él era la justicia personificada. La ley de sus actos. La razón de todas las razones. Por eso nunca reconocía sus errores.

—Sergio obviaba todo lo que pudiera poner en duda su talento. A decir verdad, lo tenía. Pero a lo mejor él no lo sabía —continúa Juana.

—No entiendo lo que pretendes decirme.

Juana esboza de nuevo una sonrisa que enseguida se apaga:

—Comprendo que no me entiendas. Al principio tampoco yo lo entendía. La comprensión llegó a mí despacio. Esas cosas se van sabiendo tras compartir con alguien el día a día. Son esos «día a día» los que convierten los sueños en verdades frías, en descubrimientos negros. Al principio pensaba que lo grave de Sergio era su soberbia. Pero me equivocaba. Las soberbias pueden llegar a vencerse. Lo que nunca se vence son los complejos.

Patricio no está de acuerdo con lo que Juana acaba de apuntarle:

—Creo que te equivocas: Sergio era un hombre muy seguro de sí mismo.

—No. Fingía serlo, pero dudaba. Siempre dudaba. Lo único que dominaba era la cirugía. Fuera de su profesión, no era nadie. —Y tras un breve silencio—: Cuando me casé con él, yo esperaba mucho de mi marido. En apariencia era el hombre perfecto. Nunca recelé sobre su valía. No obstante, poco a poco fui descubriendo su minusvalía moral, sus pequeñas dudas sobrecargadas de grandes lagunas. Sergio no sabía vencerlas. Vacilaba. Tenía ramalazos de muchos titubeos. En ocasiones fluctuaba entre la inseguridad más absoluta y el miedo a no estar a la altura de las circunstancias. La incertidumbre era su constante rémora. De ahí sus inesperados arrebatos depresivos y sus brusquedades sin venir a cuento. —Juana respira hondo y enseguida prosigue—. A pesar de todo, yo lo quería. No podía evitarlo.

Patricio no la ha interrumpido, pero Juana deja de hablar, frunce el entrecejo y, como si algo doloroso cruzara por su frente, continúa diciendo:

—Mi amor no era apasionado. Lo quería como se quiere a la gente que sufre y que no sabe salir de su atasco. Intenté mil veces ayudarlo, pero jamás lo logré. Rehuía mis propuestas. Siempre le parecían ridículas, fuera de época y sobre todo naíf. En cierta ocasión incluso llegó a decirme que, cuando muriese, no quería ir al Cielo porque, suponiendo que existiera, debía de ser un lugar muy aburrido.

Patricio continúa contemplando a Juana en silencio. Son muchos los recuerdos que golpean su mente mientras ella habla.

Durante algún tiempo Juana para él había sido una especie de interrogante que despertaba su curiosidad. En ella se barajaban demasiados enigmas, probablemente involuntarios, que lo mantenían flotando en una extraña urgencia de comprenderla que casi nunca alcanzaba. Poco a poco los enigmas se convirtieron en confidencias. Y tras las confidencias, la sensación de que Juana para Patricio era mucho más que una sorpresa atractiva.

Aunque Juana nunca «se abría» totalmente, dejaba entrever sus inquietudes como si lo que exponía a modo de metáforas las retrataran. Fueron precisamente aquellas metáforas las que, poco a poco, iban aclarándole a Patricio el volcán interno de aquella mujer que pugnaba por abrir su cráter y emitir la verdadera lava de sus desencantos.

Después llegaron las aclaraciones, las pequeñas rebeldías, los fragmentos dolorosos que estuvieron a punto de perforar y destruir los pilares más sólidos de su vida. Y por último, su desolación afortunadamente ya vencida y aupada por la fuerza que recibía del apoyo artístico.

—La verdad es que cuando me casé con él, esperaba mucho —comenta Juana—, pero lo cierto es que obtuve mucho más de lo que «no esperaba».

Patricio sonríe. En ocasiones las salidas de tono de Juana sorprenden por su fina ironía.

Se pregunta ahora si Sergio llegó a conocer los verdaderos resortes de su mujer. Probablemente si los conoció, trató de apartarlos de su intimidad. No quería que la razón de Juana prevaleciera sobre la suya.

—Sergio era sabio en cirugía pero analfabeto en ética —insiste ahora Juana—. No era mala persona: sencillamente era inseguro. La ignorancia era la verdadera causa de esa inseguridad. No obstante, le horrorizaba que los demás descubrieran sus flaquezas. Y sobre todo, no podía soportar que le dieran lecciones. Sus complejos salían a flote al modo de un terremoto —continúa diciendo—. Cualquier advertencia sospechosa lo encabritaba, lo volvía agresivo. No podía evitarlo. ¿Te parecerá extraño que fuera precisamente aquella inseguridad lo que me motivaba a protegerlo como si fuera un niño?

«Eso era lo que prevalecía en Sergio», reflexiona ahora Patricio. Sergio «no sabía», Sergio no admitía un bien y un mal que no se acomodaran a sus puntos de vista.

Recuerda ahora tantas tropelías disfrazadas de altruismo realizadas por su amigo sin la menor vacilación ni experimentar una sombra de remordimiento. Y le escucha declarando sus hazañas como si hubiera practicado simples caridades: «Era muy viejo», se disculpó en cierta ocasión tras el fallecimiento de un enfermo que ambos conocían. «Sólo tenía a su nieta. Y a decir verdad era un pequeño tirano con ella.»

No obstante aquel enfermo no estaba en trance de morir. Su vitalidad era asombrosa, por eso su fallecimiento sorprendió a todos. «La pobre nieta era su víctima», continuó explicando Sergio. «Es muy triste consumir la juventud entre efluvios repelentes, quejas y manías.» Y como viera que Patricio permaneciera expectante, volvió a llevar las aguas a su molino: «La pobre no podía soportar tantas exigencias. Era una verdadera esclava de un esqueleto viviente que, a pesar de estar enfermo, se resistía a morir. —Y tras carraspear para aclarar su voz añadió—: Al fin y al cabo era un cuerpo sentenciado. Adelantar su destino no podía ser un delito.»

Patricio recuerda ahora que su amigo hablaba convencido de haber obrado rectamente. Para él decretar sentencias letales para los incurables era no sólo un derecho acertado, sino una forma digna y loable de ayudarles a escapar de una vida lamentable. Por consiguiente, en su extraña ética acelerar un proceso irreversible de ningún modo podía considerarse una trasgresión.

Sin embargo eran precisamente esas hondonadas profundas y en cierto modo escondidas las que situaban a Patricio en el trance de rechazar a su amigo.

Algo dentro de él desvirtuaba la amistad que desde hacía muchos años los había unido. No obstante siempre acababa venciendo el indudable encanto de Sergio. Nada importaba que, de improviso, surgieran entre ellos muros inexpugnables que súbitamente dividían a los dos hombres; cualquier elemento positivo volvía a derrumbar aquella fuerte sensación de repudio que durante un lapso, más o menos largo, había enflaquecido el afecto que Patricio le profesaba.

—Tienes razón, Juana: a veces Sergio actuaba como un miserable, pero él no lo sabía. Por eso podía ser también tan entrañable.

Y como si estuviera pensando, Juana añade:

—Seguramente la verdadera amistad consiste en ser tolerante. Y sobre todo en asumir que todos los humanos estamos expuestos a ser pasto de influencias adversas. Sergio era un gran iletrado en deontología; por eso era tan vulnerable a los mandatos de sus instintos.

De pronto señala el estuche abierto que contiene la llave de bronce que Bruno Mateos forjó para ella como regalo de boda: desde que se había acondicionado la cuadra, la llave descansaba sobre una mesa frente al sofá. Era como si aquella llave fuera un referente imprescindible en el taller de Juana.

—Cuando mi maestro me entregó esa escultura, recuerdo que me dijo: «Espero que esta llave pueda abrir todas las puertas de tus deseos.» Lo malo fue que los deseos se fueron desvaneciendo en imposibles y el regalo de Bruno Mateos se convirtió en una llave sin puerta.

Patricio contempla a Juana como si lo que acaba de escuchar fuera una más de aquellas confidencias que solía hacerle a modo de metáforas.

—Todavía eres joven, Juana. A lo mejor cualquier día puedes descubrir la verdadera puerta de esa llave.

—No lo creo. El deseo y la espera son primos hermanos. Yo ya no espero lo que tanto deseaba cuando me casé. Entonces lo que llenaba mi vida era aquella espera. ¿Recuerdas lo feliz que me sentía cuando Sergio cayó enfermo? En aquella enfermedad tuve la impresión de que mis deseos podrían cumplirse tarde o temprano. Sergio me necesitaba. No podía soportar que me apartara de su lado. Yo era feliz. Nada podía complacerme más que pasar los días y las noches cuidándolo.

Patricio asiente con la cabeza.

—En efecto, lo recuerdo muy bien. Te convertiste en su esclava.

—Sin embargo fue aquella esclavitud lo que yo más anhelaba. A veces ciertas esclavitudes pueden ser mucho más placenteras que algunas libertades.

Patricio no ha olvidado aquellos días. La enfermedad de Sergio era benévola. Una gripe escandalosa que, aunque exigía cuidados y reposo, no era grave.

En aquel trance Juana fue la dueña absoluta de Sergio. De nada valían las recriminaciones de Vicenta cuando veía a su señora quebrada de cansancio ante las continuas reclamaciones del enfermo. Juana podía sentirse agotada pero no se rendía. Al contrario, parecía crecerse cuanto más le exigían. «El amor es darse», le había dicho a Patricio en varias ocasiones. Y a decir verdad, ella practicaba a la perfección aquella premisa.

Patricio también recuerda ahora la dicha de Juana cuando nació la niña. En aquella ocasión fue Sergio quien, ante la novedad de ser padre, se volcó con ella. Cundieron las atenciones, las alabanzas, y pronto sus habituales arrebatos agresivos, derivaron en suavidades acariciantes. Todo le parecía poco para obsequiar a una Juana convertida en madre.

En aquella época la pareja fue el reflejo de todas las afinidades, de todas las confidencias y de todas las alegrías.

Nadie, ni siquiera Laura Vaquero (otro enigma que no tardó mucho en descifrarse) podía quebrar la armonía que día a día iba adueñándose de aquel matrimonio.

—Nunca fui tan feliz como cuando nació la niña —exclama ahora Juana como si hubiera adivinado lo que Patricio está pensando—. Sin embargo a Sergio aquella ráfaga de felicidad le duró poco. —Y tras un silencio algo prolongado—: A decir verdad, mi marido se cansaba de todo lo que conseguía. Su obsesión era buscar algo que nunca encontraba. O mejor dicho; no sabía buscar. Creía que en este mundo la felicidad debía basarse en el placer. No comprendía que el placer es un engaño, una trampa.

Caemos en ella voluntariamente, pero no dura. En cuanto surge la monotonía, el placer se acaba.

De nuevo el recuerdo de Laura se impone en Patricio. La evoca ahora tal como compareció en la clínica hace cuatro días, al conocer el accidente de Sergio. Los rasgos de su rostro tensos, la actitud rígida. Trató de acercarse a Juana pero no pudo llegar hasta ella.

—¿Has visto a Laura? —pregunta de improviso.

—¿Para qué? Entre nosotras se acabaron los argumentos dialogantes. Nada de lo que podamos hablar puede ya tener sentido.

—Llevaba un traje muy llamativo —comenta Patricio—. No se acoplaba a la tragedia del momento.

—A Laura siempre le ha gustado desafiar la vulgaridad —responde Juana sonriendo. Y tras un instante de risa soplada añade—: No creo que la muerte de Sergio la haya afectado demasiado. Consiguió lo que se propuso. De hecho, para Laura Sergio fue sólo un trampolín.

Patricio vuelve a contemplar la llave de bronce que descansa sobre la mesa y recuerda:

—Cuántas veces te oí decirle a Sergio que debíais ayudarla —comenta—. Él nunca te contestaba. Pero tú insistías. ¿Sabías ya lo que estaba ocurriendo?

—No. No lo sabía. Laura me daba pena. La veía tan desarmada, tan perdida en frustraciones.

—¿Cuándo averiguaste la verdad?

—Tuve varios avisos. Eran como manchas que caminaran y se desplazaran. No te rías. Cuando algo, sin demasiada importancia, se incrusta en nuestra mente, viene a ser eso: manchas sombreadas que pueden estar en varios sitios, manchas que surgen a modo de llamadas y que nos abruman sin saber por qué.

—Y ¿en qué consistían esas manchas?

—De pronto el abrigo de visón. Laura no podía agenciarse un abrigo de piel tan costoso. Otra, la manera que Sergio tenía de ensalzarla cuando describía los viajes que Laura hacía al extranjero para adquirir prendas femeninas y venderlas en España. «Eso tiene mérito, Juana. Laura ha ganado mucho dinero sin ayuda de nadie», me decía Sergio como si mis trabajos tuvieran poco valor porque no rendían.

»No tardé mucho en comprender que era su forma de ocultar la verdadera razón de su opulencia: todo lo costeaba Sergio.

Patricio también recuerda ahora el cambio brusco que se produjo en Laura Vaquero cuando Alma cumplió un año. De improviso las constantes visitas que tanto proliferaron antes del parto comenzaron a decrecer. Laura iba distanciando cada vez más los encuentros con su amiga.

Y cuando se encontraba con Juana, ya nunca se quejaba de su mala suerte. Antes al contrario, su euforia iba en aumento. Tampoco la niña era ya pasto de las continuas atenciones de Laura, como había ocurrido tras su nacimiento.

Luego estaban las apremiantes visitas de Laura a la clínica Príncipe de Asturias, con el pretexto de ser paciente de Sergio. Eran visitas largas que siempre requerían nuevos encuentros.

—Otra de las manchas —continúa explicando Juana— consistía en que cuando caía enferma, Laura ya nunca venía a verme. Tanto Sergio como ella desaparecían. Pretextaban intereses comunes. Me dejaban sola. Laura se hartaba de repetir que, gracias a la ayuda de mi marido, ella había conseguido aumentar su potencial económico; que sus consejos financieros siempre acertaban.

Instintivamente Juana vuelve a contemplar la llave, se encoge de hombros y respira hondo.

—De pronto un buen día, sin venir a cuento y como si quisieran compensar sus constantes ausencias, especialmente cuando yo estaba enferma, ambos me regalaron una pulsera de brillantes: «Laura la ha elegido para ti», me dijo Sergio mientras me la entregaba.

Patricio imagina que fue precisamente aquella inesperada muestra de generosidad lo que despertó en Juana la sospecha de lo que estaba ocurriendo. Pero Juana lo niega:

—Fue una mancha más. Es decir, uno de esos avisos que no acaban de serlo pero que dejan una impronta de no se sabe qué. La mancha estaba allí, pero camuflada. Ya te lo he dicho: el lugar y la forma cambia, pero la mancha es siempre la misma. Algo que inquieta sin una razón aceptable.

—Entonces, ¿cuándo empezaste a sospechar?

—Cuando Laura cambió su forma de tratarme. Bruscamente dejó de ser la misma. Se empeñaba en modificar todo cuanto yo proponía. Se volvió reservada y procuraba convencer a mi marido de que mis propuestas siempre estaban equivocadas. En suma: suavemente iba tratando de ocupar mi puesto y en cierto modo barrerme de mis propios dominios.

Juana se detiene. Frunce el entrecejo. Enseguida añade:

—Hasta entonces entre Laura y yo nunca hubo secretos, ni imposiciones, ni partidismos incómodos. Éramos amigas desde la infancia. Pese a las continuas advertencias de Vicenta, yo siempre creí que nuestra amistad era inalterable. —Juana respira hondo y esboza una sonrisa—. Era tan ingenua: siempre creí que para las verdaderas amistades la palabra «traición» era inexistente. Tampoco sabía que los seres humanos somos cambiantes. Y también que, a veces, penetrar en el interior de un amigo es lo equivalente a meterse en un laberinto sin salida.

De nuevo un lapso callado, denso, algo incómodo. Luego Juana continúa hablando:

—De pronto descubrí que somos vulnerables y que las palabras pueden ser silencios disfrazados de sonidos. Y también que las claves de todas las verdades pueden asimismo ser falsas. —La voz de Juana se quiebra. Carraspea y enseguida prosigue—: En efecto hubo un cambio notorio. Laura ya no se abría conmigo como había hecho siempre. Incluso llegué a pensar que por algún motivo desconocido Laura se sentía ofendida. Pero yo ignoraba la causa. En ocasiones se mostraba medio enfadada. —Juana sonríe de nuevo—. Tardé algún tiempo en comprender que aquella actitud suya no era enfado. De hecho lo que la mantenía a distancia era el temor de que la enfadada fuera yo.

Patricio no deja de mirarla. En estos momentos Juana ni siquiera se muestra despechada. Sólo hundida en recuerdos sumidos en desencantos. Quisiera ayudarla, pero ignora cómo hacerlo. La última vez que lo intentó perdió la partida. «A veces consolar supone buscar consuelo», se dice a sí mismo.

—¿Te diste por enterada?

—No. Lo acepté. Preferí evitar problemas. —Y tras un silencio breve—: Imaginé que tarde o temprano, él acabaría harto de ella. Sergio se cansaba pronto de lo que conseguía.

—Sin embargo con Laura fue todo distinto.

—Ella supo manejarlo. No estaba enamorada de él. Sólo lanzaba el anzuelo para que Sergio picara y naturalmente la táctica funcionó. —Juana se encoge de hombros y trata de esbozar una sonrisa.

—Lo peor fue descubrir la calidad humana de Laura. Creo que me dolió más su deslealtad amistosa que el engaño de mi marido.

—¿Continuasteis siendo amigas?

Juana vuelve a sonreír.

—Qué extraña palabra, ¿verdad? A veces la amistad puede ser algo así como una tregua, un continuo estar al quite, para no caer en trampas demasiado dolorosas y esperar. Sobre todo esperar. Las cosas se desgastan y el desgaste ayuda a recuperar ambigüedades perdidas. —Juana respira hondo y enseguida arguye—: Vicenta tenía razón —bromea—. Yo estaba ciega. Pero ¿quién no lo está? En la vida casi todo se construye y destruye a fuerza de cegueras. Sí, Patricio, continuamos siendo amigas. Pensé que era lo mejor para todos. Nada importaba que fuera una amistad venida a menos. Lo esencial era aparentar que yo no era su enemiga. Laura puede ser peligrosa.

Patricio baja la cabeza con aire agobiado y pregunta:

—¿Supo Sergio que tú conocías sus manejos con Laura?

—Sospecho que lo sabía. Pero nunca se lo eché en cara, ¿para qué? Era mejor fingir ignorancia que exigir derechos. El amor no se acopla a los derechos y yo, por encima de todo, quería a mi marido.

Patricio vuelve a mirarla. Quisiera rebatir lo que está escuchando, pero no se atreve. Las razones de Juana lo apabullan.

—Perdona mi perorata —continúa Juana—. Pero necesitaba desahogarme. Nunca imaginé que Sergio iba a morir tan pronto. Siempre tuve la esperanza de que algún día, cuando Laura fuera para él una meta gastada y olvidable, volvería a mi lado. Por eso nunca le planteé separarme de él. —Y tras un breve silencio—: ¿Sabes, Patricio? Aunque me taches de incongruente y un poco ingenua, continúo pensando que algún día Sergio y yo volveremos a estar juntos.

Patricio la contempla sonriendo. No es una sonrisa alegre. Es casi una mueca que finge sonreír.

—¿Por qué estás tan segura de que volverás a verlo? Sergio no creía en un Más Allá.

—Pero yo sí.

Patricio no entiende lo que Juana quiere exponerle. No obstante Juana insiste:

—No olvides que cuando me casé con él me convertí en su mitad. ¿Recuerdas? «Dos personas en un solo cuerpo.» Eso es lo que somos —continúa diciendo Juana—. Por eso si me salvo yo también él se salvará. Dios es demasiado misericordioso para permitir que únicamente la mitad de mí misma pueda alcanzar la felicidad eterna.

—Todo es muy bonito, pero ¿no serán especulaciones tuyas?

—Las especulaciones que encajan con la historia del mundo no pueden ser causa de equivocaciones. La muerte sólo está en ella a modo de un impás. Por eso estoy convencida de que tarde o temprano volveré a encontrarme con mi marido.

—Entonces, ¿tú no crees que ha muerto de verdad?

Juana frunce el entrecejo pero ya no sonríe. Se diría que lo que está pensando puede mover a engaño. Pero no se arredra y sigue hablando como si, lejos de experimentar vergüenza, se enorgulleciera de lo que va a exponerle:

—Has citado la palabra muerte. Pero no eres justo. La muerte tal como imaginamos no existe. Si existiera, ¿para qué y por qué vivimos? —Y como si estuviera leyendo un libro, se responde a sí misma—. Estoy convencida de que la verdadera vida empieza después de lo que nos marca el tiempo. Acabar para este mundo es empezar en el otro.

—Y ¿supones que en el otro mundo Sergio va a ser distinto?

—Al menos conocerá la verdad de sí mismo —asegura ella—. Eso será suficiente para evitar que esa mitad mía se pierda en la oscuridad eterna.

Patricio no acaba de entender sus razones. Aunque su ética particular se aproxima más a las convicciones de Juana que a las ignorancias psíquicas de su difunto marido, le cuesta aceptar lo que acaba de oír.

—Y si la conoce, ¿crees que será capaz de cambiar?

—No tendrá más remedio. Salvar la vida más allá de la vida supone entrar en la verdad. La mentira y el disimulo desaparecen.

Patricio ya no sonríe. Piensa. Medita. Pero sigue sin asumir totalmente teorías tan remotas y complejas. Seguramente su amiga se encuentra bajo la influencia de unos ideales que ya casi nadie acepta. Tal vez los necesita para no dejarse vencer por el decaimiento. En ocasiones los seres humanos precisan salir a flote y nadar en un mar de quimeras y de ensueños ficticios.

Pero ella no se arredra:

—Sé lo que estás pensando, Patricio. Pero te equivocas. Tengo la seguridad de que yo volveré a ver a Sergio. Estoy convencida. La muerte es únicamente un «hasta luego» que a veces tarda un poco en llegar —bromea—. Y cuando eso ocurra, ten la seguridad de que nuestro reencuentro no será un segundo desacierto. Al contrario; será la puerta que le falta a esa llave —acaba diciendo Juana, señalando la escultura que le regaló Bruno Mateos.

SEGUNDA PARTE

Millones de espíritus cruzan invisibles
por la tierra.

El paraíso perdido
JOHN MILTON

LA VERDAD

Está ahí. En medio de ese inmenso ir y venir de seres despistados, desligados no sólo de los demás, sino de ellos mismos. Resulta muy difícil disociar la virtualidad de ciertos actos que se consideran reales de lo que fueron únicamente pasto de egoísmos, de simples vanidades y de torpes grandezas basadas en burdas satisfacciones.

Sin embargo el doctor Sergio Maritania ha dado un paso adelante. Ya no puede engañarse. Súbitamente ha comprendido que el engaño en el Valle donde se encuentra es añadir lastre a los errores cometidos.

De pronto y sin saber la causa, sus cincuenta y tres años de vida material se han plasmado ante él tal como existieron minuto a minuto. No hay errores posibles. Todo se desenvuelve con la nitidez de lo que fue sin que la inexactitud tenga protagonismo.

Sabe ya que el Valle donde se halla es, en realidad, una pausa, una espera necesaria, un punto de partida hacia algo que deberá conducirlo a la antesala de lo que precisa conquistar para llegar a la felicidad eterna.

Ignora cómo lo ha averiguado. Ha surgido de repente cuando, sin motivo aparente, ha percibido su vida entera en bloque. No sabe cómo ha podido suceder. Pero el hecho está ahí.

—Has avanzado —le dice el compañero—. A partir de ahora, todo va a ser más fácil para ti. Ya no podrás engañarte. Tú mismo desmentirás lo que mientras vivías considerabas verdades irreversibles.

—¿Cómo pude vivir tan engañado? —le pregunta Sergio.

—Eras libre.

—Entonces la libertad es una trampa.

—No. La verdadera libertad no engaña, lo que engaña es la libertad inducida, la ignorancia voluntaria, el «no querer saber», la fuerza de los instintos, la vanidad y sobre todo el egoísmo. También contribuye el hecho de no admitir consejos, ni aceptar reproches, ni reconocer vuestros errores cuando os equivocáis.

Sergio comprende lo que escucha. Sergio ya no puede ignorar sus bajezas, sus trucos para ocultarlas, su empeño en conquistar metas difíciles para sentirse dueño de ellas y manejarlas a su antojo.

—Quería ser «alguien» —confiesa—. No era capaz de asimilar que sólo «somos» cuando no se anhela «ser».

—Por eso desdeñabas la importancia de los demás. Nadie era «alguien» para tu propio «yo».

Ahí están ahora esos seres como él, convertidos en una multitud de vagabundos que circulan por el Valle desorientados y perdidos. Y también sabe que cada uno de ellos es asimismo algo parecido a un desierto escondido como lo ha sido él. Todos en ese extraño lugar son también páramos repletos de acontecimientos ocultos que vagan aislados mientras acumulan retazos de sus ignorancias y mentiras que tanto tergiversaron la verdad de su existencia humana.

—También cada uno de nosotros somos valles desconocidos —comenta—. Nada importa que circulemos rodeados de multitudes. Todos estamos solos.

—La culpa es vuestra. Buscasteis esa soledad a fuerza de querer ser únicos.

—¿También Juana?

—Ella estuvo sola por tu culpa. Pero fue una soledad distinta a la tuya. Juana nunca perdió la esperanza. Sigue convencida de que algún día vuestra unión volverá a ser un inalterable punto de partida.

Sergio la está viendo ahora tal como la conoció tras la muerte de su madre recién operada por él. Y recobra la impresión que le causó su deslumbrante belleza, su flagrante juventud y su inconcebible limpieza mental.

—Yo pensé que lo que sentía por ella iba a durar toda la vida. Supuse que el impacto que me causó nunca podría ser una ilusión transitoria.

—No lo habría sido si, lejos de dejarte llevar por los instintos, hubieras ahondado en su verdad interior. Las apariencias sólo son eso: imágenes que atraen o repelen. Pero lo importante está en lo que oculta esa apariencia. Algo que tú nunca quisiste buscar en la interioridad de Juana.

—Me bastaba verla para adivinarla. No tuve dudas. Comprendí enseguida que sólo ella podía ser la esposa perfecta.

—Sin embargo nunca tuviste en cuenta su verdadero talento, su sensibilidad, su belleza oculta.

—No me hacía falta. Las interioridades psicológicas o intelectuales suelen ofuscarse ante la imagen. De repente descubrí que estaba enamorado. No podía vivir sin ella.

—Sin embargo no la conocías.

—A decir verdad, no consideraba necesario indagar

más de lo que intuía. El enamoramiento es eso: creer que nuestro instinto no nos engaña. Que la razón no precisa «saber» porque la atracción que percibimos es sabia. Que el error no cabe en nuestras apreciaciones; que las preguntas sobran; que sólo la atracción está facultada para responder con verdades; que la vacilación puede ser una forma de traicionarnos a nosotros mismos y que ahondar en las características de la persona que nos enamora es no sólo una pérdida de tiempo, sino una especie de traición hacia lo que experimentamos por ella.

Y a medida que va exponiendo sus vivencias, Sergio contempla de nuevo a la Juana de entonces. No obstante es un contemplar distinto, como si en ella todo lo que le impactó se difuminara y se perdiera en dimensiones desconocidas.

Ya no es su belleza exterior lo que predomina en la Juana que está viendo. Desde el lugar donde Sergio se encuentra, todo se modifica. Juana está dejando de ser la envoltura deslumbrante que tanto le impactó. Algo en ella la está convirtiendo en un ser distinto. La escucha, pero su voz es una especie de eco que horadase silencios desconocidos.

En vano quiere recobrar a la mujer que conoció en vida. La que percibe ahora no tiene cuerpo. O quizás es un cuerpo distinto. Algo que no puede explicar pero que sobrepasa cualquier definición humana.

Sin embargo sabe con certeza que ese elemento indescifrable es Juana. Una Juana inmaterial que excede todas las bellezas materiales que en su día tanto le impactaron.

Y de nuevo trata de descubrir en ella lo que consiguió enamorarlo. Pero no lo consigue. Lo que ahora experimenta es mucho más importante que lo que en vida le parecía insuperable.

De improviso Sergio se nota agarrotado, incapaz de llegar hasta su mujer. No obstante, la siente tan cercana que le parece imposible no fusionarse a ella como podía hacerlo en vida y recobrar la estima que sin duda perdió mientras sólo era un simple médico en busca de fama.

—No entiendo lo que me pasa.

—Lo irás descubriendo a medida que te despojes de todo lo que en vida te separaba de ella.

Sergio se nota aturdido. Sigue sin entender lo que le está sucediendo. Los elementos se le trastocan mientras intenta comprenderlos. Todo es una compulsiva y extraña sensación que en vano podría enmascarar y dominar como tantas veces había hecho cuando era sólo un cirujano.

Inútil aferrarse a los trucos y manejos puramente terrenales para salir de ese atasco. Todo se vuelve esquivo para él. Nada le obedece. Sin embargo algo mucho más fuerte que su lejano enamoramiento de Juana está sacudiendo inexplicablemente su «no ser».

—¿Qué me está ocurriendo? —pregunta.

—En tu situación, introducirse en la Verdad es a veces un trance difícil. Tus constantes negativas conceptuales iban enmarañando las piezas del puzle vital. Pero no desesperes. Tarde o temprano podrás colocarlas todas en su sitio.

—¿Y mientras tanto qué?

El compañero no contesta. Le da a entender que no puede inmiscuirse en sus asuntos. Que todo depende de él. Que acelerar acontecimientos sería invadir un espacio que no le pertenece y que sólo Sergio puede acumular razones para llegar a la meta.

—¿Dónde está mi meta?

—La meta que tú precisas no «está», ni «es», ni ocupa lugar. Es una forma de sentir, de gozar, de descubrir la be-

lleza indestructible, la felicidad eterna; el amor que en la tierra sólo podéis intuir y que en vuestra ceguera consideráis inalcanzable.

—¿Qué puede llevarme a esa felicidad?

—Tú mismo.

—Pero ¿cómo?

—Buscando ayuda terrena.

—¿Quién va a ayudarme?

De improviso surge Laura. La está viendo aferrada a su empeño en ocupar el puesto de Juana.

Tampoco ella ostenta ahora para él un cuerpo material como el que ostentaba cuando cayó rendido en sus brazos.

Nada en esa mujer consigue despertarle lo que durante años fue el imán más dominante de su vida. Laura ya no es para él el cuerpo que mandaba, que exigía y que lograba.

Su apariencia física ha dado paso a una especie de vergüenza diluida en miedos. No quiere verla. Lo que adivina en ella, le repele, lo desarma. Laura ha perdido para él aquel extraño encanto que durante años fue su obsesión más fascinante. «¿Cómo pude quererla tanto?», se pregunta. No lo entiende.

—No la querías. Creías quererla.

—La necesitaba. Precisaba su amor.

Sin embargo la palabra amor, tal como lo sintió por Laura, es ahora un ingrediente que se niega a encajar en la soledad del Valle.

De improviso, algo que nunca pudo sospechar mientras vivía se instala a modo de un obstáculo infranqueable entre Laura y él. Sergio no entiende cómo pudo experimentar por ella aquella absurda necesidad de no perderla, de respirarla y absorberla día tras día.

—Yo suponía que aquello que sentía por Laura era verdadero amor.

A veces el amor es un disfraz de la codicia. Algo tan fuerte que tergiversa sentimientos, deseos y atracciones a fin de rebajar su verdadero significado. Tu codicia consistía en conseguirla y la suya en exprimirte y en sacar partido de tu cuenta corriente. Pero en ningún momento fue amor lo que hubo entre vosotros.

Sergio no trata de negarlo. Le resulta imposible. Lo que está percibiendo es demasiado real para que la certidumbre pueda transformarse en idealismos mal encauzados.

Claramente sabe ahora que Laura era la ofrenda prohibida, el contrasentido de todo lo que podía sentirse, la aventura arriesgada que se iba imponiendo en su día a día sabiendo que «no podía ser», y sobre todo la certidumbre de que por ser tan «imposible», era a su vez, tan codiciable.

—Entonces ella tampoco me quería.

—Los amores humanos son bastante incongruentes. Lo que enardecía a Laura era conseguir lo que Juana había conseguido. No podía soportar que desde la infancia su amiga Juana fuera siempre la favorecida. La envidiaba. Nunca la quiso. Fingía ayudarla, pero desde siempre tuvo la obsesión de arrebatarle lo que ella nunca tuvo.

—Entonces Laura no podrá ayudarme.

—Imposible.

Lo sabe ya con certeza. Laura era sólo un manojo de intrigas para conquistarlo. Su rencor era más fuerte que cualquier sentimiento emocional.

—Fingía soledad e indefensión y excluía toda la prepotencia que dominaba sus rencores. Tú la imaginabas víctima de un destino adverso. No se te ocurría entrever que más allá de la voluptuosidad que te ofrecía podía existir un plan bien diseñado para atraparte. —Sergio lo sabe ahora.

Nada se le escapa. Lo que él consideraba un amor era pura estrategia sensual.

—A los humanos os gusta mezclar sentimientos con sensaciones —aclara el compañero—. Pero el amor verdadero, aunque no excluye sexualidad, jamás se apoya en ella para destruir lo indestructible, ni dañar instituciones que se consideran sagradas. Por eso, en muchos casos, eso que llamáis amor se convierte en odio.

El doctor Maritania no trata de desmentir lo que le exponen. No puede. Lo que percibe es ya demasiado evidente para él. Nada en sus percepciones son conceptos erróneos, ni admiten hipocresías.

La Laura que está observando se ensombrece, se vuelve inservible. Nada en ella conserva la altivez apremiante que tanto le encandilaba. Por eso se le esfuma. Ni siquiera la ha visto llorando su muerte.

De nuevo Sergio acepta que toda su vida ha sido una constante equivocación, un vaivén de egoísmos que nadie supo paliar.

Recuerda ahora su infancia y su adolescencia. Nada estaba en su sitio. Sus padres nunca le hablaron de un Más Allá. Lo único que les interesaba era que el hijo escalara peldaños hacia la fama, que triunfara como médico y que su triunfo le permitiera conseguir en vida todo lo que llegó a conquistar.

—Mis padres se respetaban mutuamente, vivían juntos, pero no se querían. Incluso en alguna ocasión tuve la impresión de que yo era un estorbo para ellos.

—Te queda Juana —le propone el compañero—. Ella tiene fe.

—Antes de casarse conmigo, Juana me admiraba. Luego intentó protegerme: hizo todo lo posible para que mi falsa personalidad no trascendiera. Su mayor dolor fue descu-

brir lo que había entre Laura y yo. Sin embargo procuró asimilarlo y fingir que desconocía nuestra relación.

—Juana puede ayudarte —le apunta el compañero.

—Yo en su lugar no lo haría. Fui demasiado duro con ella.

—Pruébalo.

—¿Cómo?

—En tu estado actual, estás ya capacitado para trasladarte sin moverte del Valle.

—¿Será posible lanzarle mensajes?

—Siempre que lo desees. Juana no podrá verte, pero tú podrás comunicarte con ella.

—¿Y podré recuperarla?

—En realidad no la has perdido. Juana te sigue queriendo.

Sergio recapacita. Está viendo a Juana en sus mil situaciones siempre asfixiadas de dolor. Es un dolor callado que se niega a expresar.

La ve ahora volcando en la niña el amor que él se negaba a aceptar, mientras ansiosamente buscaba en cada gesto o en cada rasgo de su rostro las sombras repetidas de su padre, como si las facciones de Alma fueran las auténticas garantías de una futura felicidad que para Sergio era ya un horizonte perdido.

—¿Cómo conseguiré su ayuda?

—Hablando; pero con un lenguaje distinto que escasamente precisa palabras.

EL RECIPIENTE

Otra vez la noche. Y las horas henchidas de insomnio. Y el insomnio volcando recuerdos que la memoria se empeña en acumular para dominar los ámbitos más dolorosos de nuestra existencia.

Basta un detalle cualquiera para recuperar infinidad de pormenores que en nuestras jornadas diurnas consideramos perdidos. No obstante y sin saber por qué, los pormenores surgen vigorosos y exigentes en los desvelos. Son como taladros para mantenernos despiertos y obligarnos a pensar.

En esos trances todo se aclara. De improviso lo que nos parecía vago se vuelve contundente, se agranda, se solidifica.

Sin venir a cuento, recobro ahora la muerte de mi padre, sus últimos consejos: «No te dejes influir por los que no comprenden ciertas verdades. Prométeme que no abandonarás la escultura pase lo que pase.»

Se lo prometí. Aunque Bruno Mateos ya no podía ayudarme, existía Roger Bousset, su empeño en apoyarme, su promesa de convertirme en algo más que una mujer arrinconada por unas formas de vida insulsas y desmañadas. «Tiene usted un gran porvenir, Juana. Tal vez todavía le falte cierta seguridad en la técnica que utiliza, pero va sobrada de imaginación y equilibrio», me dijo cuando volvió a España para asistir al entierro de mi padre.

Parece que lo estoy viendo. Contemplo su sonrisa algo melancólica mientras me habla. Y escucho de nuevo sus planes para ayudarme a conquistar puestos sólidos en mi todavía incipiente carrera de escultora. «La pondré en contacto con un buen profesor.»

En aquella época yo aún no había instalado mi estudio en la cuadra desierta que permanecía medio oculta por la hojarasca desorganizada del jardín. Todavía lo que yo experimentaba era demasiado vago para realizar planes de cierta envergadura. Existía un ambiente general poco propicio a facilitar lo que Sergio denominaba caprichos. Además Alma era aún pequeña y yo una madre totalmente dedicada a su hija.

La percibo ahora en la oscuridad de mi cuarto como si entre nosotras todo continuara igual. La escucho runrunear ensueños de niña feliz, sentándose ante el ordenador para manipularlo a su antojo y tecleando programas que el mundo actual considera inofensivos.

Cuántas veces le habré advertido que el ordenador es un arma peligrosa, que ni siquiera los mensajes dedicados al mundo infantil dejan de tener su dosis de veneno, que la violencia atrapa a los pacíficos a fuerza de machacar bondades o ilusiones nocivas, que la humanidad está sufriendo un deterioro cada vez más insostenible y que el ordenador es su cómplice más eficaz. Pero mis argumentos jamás se acoplaban a los de su padre: «Deja en paz a la pobre niña. No la asustes. No la alarmes. Si los videojuegos la divierten, ¿por qué amargarle con recriminaciones absurdas?»

Inútil era darle a entender que la violencia era una amenaza grande para las mentes infantiles y también que la pornografía rozaba siempre aquellas funestas historias.

Como siempre, Sergio me desautorizaba. Y la niña se aferraba a él para que mis reparos se desintegraran. Sergio era su padre. Sergio era un hombre mayor. Sergio no podía equivocarse. Y la niña lo miraba agradecida, cada vez que él me llevaba la contraria.

En ocasiones, cuando me notaba desasistida de ayuda, visitaba a Rita para desahogarme. Sobre todo desde que nuestro padre había muerto. Bárbara era la primera en aconsejarme que recurriese a ella: «Tu hermana, aunque encerrada en un convento, sabe utilizar mejor que nadie los prismáticos de la vida —solía decirme—. Nadie como ella conoce los tumbos de esta nave —bromeaba—. Las monjas saben que la vida es sólo un bien prestado que tarde o temprano tendremos que devolver.»

A Bárbara siempre le gusta añadir a sus conceptos mi descripción del mundo al modo de una nave. «Tienes razón, Juana, la gente cree que viaja, que vamos todos a un lugar prometedor sin salir de la tierra, pero pocos son los que reconocen que sólo saliendo de la nave se puede conseguir ese lugar.» Y añadía que Rita sabía desde niña que todo en esta vida es precario, que lo más sólido puede romperse en cualquier momento: el supuesto amor, la amistad, la bondad, los buenos deseos, las alegrías, la felicidad: «Nada es estable, Juana, creo que Rita tiene razón cuando afirma que somos navegantes de una nave que viaja a la deriva.»

Bárbara, desde que había muerto su marido había perdido aquella mirada que en cierto modo tanto había contribuido a temporizar el vacío de mi padre. «El trayecto hacia la verdadera vida es a veces muy difícil», suele decir.

Seguramente Bárbara fue feliz durante los breves años que duró su matrimonio. Probablemente fue una felicidad sosegada, sin grandes exigencias. No se parecía a lo que Sergio me había ofrecido en la primera etapa de nuestra unión. Entre nosotros siempre prevalecía la actividad, lo imprevisto, el afán de no dejar ni un minuto en blanco para dar paso a la calma y al reposo.

Nuestra felicidad era en todo momento inquieta, como si aguardara algo inesperado. Eso era nuestra felicidad, algo reacio a «querer saber» lo que podía sorprendernos.

Ahora sé que aquella forma de convivencia era nociva. Cegarse y dejarse llevar por la inquietud era la mejor manera de pisar en falso.

Inesperadamente surgieron nuevas excusas para proyectar ausencias. Los enfermos ya no eran únicamente las causas esenciales de sus desapariciones. Sin que mediara una razón contundente, los sábados y los domingos se tiñeron de nuevos alejamientos que nunca habían sido mencionados entre nosotros. La caza. Los viajes a distintas fincas ignoradas por mí para practicar su nueva afición.

Eufórico se declaró adicto a las batidas, al manejo de la escopeta, al ambiente que se creaba en torno al cazador.

Naturalmente yo sabía que me estaba mintiendo, que sus espantadas eran disfraces de algo que nada tenía que ver con la veracidad de los hechos. En cierto modo me divertía comprobar hasta qué punto sus mentiras iban bien arropadas. Sobre todo cuando llegaba a casa tras sus ausencias inventadas, cargado de testimonios cuya veracidad nadie podía rebatir.

Estoy viendo ahora aquellos manojos de perdices unidas (cuajadas de perdigones) que Sergio sabía agenciarse cada vez que los fines de semana montaba aquella comedia de su cacería fantasma.

Sin embargo nunca se lo reproché. De haberlo hecho, me hubiese llamado naíf y hubiera sacado a relucir mi falta de mundo, mis torpezas vivenciales y, por supuesto, la irresponsabilidad que suponía apoyarme en un individuo tan poco recomendable como «ese tal Roger Bousset» que sin duda basaba su modo de vivir en sobornos como el que había practicado con mi padre para tenerme contenta. Sergio nunca dejaba de nivelar sus errores con los errores que podíamos cometer los demás. Por eso yo le agradecía las perdices y hasta fingía que las que él cazaba eran las mejores del mundo.

En aquella época, Roger Bousset todavía continuaba siendo para él un aprovechado adulador que me hacía la pelota para satisfacerme.

Quizás entonces, tal como se presentaron las cosas cuando mi padre quiso que conociera mis trabajos, algo de razón tenía: Roger Bousset tardó mucho en dar señales de vida. Y aquel lapso (que a mí se me antojó eterno), era su gran refuerzo para su indiscutible y constante «dar en la diana» en lo que tajantemente afirmaba. «No deberías hacer caso a todos aquellos que te adulan, Juana: el mundo está lleno de pelotilleros dispuestos a lanzar halagos a cambio de una buena retribución. No te extrañe ahora que ese crítico de tres al cuarto se haya olvidado de ti.»

Seguramente no se daba cuenta hasta qué punto aquellas afirmaciones me dolían. Lo importante era que yo no cayera en ilusiones que, según él podían ser vanas y perjudiciales.

Ni siquiera cuando Bousset, tras largos meses sin cumplir su promesa de ayudarme, me mandó una publicación en *Le Monde* firmada por él refiriéndose a una escultora española llamada Juana Bernal, que no tardaría mucho en ser reconocida y apreciada en las altas esferas del arte, por su indudable maestría y originalidad. El comentario de Sergio no fue despectivo. Fue algo peor. En cuanto hubo leído lo que Bousset había escrito sobre mis trabajos, lanzó un suspiro hondo y moviendo la cabeza negativamente comentó: «No quiero ni pensar en lo caro que le habrá costado a tu padre ese articulito.»

No le contesté. Comprendí que en aquellos momentos, argumentar cualquier defensa hubiera sido perjudicial. Además me notaba demasiado feliz para estropear con discusiones la causa de mi felicidad. Y ante mi silencio, él continuó su perorata: «En esta vida no se puede ser fantasioso, Juana: la fantasía, sea cual sea su entidad, suele acabar decepcionando. Se vuelve tristeza.» No se daba cuenta de que lo que más me entristecía era comprobar que, pese a todas sus maquinaciones extramatrimoniales con mi mejor amiga, yo confiaba aún en que algo de mí misma pudiera ser admirado por él.

Lo que me hundía era sentirme tan pobre, tan desechada, tan poco inclinada a despertar en Sergio una brizna de admiración.

Desde siempre había creído que «admirar» era una forma de amar. Ningún amor entre un hombre y una mujer podía, a mi juicio, ser auténtico sin una cierta dosis de admiración. Incluso era posible admirar lo que nadie consideraba admirable: pobrezas, inseguridades, infantilismos, ignorancias. Qué sé yo. Todo puede ser fruto de admiración cuando el amor lo envuelve y también todo puede ser amor cuando nos sentimos inclinados a admirar.

Yo misma admiraba en Sergio fragmentos de su modo de ser que seguramente nadie conocía. No eran dignos de grandes elogios pero se volvían importantes cuando recapacitaba sobre su origen. Y el origen era él; su gran categoría como cirujano abdominal, su talento para solucionar desaguisados que nadie más podía recomponer, su convicción de que todo lo que él emprendía conseguía resultados eficaces. Y sobre todo, aquellas repentinas bondades con ciertos enfermos indigentes que nadie había presenciado salvo yo, cuando al principio de casados lo acompañaba a visitar seres aquejados de algún mal que podía ser incurable.

En ellos no sólo veía enfermedades, también se introducía en sus miserias, en sus impotencias humanas y, sobre todo, en sus dolores psicológicos. Cuando se daba el caso, nadie podía superar aquella forma de abrazar el dolor o la penuria ajena de la forma que él lo hacía. En aquellos momentos todo en Sergio se transformaba, todo era pura entrega, puro derroche de una bondad que sólo yo y pocos más conocíamos.

Parecía imposible que el hombre que tanta suavidad afectuosa derrochaba de un modo anónimo y desinteresado pudiera asimismo escatimar caridades a los que vivíamos junto a él.

Además nunca se arriesgaba a ser desleal con los enfermos sin recursos. Les decía la verdad, pero de un modo tan entrañable y conformista que el enfermo no sólo no se alteraba sino que incluso se regocijaba de ser un paciente suyo.

En alguna ocasión, yo le había planteado aquella forma de sincerarse con los enfermos. «Tal vez deberías ser menos franco con ellos.»

Pero Sergio no estaba de acuerdo: «Te equivocas, Juana, el que engaña al enfermo con mentiras piadosas no lo hace por el bienestar del paciente, lo hace para tranquilizarse a sí mismo.»

No. Sergio nunca engañaba a sus aquejados de dolencias graves. El engaño lo reservaba para sus propias enfermedades internas. Aquellas que vigorizaban su autoestima y enfatizaban su indudable y poco conocida inseguridad vivencial.

Por eso cuando lo veía tan extraviado en conductas existenciales y poco recomendables, sentía pena por él. Probablemente era esa pena lo que me obligaba a minimizar sus torpes extravíos. Tal vez mi amor por él fuera eso: admirar cómo Sergio olvidaba sus frecuentes maneras de socorrer al necesitado de ayuda. Nunca se jactaba de haber derrochado apoyos a un enfermo anónimo que pudo salir adelante gracias a las generosidades del doctor Maritania. Obviaba enseguida sus obras de caridad. Siempre decía que cuando hacemos algo bueno en la vida hay que olvidarlo porque, si no se olvida, deja de ser bueno. «Se convierte en una suerte de orgullo», decía bromeando.

Pero Sergio no era sólo orgulloso. Era algo peor: era orgulloso e inseguro. Tenía la inseguridad de los que consideran que sus juicios son los acertados, que nadie puede superar lo que él imaginaba indiscutible. En suma: no quería saber más allá de lo que él sabía. Ni aceptar opiniones que difiriesen de las suyas.

* * *

Aunque con algún retraso, Bousset cumplió su promesa. Me puso en contacto con un profesor francés recién instalado en España.

No se parecía a Bruno Mateos. Tampoco se dedicaba a dar clases a varios alumnos. Yo era una excepción. Alguien que, por venir recomendado por Roger Bousset no podía ser rechazado.

Su humor era también diferente al de mi antiguo maestro. Era un humor algo agrio y pastoso: un humor como de beodo pesado. Apenas sonreía y no se caracterizaba por ser simpático. Sin embargo debo reconocer que durante el tiempo que trabajé con él di un paso de gigante en mis conocimientos artísticos.

En aquella época, yo todavía no había acondicionado la cuadra que desde la intervención del árbol decidí utilizar como taller. Fue a partir de aquel cruel azote que lanzaba efluvios de eucalipto, cuando me decidí a lanzar toallas que olían a rancio para recoger aquellas otras que jamás debí lanzar.

Mi nuevo maestro duró sólo un año. Entre él y yo abundaban las nieblas, las brumas, los silencios y algunos ceños, pero siempre adobados con grandes dosis de tenacidad, de descubrimientos técnicos jamás sospechados y la seguridad de que, aunque los temporales pudieran arreciar en nuestra convivencia, nada iba a derrumbar las exigencias de mi vocación. A veces todavía me parece escuchar su voz pastosa lanzando sentencias sin venir a cuento, como si estuviera adivinando lo que yo pensaba: «Nunca se ganan premios sin tenacidad» o «La facilidad sin aprendizaje puede convertirse en nuestro peor enemigo».

Como estábamos los dos solos, los silencios que se producían en su taller únicamente se rompían cuando se manejaba la máquina de puntos o se utilizaban los cinceles, la lima o la lija.

Decía siempre que lo importante para ser un buen profesional escultórico consistía en realizar antes dibujos tridimensionales muy detallados para que la base esencial no se dispersara en vaguedades: «Los conceptos deben ser ante todo volúmenes bien proporcionados aunque luego se distorsionen más allá de su geometría, según el criterio del artista. Y para ello es necesario dibujar a conciencia lo que la realidad visual nos presenta.»

Aquellos consejos calaron hondo en mis percepciones artísticas. El tiempo libre se me iba llenando de dibujos que pudieran servirme para montar más tarde conceptos manejables según mis criterios estéticos.

Me estoy viendo ahora esbozando infinidad de objetos, cuerpos y brotes de la naturaleza para concebir sus dimensiones como si ya fueran relieves voluminosos.

Mi vida entonces era eso: buscar elementos que me permitieran dejar vía libre a los criterios creativos.

El principal factor de todas mis inspiraciones de aquella época lo protagonizaba mi hija. Sobre todo cuando la bonanza del tiempo me permitía reproducirla a lápiz junto al famoso eucalipto que ella consideraba su amigo.

Al margen de mis clases con el profesor recomendado por Bousset, mis horas libres eran cada vez más voluminosas. De hecho nuestro matrimonio había entrado de lleno en la fase de las tibiezas que imposibilitan relieves reconfortantes y nexos intimistas. En cuanto a Laura, nunca se dignaba visitarme cuando Sergio no estaba en casa. Poco a poco sus criterios eran los que prevalecían en el desabrido transcurrir de nuestras vidas. Por eso entonces únicamente Alma era la verdadera razón de mis sosiegos y esparcimientos.

No obstante, también mi hija iba decantándose hacia Laura, como si en ella pesaran más las imposiciones que regían nuestras formas de vida que las que yo proponía.

Era difícil luchar contra lo que Laura iba imponiendo. Sergio era el primero en apoyarla: «Tu amiga es un verdadero cerebro pensante. Deberías hacerle caso, Juana.»

La única que a su modo compartía mis especulaciones

internas era Vicenta. Desde siempre ella había captado a fondo la verdad de mi supuesta amiga. «Te está poniendo zancadillas, Juana. No permitas que se adueñe de Alma como se está adueñando de todo en esta casa.»

Tenía razón. Debía reaccionar. No era lógico que lentamente, y siempre sostenida por Sergio, Laura fuera imponiéndose en la cotidianidad de nuestro entorno privado. Incluso el mayordomo que me había plantado cara, sin que mi marido hubiera tratado de defenderme, era ya su mejor aliado.

Sin embargo no me veía con fuerzas para declarar una guerra que, de antemano, consideraba perdida.

Aguanté. Soporté y fingí. Protestar hubiera facilitado rupturas tal vez irreparables. Sergio no tenía más norte que el de aquella mujer que desde la infancia se había declarado amiga mía.

Yo para mi marido era ya sólo una obligación caducada, una especie de prisión sin rejas ni cerraduras. Algo que debido a las habilidades propias de un hombre de mundo le permitía realizar escapadas sin menoscabo de su condición de persona intachable y esposo leal.

Además, en cuanto Laura, por causas que yo desconocía, se apartaba de nuestro entorno, Sergio (acaso para no perderme del todo, o tal vez para evitar posibles reclamaciones que yo jamás le hice), se acercaba a mí para cumplir con sus deberes maritales.

Nunca lo rechacé. Nunca le eché en cara sus constantes desvíos, sus comentarios despectivos y sus continuos brotes de indiferencia hacia lo que para mí era vital. Lo aceptaba como se aceptan los quejidos de un enfermo que precisa justificar de algún modo su dolencia. Tampoco le eché en cara los trances desmantelados que gracias a sus despechos me veía obligada a soportar, ni mis desilusiones crónicas, ni aquellos brotes de rebeldía que a veces me atosigaban y que siempre trataba de sofocar para que él no pudiera interpretarlos como señales de descontento.

De haber puesto mis vacíos y certezas dolorosas al desnudo, me hubiese expuesto a que él, tras manifestar yo aquellas desabridas muestras de un amor robado, se agarrase a mis quejas para excusar aquel desamor suyo que día a día iba ganando terreno.

Lo aceptaba. Siempre lo aceptaba. En fin de cuentas las demostraciones sexuales suelen expresar lenguajes amorosos. Por mucho que se limiten a ser pasto de los instintos, cuando media el amor, los instintos se transforman, se dignifican y convierten su fogosidad animal en signos afectivos. Por eso, aunque nuestros cuerpos emitieran demostraciones puramente mecánicas, si yo no las malograba con exigencias y reclamaciones inútiles, cabía la probabilidad de que ciertos rescoldos que parecían apagados pudieran recuperar su condición de llamas.

Sin embargo nada podía añadir esperanza a la sensación de que el mundo se me iba hundiendo. Soñar esperanzas no supone tenerlas.

De hecho cuando la representación sexual terminaba, todo volvía a recuperar aquella adusta realidad que marcaba distancias y que condicionaba mi existencia al frío de la indiferencia. En realidad era como si entre nosotros no hubieran mediado efusiones, ni entusiasmos ni tan siquiera pequeños rebrotes de un amor extinto. En suma, yo para Sergio era sólo un lamentable y caduco recipiente para volcar el fruto de sus exigencias sexuales. Inútil era forjarse ilusiones. Las ilusiones prescriben. No obstante yo no me resignaba a que prescribieran. Esperaba. Siempre esperaba. Me engañaba a mí misma. Admitía aquellas manifestaciones afectivas como un juego que, aunque parodiaba entusiasmos seguramente fingidos, servía para imaginar probables ilusiones futuras.

* * *

Contemplo a la niña. La estoy viendo sentada a una mesa propia de su talla, mientras yo le voy enseñando los ecos que emiten las letras. «Cada palito bien colocado puede construir una palabra», le digo.

La pequeña sonríe. Jugar a crear voces es ya para ella una diversión tan importante como acunar a su muñeca o como corretear por el jardín para desaparecer hasta que yo doy con su escondite.

Las palabras van consiguiendo un sentido. Cada una de ellas es un nacimiento que surge de la nada. Y una vez trazadas, la niña las asume como si las hubiera inventado. La estoy viendo ahora grabando todavía con cierta dificultad su nombre, el mío, el de su padre PAPA - MAMA - ALMA, junto con el de su abuelo ROGELIO, el de mi madrastra BÁRBARA o la sirvienta VICENTA. Lentamente esos nombres conjugan, al modo de la pequeña, ideas que significan conceptos. Son frases a medio existir, a medio entender y a medio sorprender. Pero yo las voy aceptando como si fueran frases importantes. Ella me lo agradece. Le gusta que su madre entienda lo que, aunque de un modo todavía deficiente, va grabando sobre un cuaderno de doble pauta. «¿Te gusta cómo lo he escrito, mamá?»

Claro que me gustaba. Todo lo que Alma aprendía en aquel tiempo conseguía resurgir en cierta medida aquellos anhelos míos todavía infantiles que mis padres siempre aupaban.

«A lo mejor algún día llegarás a ser una escritora», le

decía yo para animarla. Y ella convencida de que mis argumentos podrían realizarse, me señalaba los cuentos que solía yo comprarle para que aprendiera a leer: «¿Podré hacer cuentos?», preguntaba ilusionada.

En estos momentos percibo su voz de niña formulando aquella pregunta. La mía se apaga. Mi voz tal como era entonces se fue perdiendo entre los vaivenes del eucalipto que entonces ella todavía consideraba su amigo.

Pero la de Alma siempre está ahí impresa en lo más profundo de mis percepciones sonoras.

Incluso ahora, cuando escucho el viento balanceando las ramas de aquel árbol, escucho la voz de mi hija hablando con él.

* * *

Esta mañana he visitado a mi hermana Rita. Desde que Sergio ha muerto, apenas he tenido ocasión de charlar con ella.

Quería comunicarle que dentro de pocos días me trasladaré a París.

—Todo está preparado para el viaje. Mis obras ya han salido de España en un camión debidamente acondicionado —le explico—. Roger Bousset ya ha sido dado de alta y en estos momentos está volando rumbo a Francia.

Rita me contempla con cierto aire enigmático que transforma por completo su habitual naturalidad.

—Es una pena que Sergio no pueda acompañarte. Al parecer últimamente aceptaba tus dotes artísticas.

Intento mostrarme distendida, pero no lo consigo. Los recuerdos de sus constantes ataques a mi vocación lo impiden. No le guardo rencor. Lo que me duele es que ni siquiera cuando mi nombre comenzó a sonar en las altas esferas del mundo artístico, Sergio se dignara admitir que yo era algo más que una intrascendente «escultu-rista».

Todavía me sobrecojo cuando evoco la actitud claramente despectiva que adoptó cuando una semana antes de su muerte la televisión francesa se desplazó a nuestra casa para captar imágenes de mis obras y del entorno que me pertenecía: «Parece imposible que un quehacer tan poco trascendente levante tanta expectación», comentó Sergio con aire displicente.

No se daba cuenta de que al expresarse de aquel modo lo que hacía era dejar al descubierto sus puntos débiles; y sus miedos al verse minimizado por las obras de su mujer.

Conociéndole como yo lo conocía, aquella invasión mediática tan espectacular era casi un insulto para él. Lo rebajaba. Lo convertía en el marido apagado de una esposa famosa. Por eso no admitía más despliegues periodísticos que los que él protagonizaba.

Especialmente dio muestras de un claro rechazo cuando el realizador le suplicó que posara conmigo junto a las obras que iban a ser expuestas en París. «Esas cosas no me incumben —se excusó con aire de sentirse rebajado—. Yo solamente soy cirujano.»

En vano el realizador intentó que recapacitara. No comprendía que la negativa de Sergio era producto de una arraigada inseguridad en sí mismo y sobre todo de aquel temor siempre vigente que podía rebajarlo si admitía el estrellato de su propia mujer. Temía que yo rebajara su categoría de hombre importante.

«Pero también es su marido —exclamó de nuevo el realizador tomando a broma su negativa—. Supongo que se siente usted orgulloso de tener una esposa famosa.»

No obstante, una vez más, Sergio se salió por la tangente.

Todavía le costaba admitir que tras un largo período de inactividad artística propiciada por las constantes recriminaciones de mi marido, yo hubiera recuperado definitivamente mis riendas.

Sin embargo llevaba mucho tiempo sin practicarlas porque, abrumada por las sonrisitas solapadas de nuestros amigos, decidí dejar mis clases con el profesor francés pretextando que dicho profesor recomendado por Bousset no se ajustaba a mi modo de entender la escultura moderna.

Fue un período largo que de nuevo volvió a sumergirme en las brumas de las desorientaciones y la desgana. Pero en aquella época no me sentí con fuerza para seguir luchando al redropelo de tanta incomprensión. Nada ni nadie, salvo mi hija, daba ya una razón sólida a mi vida. El único ser adulto que conseguía levantarme el ánimo era Patricio. Departir con él suplía con frecuencia los silencios y las diatribas que tanto iban enmustiando los pequeños placeres que Alma aún me proporcionaba.

De vez en cuando, para no dejarme llevar por la inercia total, todavía me aventuraba a dirigirme a Sergio mostrando interés por sus intervenciones. Pero nunca aceptaba mis ofrecimientos de comunicación. «Para qué darte explicaciones; no las entenderías —solía decirme—. El hecho de hablar por hablar no merece que se hagan esfuerzos.»

Fue algunos años después, cuando tuve que afrontar el eclipse del jardín y soportar la intervención del árbol, cuando yo reemprendí el regreso a mis trabajos como escultora.

Estoy viendo ahora a Rita tendiéndome su mano a través de la reja, mientras trata de sacudir mi brazo.

—¿En qué estás pensando, hermanita?

—No lo sé. A veces me abstraigo, los recuerdos se me amontonan y las definiciones se dispersan sin que sea posible extraer consecuencias bien estructuradas. Acaso lo que me ocurre esté relacionado con la imposibilidad de que Sergio asista a la exposición de mis obras en París. Me hubiera gustado tanto tenerlo a mi lado.

Rita, tratando de sonreír, de nuevo sacude mi brazo.

—A lo mejor asiste. No importa que tú no lo veas. Seguramente él estará viéndote a ti.

Eso es lo que desde que tuve uso de razón siempre creía. La comunicación con los seres queridos jamás se interrumpe cuando la materia que lo envuelve se desintegra. Nada importa que en la vida se hubieran comportado como criaturas independientes, herméticas y acaso hostiles. Libres ya de servidumbres y limitaciones, nada a mi juicio podía impedir la cercanía espiritual.

Sin embargo, y por alguna razón que desconozco, esta mañana las certezas de siempre me plantan cara, se encabritan y es como si se negaran a aceptar mis convicciones habituales.

Rita parece adivinar lo que me ocurre. Suavemente acaricia de nuevo mi brazo y me obliga a mirarla.

—No, Juana. No te aferres a las ofertas de lo imposible. Trata de sacudir los rumores del silencio y escucha lo que ese silencio te está insinuando. A veces la falta de insonoridades es nuestro mejor interlocutor.

—No entiendo a qué te refieres.

—A menudo es esa falta de ruidos lo que propicia eso que denominamos casualidades o descubrimientos insospechados. En el fondo muchas de nuestras percepciones inexplicables son avisos camuflados o mensajes inesperados.

En ocasiones Rita se expresa como si no fuera ella la que hablara.

—¿Avisos? ¿Qué clase de avisos?

—Procura estar atenta. Cualquier nadería que nosotros solemos desechar puede ser una advertencia importante, una llamada de atención, una información urgente.

Rita no bromea. Lo capto en el frunce de su entrecejo y en ese brillo inusual que están reflejando sus ojos. No parece la misma monja divertida y distendida que tanto sorprendía a mi marido cuando íbamos a visitarla. Nada en ella es ahora jocoso ni pretende emular caracteres tintados de una cierta frivolidad. Es como si la ausencia de Sergio le estuviera propiciando una nueva actitud de monja seria y consecuente.

La estoy recordando ahora cuando Sergio trataba de poner zancadillas a su vocación. Rita jamás se coartaba. Al contrario, siempre encontraba argumentos para salir al quite de sus pequeñas impertinencias.

En el fondo, aquella manera flexible de coger al vuelo las insolencias de mi marido y transformarlas en envites sin importancia me divertía.

Incluso a veces, mi hermana se permitía desconcertarlo con acertijos que por su desconocimiento de las realidades religiosas no podía adivinar: «¿A que no sabes quién fue padre de su propio padre?» Y como lo viera vacilar, ella misma entre brotes de carcajadas le lanzó la respuesta: «San José, hombre, San José.»

Aunque aquellas salidas de tono divertían a Sergio, también lo incomodaban. Le molestaba mucho que Rita aceptara sus agresiones sin inmutarse: «No acabo de comprender cómo has anulado tu vida por una quimera tan inverosímil», solía decirle él. Y ella que, bueno, que mejor era soñar quimeras que vivir realidades sin sueños. Y añadía que la vida sin más aspiraciones que las propias de un afán de poder para triunfar en ambiciones que duran lapsos mezquinos y breves no merecía la pena: «¿Sabes lo que te ocurre? —le espetó ella en cierta ocasión—, sencillamente te niegas a aceptar verdades que ignoras, porque si las descubres, te verás obligado a cambiar de vida.»

No se lo dijo para abrumarlo. Tampoco su tono de voz demostraba enfado: al contrario, todo en mi hermana era dulzura, que no por suave carecía de firmeza. Y para rebajar aquel simulacro de reproche, de repente Rita enseguida recurría a sus famosos acertijos: «¿A que no sabes qué anomalía se contagia sólo oyéndola o mirándola?» La intriga vencía el mal talante de Sergio. Nunca adivinaba lo que su cuñada le proponía. «El bostezo, hombre, el bostezo.»

Sin embargo esta mañana la noto distinta, es como si algo que no me ha explicado estuviera condicionando su habitual compostura.

—¿Qué te ocurre? —le pregunto—. No pareces la misma.

Rita vacila. Duda entre sincerarse o callar. Al fin se decide:

—En efecto me ha ocurrido algo muy extraño. —Y tras un lapso de duda, se decide a confiar su pequeño secreto.

Me explica que en la madrugada despertó súbitamente sin motivo alguno. Nunca nada interrumpía su sueño. De pronto al alumbrar su celda se fijó en el libro de rezos que siempre descansa en la mesita contigua a su jergón.

—Instintivamente lo cogí —continúa explicando—. Era como si en aquel objeto pudiera encontrar la razón de mi repentino desvelo. Lo abrí. —Se detiene; continúa mirándome fijamente como si dudara en confiarme su experiencia nocturna.

Tras unos segundos, prosigue:

—Encontré una hoja de papel escrita con letra de imprenta entre las páginas del libro. La frase era muy rara. No entendía lo que significaba. Extrañada volví a colocarla en el mismo lugar y traté de reanudar mi sueño, pero fue imposible. En cuanto pude, procuré indagar si alguna monja había entrado en mi celda para gastarme una broma. Ninguna sabía de qué le estaba hablando. Fui en busca del papel para enseñárselo.

Rita se detiene. En vano espero yo que prosiga. Vacila. Comprendo que lo que va a decirme se aparta de toda lógica, pero por fin se decide a hablar:

—El papel había desaparecido —explica tras un respiro hondo—. Sin embargo tengo la seguridad de que yo volví a colocarlo en el lugar que lo encontré. No era un sueño, Juana, podría jurar que no fue un sueño.

—¿Quién supones que realizó esa maniobra?

—No lo sé. No consigo entender lo que ha pasado.

De nuevo un silencio. Algo que no acabo de definir flota en él. A veces los silencios parecen gritos que hieren como cuchillos afilados las percepciones más inexplicables de nuestros presentimientos.

Seguramente Rita teme decir lo que yo estoy queriendo saber. Las dos nos hemos instalado en una extraña vacuidad como si el hecho de indagar fuera algo prohibido, propio de mentes entre desquiciadas y fantasiosas. Preguntar en semejantes condiciones viene a ser lo mismo que introducirse en una cueva oscura y salvaje donde podrían anidar sorpresas demasiado peligrosas e irracionales.

No obstante pregunto. Nada importa ya desmontar todos los contrafuertes de la lógica:

—¿Qué decía la frase?

Rita ya no vacila. De nuevo me mira fijamente y la expone sin el menor reparo:

—Decía textualmente : PÍDELE A MI «CUÑADO» QUE ME SAQUE DEL VALLE.

LAS OCASIONES DESPERDICIADAS

—¿Crees que Rita ha comprendido mi mensaje? —pregunta Sergio.

El compañero no lo afirma:

—En principio la has desconcertado. Pocos son los vivos que conocen la existencia de este Valle.

—¿Cómo puedo darlo a conocer?

—Armándote de paciencia. En estos momentos la desaparición de tu mensaje se está convirtiendo en una quimera. Rita ha empezado a desconfiar de lo que ocurrió en su celda. Aunque conserva dudas muy vagas, su raciocinio puede más que la extraña realidad que vivió.

Sergio experimenta un decidido repliegue en sus esperanzas. Una vez más comprende que las voces muertas difícilmente pueden tener ecos. Y que la probabilidad de comunicarse con los vivos es prácticamente imposible.

—Tienes otros recursos —le confía el compañero—. Lo importante es que no minimices tus errores perjudiciales mientras vivías. Cuanto antes aceptes la gravedad de tus actos y valores el daño que hiciste, antes conseguirás lo que deseas.

Sergio comprende. Sergio ya no es aquel ente desorientado y confuso que repentinamente se vio inmerso en un lugar desolado, poblado de «nadas vagabundas» y de criaturas atrapadas por una extraña libertad sin sentido que fomentaba ignorancias graves y carecía de metas «sin límites».

En estos momentos Sergio «sabe», «reconoce» y contempla ese conglomerado gigantesco de cegueras voluntarias y procesos egoístas, mezclados en infinidad de volúmenes repletos de reacciones psicológicas empapadas de mentiras.

Luego están esos pequeños momentos sobrecargados de indiferencias, de torpes desidias siempre dispuestas a generar distancias. Son como relámpagos que repentinamente aclaran su mente.

De pronto surgen breves instantes de su vida a los que Sergio nunca había concedido importancia. Son actitudes que apenas tenían relieve en el proseguir humano. Cosas que sólo imponían lastres minúsculos: algo así como picaduras de mosquitos, que dejan marcas sin envenenar la sangre y que, pese a las molestias que ocasionan, no tardan mucho en desaparecer. Sin embargo ahora esas minucias se agrandan. El Valle las transforma en momentos decisivos, en equívocos de gran envergadura. Por ejemplo, aquellas indiferencias que debieron ser admiraciones, aquellas burlas jocosas que debieron ser ocultaciones o aquella falta de atención que debió alentar esperanzas.

No obstante, lo peor para el doctor Maritania consiste en contemplarse a sí mismo reprochándole a Juana su forma de educar a la niña y aquel empeño en inculcarle lo que sus padres le habían inculcado a ella: «No todo lo que te enseña tu madre es aceptable —le decía a Alma—. Sus fantasías religiosas son poco recomendables. En realidad se basan en ficciones ancestrales que podrían encorsetar tu vida. El mundo está dando un cambio. El pasado es una simple preparación para desarrollar el presente. Y el presente rechaza esas propuestas trasnochadas.»

Asimismo se ve de nuevo junto a su mujer y la niña montando, al arrimo de la Navidad, el tradicional belén en el salón de la casa: «Seréis incautas. ¿A qué viene ese montaje de extrañas historias mitológicas? Ya va siendo hora de que Alma deje de jugar a crear fantasías propias de un cuento de hadas.»

Todo lo que ahora se le están volviendo reproches, en vida eran imposiciones dictatoriales que pretendían desmontar dictaduras impuestas por relatos tradicionales. «Parecéis locas jugando a ser cuerdas», decía.

Y agarrando la cadena que la niña llevaba colgada del cuello sosteniendo una medalla religiosa, añadía: «¿A quién imitas? ¿A los salvajes? Sólo en la selva se estilan ya ídolos colgantes.»

Sergio no acaba de entender ahora cómo podía actuar de aquel modo tan drástico. Tampoco comprende la serenidad de Juana cuando él se dejaba llevar por sus arrebatos de soberbia.

—Te afanabas por aprender muchas cosas, pero obviabas analizar lo esencial. ¿Quién te dio la inteligencia para aprender? —le recuerda el compañero.

—Lo sé ahora. Entonces lo ignoraba.

—Nunca trataste de descubrir lo que había más allá de tu inteligencia, te complacía creer que la verdad eras tú mismo.

—En el mundo en el que me movía, todo se basaba en la necesidad de ser feliz. Y la felicidad que se nos ofrecía consistía en suprimir prejuicios, desechar temores futuros

que podían coartar nuestros instintos, y sobre todo, vivir independizados de creencias capaces de poner en entredicho nuestra libertad.

—Lo que predominaba en tu mundo era un monumental egoísmo. Es vuestro egoísmo lo que convierte la libertad en dictadura. No sabéis manejarla.

Sergio no lo niega. El egoísmo en estos momentos es la raíz que se extiende a modo de un virus implacable en todas las actitudes y en todas las metas de su vida perdida.

—Sin embargo debo reconocer que mientras buscaba esa imposible felicidad, siempre me faltaba lo esencial; desconocía la causa, pero la sensación de que las metas conseguidas no eran las que yo precisaba me atormentaba.

—No obstante continuabas buscando. No concebías que tu búsqueda fuera estéril.

—Me faltaba algo pero ignoraba en qué consistía. Lo cierto es que mis fragmentos de felicidad prescribían; siempre eran demasiado breves. Nunca se prolongaban. Nada era verdaderamente sólido. El tiempo los transformaba en globos deshinchados.

El compañero no lo interrumpe. Se limita a contemplar cómo la derrota que Sergio está admitiendo se va extendiendo más allá de sus percepciones generales.

De repente el doctor Maritania experimenta un nuevo cambio ambiental. Aunque no sale del Valle, su posibilidad de bilocarse lo ha trasladado a un local desconocido.

En una gran sala de exposiciones de objetos valiosos que en estos momentos se ha llenado de personajes importantes, de periodistas y de un número elevado de gentes amantes del arte.

Es un lugar con historia. Una especie de museo que abarca salas destinadas a exponer obras modernas de diferentes autores.

Junto a la puerta de entrada a la sala principal, un gran letrero anuncia las esculturas de JUANA BERNAL. *Las voces que se escuchan se expresan en francés. Se refieren a la escultora española que por primera vez exhibe en París sus originales obras, avalada y respaldada por Roger Bousset, ilustre erudito ya recuperado de la operación de cálculos biliares que él mismo le ha practicado últimamente en la clínica barcelonesa Príncipe de Asturias.*

Pero de su intervención quirúrgica nadie habla. El doctor Maritania ni siquiera existe para la gente que lo rodea.

La persona que merece la atención de todos es Juana. Una Juana totalmente distinta de la que él conoció.

La gente que se aglomera junto a ella se desvive por hablarle y transmitirle la admiración que sus trabajos esculturales merecen.

Instintivamente Sergio se acerca a la homenajeada. Quisiera formar parte de los que tanto la admiran, incluso roza su brazo para llamar su atención, pero Juana ni siquiera da señales de percibir su presencia.

Tampoco se muestra dolida o enmustiada por su actual condición de viuda. Tampoco viste un traje propio de un luto reciente. Sencillamente lo ignora mientras sonríe y agradece las atenciones que le prodigan sus admiradores y hasta se permite bromear con ellos.

Lo que llama la atención del doctor Maritania es la forma en que se expresa su mujer. Nunca había descubierto en ella tanta locuacidad, tanta holgura de expresiones y, sobre todo, tanta seguridad en sí misma: «Los caminos del arte tienen vertientes diversas, pero sólo la ruta que no zigzaguea puede desembocar en la permanencia intemporal», exclama ella.

La gente que la escucha se une a lo que Juana va exponiendo. Sus temas son variados. Nada en ella se parece a la mujer que él creía conocer. Sus intervenciones van descubriendo en el doctor Maritania infinidad de facetas intelectuales que él nunca quiso admitir ni considerar.

Es precisamente ese descubrimiento lo que está impulsando a Sergio a intervenir, a opinar y a plantear consideraciones como hacía siempre cuando formaba parte de reuniones sociales. Pero su voluntad carece ya de derechos. Nadie puede verlo o escucharlo.

Incluso si trata de acercarse a Juana, tiene la impresión de que ella lo rehúye, que le da la espalda y lo margina como solía marginarla él cuando vivía: «En sociedad los matrimonios no deben estar juntos», le decía ya casados, si Juana trataba de arrimarse a su marido para no sentirse excluida.

No obstante, lo que ahora aumenta su malestar es la presencia del doctor Rodeno. Tardó mucho en comprender que Juana para él era algo más que una buena amiga. Laura fue quien le abrió los ojos: «Ese colega tuyo está enamorado de tu mujer.»

Al principio no la creía. Laura era adicta a crear montajes inquietantes que fomentaran malestar.

Había cierta morbosidad en ella que le impulsaba siempre a despertar en los demás dudas y recelos. Siempre supo que Laura era destructiva. Tenía una especie de necesidad de encontrar recovecos oscuros en las personas que podían entorpecer sus manejos. Sin embargo Sergio no se veía capaz de prescindir de ella. No sabía por qué. Sólo sabía que la necesitaba y que a pesar de su fondo tenebroso, le gustaba.

Era como una condena. Una condena que lejos de agobiarle, le complacía. Un placer excitante propio de una droga.

Sin embargo ahora Laura se está desintegrando en sus percepciones. Nada en ella se mantiene intacto, todo se le destiñe, todo se le vuelve ceniza. Su físico que tanto admiraba es ahora irrelevante. No le influye, no le motiva. Laura para Sergio carece ya de importancia: fin de su mirada verde, de sus exigencias sensuales, de sus imposiciones y de sus ataques contra su mujer. Los que vagan en el Valle ya no experimentan apetencias sensoriales.

Quisiera decírselo a Juana: «Laura fue un engaño.» Pero no puede. En vano sopesa infinidad de posibles para comunicarse con ella. En su situación todos los posibles son ya imposibles. Desde la muerte nada puede encajar en la vida. Él ignoraba que pudiera producirse semejante fenómeno. Él ignoraba infinidad de cosas que Juana trataba de darle a conocer. Él siempre se negaba a escucharla. No le interesaban. Su interés siempre se apoyaba en influencias materiales, «La psiquis para los psiquiatras», decía irónicamente cuando Juana procuraba encauzar sus apetencias en algo más que en el cuerpo. «Existe el alma», le insistía. Pero él decía «Ni alma ni boberías que no puedan asirse. Lo esencial es ver, oír, tocar, oler y saborear». «Las espiritualidades no alimentan las apetencias. Eso se queda para los que pasan por la vida sin ser carne ni pescado», argumentaba rechazando controversias.

Pero Juana ya no da señales de acordarse de él. En estos momentos Juana es una figura relevante que todos admiran. Alguien que se expresa sin vacilaciones como suelen expresarse las gentes sin lastres ni miedos de caer en ridículo. Todo en ella es ahora rotundidad, seguridad y confianza en sí misma. También trasciende una inexplica-

ble humildad que no sólo no la retrae, sino que le impulsa a nivelar su talento con la mediocridad de los que la rodean. «Gracias por apoyarme», repite con una sonrisa abierta plagada de serenidad.

Sergio evoca ahora cuánto llegó a fascinarle esa misma sonrisa cuando la conoció: «Nunca he visto nada más seductor que la sonrisa de Juana», le comentó a Patricio al poco tiempo de conocerla.

Sin embargo lo que ahora le fascina no pertenece al aspecto corporal. Nada que implique materia puede ya impactarle. Lo que verdaderamente le atrae de ella es todo lo que no puede materializarse: el talento, la generosidad, la dulzura y tantas «bellezas» imposibles de ser visualizadas pero que, desde el Valle, pueden captarse con increíble diafanidad.

—¿Cómo puedo conectarme con Juana? —le pregunta al compañero—. Necesito recuperarla, transmitirle mi admiración; fundirme en esa extraña hermosura que yo desconocía en ella.

El compañero no contesta y Sergio insiste:

—Preciso decirle que ya no soy como era; que perdone mis errores, que la necesito, que algo dentro de mis percepciones siempre la admiraba. No se lo demostraba por orgullo, por torpeza animal, pero la admiraba.

—Sin embargo la dejaste por Laura —replica el compañero—. Especialmente fuiste duro con ella cuando la rama se desprendió del árbol. Fue aquella situación lo que más le dolió a Juana. ¿Cómo pudiste ser tan insensible?

Sergio contempla de nuevo la escena. En el cielo rielaba una luna blanca que de puro redonda parecía un balón hecho para que Alma jugara con él. No obstante, allá en el jardín todo se volvía oscuro, todo era ya un extraño resplandor hecho de muerte por culpa de aquel árbol.

—A veces la Naturaleza se rebela contra el daño que causáis los humanos —continúa argumentando el compañero. Sergio no replica, Sergio es ahora un manojo de interrogantes sin respuesta—: Pudiste recobrarla entonces, pero te hiciste el desentendido.

Sergio recupera ahora todas sus horas descoyuntadas, sus espacios anímicos rellenados con indiferencias, sus huecos afectivos siempre malogrados por sus frialdades.

—Sin embargo Juana se mantuvo incólume. Ni siquiera mostró su dolor cuando descubrió tus torpes desvíos con Laura.

Sergio la está viendo otra vez tragando sus lágrimas por sus sueños destruidos, por los desencantos que él le propiciaba, por comprender que sus horizontes eran muros limitados e implacables.

—¿Por qué no intentaste consolarla?

—Pensé que Patricio lo haría por mí. Patricio era su rodrigón. Ni siquiera me importaba que intentara conquistarla. Supuse que cuando el amor moría, no podía resucitar. Y mi amor por Juana estaba muerto.

—Aquello que tú sentías nunca fue amor. Fue únicamente una sombra del amor verdadero, y las sombras desaparecen cuando el sol se apaga. Además ella no quería el consuelo de tu amigo. Lo que precisaba era el tuyo.

Sin embargo en estos momentos Juana no da señales de acordarse de él. Aunque según el tiempo terrenal apenas ha transcurrido un mes y medio desde que el accidente rompió su vida corporal y lo introdujo en el Valle, Juana se muestra radiante. Todo en ella desprende felicidad, alegría y una suerte de olvido que Sergio se niega a admitir.

Lo que más le desazona es comprobar lo mucho que agradece Juana las atenciones de Patricio.

Pese a sus compromisos profesionales, el doctor Rodeno

no ha vacilado en encontrar un hueco para trasladarse junto con su mujer a París para poder asistir a la inauguración de la exposición que Roger Bousset ha programado para dar a conocer los trabajos de Juana al público francés.

También Bárbara Luque ha querido acompañar a la hija de su marido, ya fallecido, para sustituir de algún modo la presencia del hombre que siempre confió en su valía. «Si tu padre pudiera estar aquí, qué feliz sería», le dice a Juana.

En el local donde se encuentra, nada ha sido descuidado. Roger Bousset no sólo es un hombre con talento. También sabe ensalzar y pregonar el talento de los demás.

—Yo no supe comprenderlo —comenta—. Yo no podía imaginar que las obras de Juana pudieran ser tan valiosas.

El compañero lo ataja:

—No trates de volver a engañarte, Sergio. Lo que te motivaba era comprender que acaso tu mujer podía hacerte sombra. Por eso te negabas a reconocer sus méritos. Además Laura era para ti el cúmulo de las perfecciones y no querías admitir que Juana pudiera aventajarla.

En cambio ahora Laura es el obstáculo incómodo, la atmósfera envenenada que le obliga a convertir sus reconocimientos auténticos en desperdicios sin méritos ni derechos.

En cuanto a Emilia, no cesa de auspiciar el gran éxito que está consiguiendo la exposición. Emilia conoce a fondo la verdadera idiosincrasia de Juana. Por eso nunca receló de ella. Al contrario, desde que presenció el trato displicente que Sergio dispensó a su mujer cuando a instancias suyas le advirtió a su marido de que abandonara las negociaciones que estaba manteniendo con la empresa DURASA, Emilia instintivamente decantó sus preferencias hacia la que podía convertirse en su rival.

Por supuesto no ignoraba la debilidad que su marido experimentaba por Juana. Pero también sabía que su fidelidad no corría peligro.

En estos momentos el director de la sala se instala en la tarima junto a Juana y Roger Bousset. Detalladamente va citando las excelencias de las obras que se exponen. Sus adjetivos surgen llenos de entusiasmo.

Según él, cada figura viene a ser para los entendidos en arte una respuesta a los interrogantes que las propuestas actuales plantean. «Lo que predomina en las obras de la escultora Bernal —exclama— no se apoya tanto en criterios clásicos como en la estética y en los modos de explorar las interioridades, que de un modo magistral van aflorando sin que el volumen pierda su necesario equilibrio. Antes al contrario, en todo momento generan lo que la autora ha querido imprimir en cada una de sus obras», sigue explicando con la rotundidad que exige una buena oratoria.

Sergio no capta lo que escucha. Nunca fue un entendido en arte. Nunca vio en los trabajos de su mujer las excelencias que en este momento se van formulando. Para él y para la gente que lo rodeaba, lo que Juana hacía eran simples figuritas que no merecían atención ni aprecio.

Sin embargo todos los que en estos instantes se encuentran en esa gran sala opinan lo contrario. Muchas obras han sido ya vendidas. Y por lo que se rumorea, además de la Miller Galery de Miami y el Art Directors de Nueva York, Juana ha recibido varias propuestas para exponer en distintos países.

De pronto los aplausos. Y los parabienes que Bousset recalca.

Por último la voz de Juana desarrollando sin grandes alegatos y muestras de superioridad el quehacer que du-

rante toda su vida venía imponiéndose incluso a redropelo de su propia voluntad. «No pretendía que mis obras fueran importantes. Sólo quería darlas a luz según mis criterios.»

Su voz en estos momentos es de nuevo aquel sonido que tanto encandiló a Sergio cuando la vio por primera vez. Le gustaría hablar con ella y manifestarle la emoción que de nuevo experimenta al escucharla.

Inútil intentarlo. Lo único que se le permite es acercar su halo al cuerpo de Juana y notar esas realidades internas que en vida no podía adivinar en ella; el fragor total de su espíritu y las moléculas etéreas de su importante faceta artística.

De nuevo los aplausos. La gente continúa empeñada en acercarse a la homenajeada. Precisan felicitarla, adularla, exponerle sus enhorabuenas.

Y otra vez surgen los periodistas, los micrófonos, las últimas «tomas» de la televisión.

En estos momentos los fotógrafos se empeñan en captarla a solas. «Por favor, apóyese un poco sobre su escultura favorita», le suplica uno de ellos.

Juana elige la que se ha instalado en el centro de la sala. La estatua simula una mujer inclinada sobre un objeto que no puede definirse. Su rostro refleja un rictus de infinita tristeza. En el catálogo figura con el título: Esperanza imposible.

Eso es precisamente lo que Sergio está experimentando en estos instantes. Una inútil esperanza que jamás podrá dejar de serlo. Una constante necesidad que nunca llegará a ser recuerdo.

Instintivamente de nuevo se instala junto a Juana como si el hecho de sentirse cercano a ella pudiera aplacar el dolor que le produce su irreversible separación.

Pero ella no se inmuta. No lo capta. No sabe que el recuerdo imposible está pugnando desesperadamente por convertirse en una posible realidad. Por mucho que Sergio se empeña en llamar su atención, los recuerdos de los muertos no caben en las percepciones de los vivos.

TIEMPO DE INCERTIDUMBRES

El hecho ocurrió cuando el matrimonio Rodeno, junto con Bárbara Luque, regresó a España tras asistir a la inauguración de la exposición que Roger Bousset se empeñó en organizar en París para dar a conocer las esculturas de Juana.

No fue un sueño ni tampoco una alucinación.

Fue sencillamente uno de esos brotes que surgen de vez en cuando a modo de coincidencias inexplicables que, según Patricio, podían ocurrir cuando las energías humanas, por razones desconocidas, se desbocaban o se independizaban de los cuerpos y se instalaban donde el subconsciente se empeñaba en colocarlas sin que la voluntad interviniera.

Emilia fue la primera en advertir el fenómeno.

De pronto hubo una llamada telefónica que resultó irrelevante. Nada especial despertó en el matrimonio el menor síntoma de extrañeza. Muchas eran las veces que el aparato sonaba, y cuando se intentaba responder, sólo se escuchaba el vacío.

Lo que comenzó a despertar la inquietud de Emilia y Patricio fue la insistencia de aquellas oquedades.

—Alguien se empeña en gastarnos una broma.

—Como la broma dure mucho, será preciso advertir a la telefónica.

No hizo falta. El aparato dejó de sonar tras varios intentos infructuosos. El día se presentaba lluvioso. En ocasiones cuando la temperatura se modificaba, ciertos mecanismos se trastocan y campan por sus respetos.

—Probablemente se trata de un fenómeno propio de la tempestad que se avecina —comentó Emilia.

En aquellos momentos ambos se encontraban en la sala de estar, frente a un ventanal abocado a una avenida repleta de tránsito y de gentes que deambulaban envueltas con prendas de abrigo. Un frío inesperado estaba convirtiendo la primavera en un invierno insensato y fuera de lugar.

El viento arreciaba levantando faldas, despeinando cabezas y emitiendo silbidos a modo de latigazos.

Enseguida surgieron los portazos, los chirridos de las maderas y el crujir inevitable de ciertas molduras recién instaladas en las paredes.

—Ahora comprendo el fenómeno del teléfono —comenta Patricio—. Cuando el tiempo cambia repentinamente, todo se trastoca.

Emilia salió de la estancia dejando a Patricio sin respuesta. Fue entonces cuando el teléfono volvió a sonar.

Instintivamente el doctor Rodeno descolgó el aparato. No le dio tiempo a preguntar quién era. Solamente escuchó una voz muy lejana medio fragmentada por interferencias inexplicables, llamándolo por un nombre que se parecía al suyo. Era un Patricio troceado y como perdido en extraños desvaríos. Respondió él enseguida:

—Sí, soy Patricio. ¿Quién eres?

Al instante escuchó una frase inconexa, mal pronunciada, como perdida en una fuerte tormenta hecha de palabras sin sentido y envueltas por rachas violentas de un viento furioso. Los vocablos sonaban dispersos y vagos formando nombres parecidos a: «Dile.» «Juana.» «Necesito.» «Ayuda.» Luego silencio. En vano Patricio intentó recuperar el sonido distante de aquellas frases deslavazadas. Fue imposible. El teléfono ya no volvió a sonar.

* * *

Al principio, aquella inesperada llamada intrigó al doctor Rodeno. Pero enseguida se serenó. Aunque lo que le pareció escuchar a través del hilo telefónico se le antojó una especie de advertencia, pronto dejó de preocuparse. A veces ciertos mecanismos internos producen sonidos y sensaciones ajenos a la realidad. Las fantasías mentales en ocasiones pueden influir con elementos sensoriales, las estructuras reales de la lógica vital.

Lo sensato era olvidar lo que a todas luces era una simple y curiosa casualidad. Había ciertas cosas en la vida que, por discrepar de las normas establecidas y causar sensaciones adversas era mejor silenciar.

Su condición de cirujano plástico no le permitía correr riesgos peligrosos. Andaba en juego un prestigio ganado a fuerza de ser realista. Y explicar lo que acababa de ocurrirle tal vez le hubiese convertido en un visionario idealista con escasos fundamentos sólidos y dignos de ser aceptados.

De hecho el doctor Rodeno siempre había sido un hombre discreto. Tenía la discreción de los que, contrariamente a su amigo Sergio Maritania, se guardaban muy bien de imponer criterios o de intentar derrumbar idealismos.

Recuerda ahora las constantes diatribas que Sergio

ejercía contra su mujer cuando la veía inmersa en las tareas que su nuevo profesor le imbuía: «Me pregunto cuándo dejarás de ser tan incauta, Juana. Como sigas así, vas a ser el hazmerreír de nuestros amigos.»

Juana no se daba por aludida. No obstante nunca ignoró las descalificaciones que tanto su marido como Laura esparcían continuamente entre las gentes que trataban.

Inútil era echar mano de las insistencias que su suegro y Roger Bousset aupaban para que dejara de menospreciar la rebelde vocación de Juana. Ni siquiera cuando Rogelio Bernal sufrió un infarto que le causó la muerte, dejó de considerar los trabajos de Juana con su habitual desprecio.

Era indudable que fueran cuales fuesen las características específicas de los cotidianos quehaceres de Sergio, en él siempre prevalecía el tinte común de su continuo menosprecio por lo que hacía su mujer.

Patricio recuerda ahora hasta qué punto cargó las tintas de sus reproches cuando a instancias de Juana se decidió que la niña debía prepararse para hacer la primera comunión.

Sergio no admitía que las costumbres ancestrales fueran obligaciones impuestas en una época laicista y despojada de supersticiones propuestas por seres que fiaban en lo sobrenatural para soportar lo natural. Es decir, las constantes calamidades que asolaban al planeta Tierra: «Tu nave, Juana. Tu querida y desorientada nave.»

Juana no le llevaba la contraria. Se limitaba a cerrar los ojos, tragar saliva y bajar la cabeza. Luego, cuando Sergio se calmaba, cambiaba la orientación de su propuesta: «Piénsalo, Sergio. No vas a quitarle a Alma la ilusión de celebrar una fiesta y vestir un traje blanco como hacen sus amigas.»

Nunca le citaba la razón de aquella fiesta y de aquel traje. Anteponía lo secundario a lo esencial para convencerle de que semejante ilusión establecida y deseada por todas las niñas que Alma trataba no debía eliminarse.

Por supuesto, Sergio no se apeaba de sus criterios: «Deberías ser más razonable, Juana: si no quieres convertir a tu hija en una de esas momias que sólo adquieren movimiento cuando rezan o peregrinan, ábrele las puertas de la realidad. No trates de cerrárselas con fantasías y ñoñeces ancestrales.»

Y como viera que la niña fruncía el entrecejo cuando su padre se expresaba de aquel modo, la cogía por los hombros y añadía: «Procura escuchar el lenguaje de la vida. Cuando la pierdas ya no habrá lenguaje para ti.»

Alma no entendía lo que su padre intentaba explicarle. Sobre todo cuando al llegar del colegio con folletos o libritos que especificaban datos y apuntes sobre la religión su padre la abordaba entre enfadado y molesto: «Veo que estás metida de lleno en las estrategias de tu madre y de tu tía. Procura olvidarlas, hija mía: el Cielo no existe. Pero si existiera, puedo asegurarte que sería un lugar muy aburrido.»

En vano Patricio trataba de convencer a su amigo de que su forma de actuar era contraproducente. «Allá tú con tus descreimientos. Pero no intentes anular los convencimientos de los demás.»

Fue una época muy angustiosa para Juana. El tiempo se le iba perdiendo entre indiferencias, hostilidades y exasperaciones causadas no sólo por las contradicciones de su marido, sino por las imposiciones de Laura, siempre camufladas por las opiniones de Sergio y el constante desequilibrio que amenazaba su vocación de escultora.

No obstante, lo verdaderamente grave fue cuando el padre de Juana sufrió un infarto irreversible.

Aquel día Juana perdió su estabilidad. Hasta entonces Rogelio Bernal era para su hija el buzón de todas sus confusiones, de sus anhelos y de sus dudas. Para Juana aquel hombre suponía todo cuanto Sergio le negaba: comprensión, estímulos y conceptos sosegados.

Nada en Rogelio Bernal era sólo un relleno más o menos satisfactorio. Al contrario: para su hija aquel hombre reunía lo indispensable a fin de que ella se notara viva, esperanzada y obligada a luchar contra cualquier elemento adverso.

De repente la muerte. Llegó sin avisar. Los avisos duelen pero frenan el choque devastador del dolor irreversible.

Y el de Juana fue un dolor inesperado. Una de esas hecatombes que desmoronan y causan guerras en el alma. No podía admitir que su padre ya no «estuviera» ni «fuera». «¿Y ahora qué?», repetía cuando contempló el cuerpo inerte de Rogelio Bernal. Todo moría con él. Sus creencias, sus apoyos, su empeño en que no abandonara las tareas escultóricas. En vano Bárbara Luque trataba de suplir de algún modo la desolación de Juana.

Por primera vez desde que la había conocido, Patricio vio a Juana transformada, casi desequilibrada y reacia a escuchar palabras de consuelo. Era como si tras aquella muerte todos sus principios se desmoronaran. No podía admitirla. No la aceptaba. Todo quedaba en el aire. Para ella los finales que planteaban desconciertos y vacilaciones nunca podían ser puntos y aparte. Exigían algo más: puntos suspensivos, continuaciones, esperanzas y seguridades de llegar algún día a la meta. Sin embargo ¿quién iba ya a señalarle caminos y reforzar la confianza en sí misma?

De improviso surgió la rebeldía. Juana no admitía

aquella punzante soledad que la muerte de su padre le había impuesto. Nada para ella era ya estable, todo se tambaleaba.

Lo peor era escuchar las constantes recriminaciones de su marido: «Para que te fíes de tus torpes creencias.» Era su modo de consolarla: «Menuda jugarreta te reservaba el destino.»

Luego estaba la soledad. Esa losa que la aislaba y que poco a poco se iba adueñando de ella. Patricio percibía aquella soledad como un dolor propio. No podía admitir que Juana se viera tan hundida y descolocada.

En cuanto podía se acercaba a ella. A su modo, más o menos tosco, trataba de animarla. No era fácil. La influencia de su marido era lo que marcaba el norte de aquella mujer. «Voy a dejar de acudir a las clases del profesor francés —le dijo en cierta ocasión—. «¿Para qué perder el tiempo? Nunca podré conseguir lo que mi padre me vaticinaba.»

Patricio se rebelaba: «Esa idea te la habrá imbuido Sergio.»

Juana no lo negaba: «Sergio asegura que las esculturas importantes siempre han sido esculpidas por hombres.» Ella era sólo una mujer. Una mujer inmersa en sueños imposibles.

En vano Patricio trataba de ahondar en los desfalcos internos de su amiga. El hermetismo de Juana se iba volviendo cada vez más infranqueable.

Únicamente en cierta ocasión llegó a echar fuera sus sentimientos más reservados: «Sé que Sergio me engaña con Laura, pero yo nunca se lo reprocharé. Mis reproches podrían distanciarlo de mí. Y yo no quiero apartarme de él. Tampoco quiero privar a Alma de su padre.»

Aquella vez a punto estuvo Patricio de confesarle lo

que sentía por ella. No lo hizo. Intuía que sincerarse con una mujer como Juana podía ser peligroso. Sabía que no era como la mayoría de las mujeres que trataba. Más allá de su aspecto físico, lo que impresionaba al doctor Rodeno era todo lo que su inteligencia amordazaba. Por eso lo único que esperaba conseguir era oír su voz, escuchar sus intrigantes metáforas, tratar de descubrir lo que sus alegorías simbolizaban, perderse en ellas y procurar hacerlas suyas. Desde siempre supo que para él no cabía otra opción.

En cuanto a Sergio, Juana nunca perdía la esperanza de recuperar a su marido. «Algún día cambiará —le decía—. Tiene demasiado talento para desperdiciarlo con superficialidades durante toda su vida.»

No obstante, tras la muerte de su padre, no parecía la misma. Sumergida en desalientos, se dejó llevar por las insípidas horas de unos días sin relieve.

Pronto decidió abandonar sus clases con el profesor francés. «¿Para qué continuar lo que jamás debí empezar?»

Patricio no podía admitir contemplar la juventud de su amiga tan inmersa en desalientos: «Tienes veintiocho años, Juana.» Pero ella se encogía de hombros. «La verdadera juventud no es patrimonio del tiempo —aseguraba—. Se puede ser joven con un cuerpo decrépito y se puede conocer el desaliento de la ancianidad siendo muy joven.»

* * *

La lluvia lleva ya cuatro días entristeciendo la ciudad. Los alegres entornos vegetales de la clínica Príncipe de Asturias se han ido convirtiendo en charcos de barro y hierbas ennegrecidas por culpa de una díscola primavera que se niega a desprenderse del invierno.

No es una lluvia normal. Cuando las estaciones se trastocan, hasta las nubes se rebelan y lanzan chorros de agua ennegrecida y violenta a fin de aplastar las hojas de los árboles y enmustiar a destiempo flores, hierbas, ramas y todo cuanto pugna por sobrevivir y brotar.

Fue precisamente esa lluvia lo que hace escasamente cuatro días produjo la extraña confusión telefónica que de vez en cuando todavía sacude la memoria del doctor Rodeno.

Aunque intenta obviar aquel inexplicable fenómeno, Patricio no puede evitar que de pronto se le clave en la mente como si lejos de ser una fantasía propia de algún extraño mecanismo meteorológico, se hubiera producido valiéndose de una lejana voz humana distorsionada por la tempestad.

Al descolgar el auricular, hubiera querido explicar a quien fuera lo que le había ocurrido. Pero no se atrevía. En ocasiones lo que carece de una lógica establecida puede trastocar la solidez del que se atreve a exponer lo inexplicable. Y el doctor Rodeno se negaba a pasar por un hombre fantasioso. Lo mejor era callar. Tragar su extraña experiencia y convencerse a sí mismo de que la Naturaleza esconde secretos inexpugnables que el ser humano no puede descubrir.

Sin embargo el raro fenómeno telefónico ha vuelto a martillear su memoria cuando Juana, recién llegada de París, le ha anunciado su visita:

—Preciso verte cuanto antes, Patricio. Quisiera enseñarte algo que va a dejarte sorprendido.

—¿De qué se trata?

—Ya lo verás. No tiene una explicación plausible. Espero que me ayudes a comprender. Yo sola no puedo. Estaré en tu consulta dentro de unos instantes.

A veces la ecuanimidad del doctor Rodeno tropezaba con impaciencias incómodas. Precisaba que Juana le hubiese aclarado su misterioso relato antes de comparecer en la clínica. Pero hubiera sido inútil insistir. Juana casi nunca admitía insistencias.

Lo que más le extraña al doctor Rodeno es la forma de anunciarle su visita de un modo apremiante. Desde que Sergio había muerto, Juana apenas había vuelto a pisar el inmenso bloque de dolencias humanas que tanto se jactaba de poseer los adelantos más importantes y los cerebros más preparados para afrontar cualquier imprevisto patológico.

Juana decía siempre que no concebía pisar un lugar despegado ya de su marido, por mucho que su sustituto Felipe Rodríguez Juárez hubiera ocupado dignamente su puesto.

Seguramente ignoraba que el doctor Rodríguez Juárez, ya en vida de su famoso jefe, era un sustituto en potencia y una realidad oculta en muchos aciertos quirúrgicos atribuidos al eminente doctor Maritania.

Más de una vez Patricio, acogotado por algo parecido a los celos, cuando veía a Juana tan encandilada con los éxitos profesionales de su marido, a pique estuvo de aclararle la verdad: «No lo admires a él, admira a su ayudante. Él lo ha hecho todo. Tu marido no estaba. No participaba. Precisaba ausentarse para cumplir con pacientes de mayor solidez económica.»

Pero nunca se lo dijo. Seguramente Juana no lo hubiese creído. Existen ciertas verdades que jamás debían ser arrancadas de un contexto establecido. Lo esencial consistía en que la mentira se disfrazara de verdad.

En fin de cuentas, de ahora en adelante el doctor Maritania con sus historias ocultas y sus éxitos pregonados era ya una potencia intelectual inservible, un valor en bancarrota y un fracaso material que pronto acabaría por ingresar en las umbrías cavernas de lo que se olvida.

De pronto la puerta de su consulta se abre para dar paso a una Juana radiante, plétora aún del éxito conseguido en París.

Nada en ella recuerda ya a la mujer atormentada que durante años balbuceaba desalientos desarmada de apoyos.

Hasta su modo de andar está adquiriendo una firmeza absoluta y consolidada de mujer segura de sí misma.

—Siento molestarte, pero nadie como tú puede analizar la rareza de lo que ha sucedido —le expone al doctor Rodeno.

Y mientras habla extrae de su bolso un sobre abultado que contiene varias fotografías.

—Me las entregaron en el aeropuerto a punto ya de embarcarme para regresar a España —le dice mientras se las tiende—. Fueron tomadas durante la inauguración de la exposición de mis obras.

Patricio no capta lo que intenta explicarle. Juana frunce el entrecejo y aclara:

—Todas son normales menos ésta —continúa explicando al tiempo que medio enarbola una fotografía con la mano—. El fotógrafo fue el primero en sorprenderse. No podía explicarse lo que había ocurrido.

Patricio no pregunta. Espera. Intuye que preguntar en estos momentos puede ser soplar palabras sin sonido. Juana respira hondo y le comenta:

—Tú estabas delante cuando me fotografiaron junto a la estatua que en el catálogo figura como *Esperanza imposible*, ¿lo recuerdas?

—Sí, claro; lo recuerdo perfectamente.

—Yo posaba sola apoyada en la estatua.

Todavía desorientado, el doctor Rodeno asiente sin llegar a comprender lo que Juana intenta argumentarle.

Le tiende ella la fotografía,

—Al parecer no estaba sola.

En efecto, la fotografía es ahora un extraño jeroglífico. Junto al otro extremo de la estatua se percibe, bien delimitada, aunque vagamente difuminada, la silueta de un hombre alto cuyos rasgos faciales, pese a verse debilitados por reflejos de sombras, no encubren una decidida mirada angustiada y una expresión desolada.

—Dios mío. ¿Qué es eso?

Juana también pregunta:

—¿Quién puede ser ese hombre?

El interrogante queda en el aire. Los dos conocen la respuesta, pero no la mencionan. Es como si el hecho de citar lo que están presenciando pudiera introducirles en un mundo ignorado y repleto de impotencias insalvables, de lejanías inalcanzables y de intervenciones inservibles.

—El fotógrafo creía que ese fenómeno podía tener una explicación admisible. Según él, las máquinas fotográficas a veces se sublevan y captan figuras que estuvieron anteriormente en el lugar que a la sazón está vacío.

—¿Eso dijo?

Juana asiente.

—Dijo también que ese tipo de fotografías se cotiza mucho en el mercado de las rarezas visuales.

Patricio asiente, pero no opina. De nuevo teme que sus consideraciones desencadenen juicios ajenos, mal interpretados.

Juana, en cambio, vence sus inhibiciones. Necesita que alguien la ayude a comprender la verdad de lo que están presenciando.

—¿A quién te recuerda esa figura?

Patricio duda. Teme sincerarse. Se dice a sí mismo que a veces ciertos parecidos son simples señuelos. Torpes casualidades que exigen similitudes imposibles.

Pero al fin se decide:

—No voy a negarlo: es idéntica a la figura de Sergio.

LOS MENSAJES MALOGRADOS

—No han comprendido. No aceptan la verdad. Los vivos no saben captar nuestro lenguaje —le comenta Sergio.

—Todavía es pronto. La mente humana suele ser muy lenta. Además existe el miedo a errar. Les avergüenza darse por aludidos cuando lo inusual e inexplicable se impone a la razón. Sólo admiten lo que su corta mentalidad es capaz de argumentar con raciocinios cuerdos susceptibles de justificar explicaciones lógicas.

—¿Cómo vencer tanta cerrazón?

El compañero se permite recordarle que cuando él vivía, lo que verdaderamente imperaba en sus tendencias sobresalientes era precisamente la cerrazón que en estos momentos critica:

—Aunque tú no lo comprendiste, durante tu existencia terrenal fueron muchas las advertencias que no captaste. Tus razonamientos y tu falta de elasticidad espiritual lo impedían.

Y como Sergio no parece recordar ningún aviso extramaterial, el compañero insiste:

—¿Te has olvidado de aquella vez que atravesaste un

arco hecho de piedras? Todas se derrumbaron sin causa alguna en cuanto tu automóvil hubo sorteado el peligro.

—Nunca supuse que aquel trance podía ser un aviso.

—Pero lo era. También lo fue aquel inesperado alud de nieve que mantuvo tu vehículo mucho tiempo detenido cuando te disponías a viajar con Laura por carreteras suizas. Si hubieras avanzado pocos segundos antes de aquel inesperado derrumbamiento, Laura y tú hubierais quedado sepultados.

—Lo achacamos a una benévola casualidad.

—Pero era un aviso. De alguna forma, te estaban anunciando tu próxima muerte, tu peligroso modo de considerarte invencible y la fragilidad de tus limitadas convicciones. Sin embargo tú no lo captabas. Lo único que hacías era fiar en tu suerte. Eso sí: creías en la suerte como otros creían en Dios. Cuando arrinconáis a Dios, os aferráis al oscuro recurso de las supersticiones. La sal derramada, el número trece, la escalera que se debe sortear cuando se ha instalado en la acera. Leer con avidez los horóscopos que las revistas de corazón inventan para contentar vuestras ansias de conocer ese futuro que sólo Dios conoce. Y las echadoras de cartas. Y las consultas a los muertos a través de una mesa que baila. Tantas y tantas insensateces que os obligan a tergiversar la verdad para dar un sentido a la vacuidad de vuestra ignorancia.

—¿No será también superstición asumir que las catástrofes que nos ocurren pueden ser asimismo fruto del ocultismo, la hechicería o la magia?

—Cuando las cosas ocurren sin ser deseadas o causadas, casi siempre pertenecen al terreno de las advertencias. Es como si se os dijera: «Meditad lo que os puede ocurrir: Procurad recapacitar sobre la fragilidad humana.» Pero vuestra insensatez siempre rechaza ese tipo de meditación.

Vivís como si jamás fuerais a morir. No queréis comprender que sin una ideología que excede a la muerte es empezar a morir en vida.

Sergio asume lo que le están diciendo, pero todavía intenta defenderse:

—Las ideologías son siempre extremistas y totalitarias.

—También lo son las anarquías y la ausencia de esperanza —insiste el compañero—. Las imposiciones humanas vienen a ser algo parecido a las cruces de los dos ladrones que murieron en el Gólgota. Los dos fueron atados a ellas, los dos sufrieron vejaciones, los dos fueron castigados. Pero lo esencial no consiste en rechazar esas cruces. Lo importante radica en saber a cuál de las dos debéis aferraros, porque tanto las ideologías como las cruces son inevitables en el proseguir de la existencia.

Sergio escucha y medita. Todo es ahora para él una vertiente muy inclinada hacia el desaliento. No consigue imaginar qué clase de procedimiento puede arrancarlo de ese horrible Valle tan lleno de noches que fingen ser días y tan vacíos de días incapacitados para permitir reposos nocturnos.

Sin embargo para él en estos momentos lo peor no consiste en vagar sin descanso por ese extraño lugar de la tierra que ningún ser vivo conoce. Lo que verdaderamente le abruma es comprender que nadie, ni siquiera Juana, podrá arrancarlo de esa insólita cárcel hasta que el final del mundo le abra las puertas de la infinitud trascendental.

—Si al menos hubiera podido conservar su amor —le comenta al compañero—. Pero lo perdí cuando el eucalipto fue sacudido por el viento.

El compañero no le contesta. Deja que Sergio recupere los detalles de aquel día y asuma de nuevo el dolor de Juana.

—Yo ignoraba cómo era. Ahora lo sé. Ahora puedo ahondar en lo más profundo de su alma. Merezco haberla perdido. Estaba ciego. No supe apreciarla.

—Ella te quería —comenta el compañero—. Conocía tus defectos, soportaba tus desaires y a pesar de todo, te quería.

—Sin embargo, la perdí —insiste él.

El compañero no apoya su desánimo:

—Intenta reconquistarla.

—¿Te das cuenta de lo que me estás proponiendo? ¿Cómo puede un muerto conquistar a una mujer viva?

—No será fácil, pero tampoco imposible.

* * *

Imposible era estabilizar sus apetencias cuando vivía. Ni siquiera ahora es capaz de comprender cómo pudo desentenderse de una mujer como Juana para unirse a una Laura tan vacía de contenido intelectual y con su metafísica tan deteriorada.

La está viendo ahora ideando mil estratagemas para deshilvanar lentamente la trama bien tejida e indisoluble que parecía caracterizar el matrimonio de su amiga con el atractivo y prestigioso doctor Sergio Maritania.

El suyo había sido un fracaso. Uno de esos torpes deslices que las noches estrelladas y el calor de un buen vino puede convertir en realidades virtuales.

Eso fue el matrimonio de Laura, un montaje bien urdido que de antemano olía a fraude y a una indudable estabilidad económica. Lo malo fue cuando la estabilidad económica perdió equilibrio y su boda se convirtió en una economía desestabilizada. Fue a partir de aquella hecatombe cuando Laura decidió lanzarse al ruedo de las constantes debilidades del marido de su amiga.

Además existía un obstáculo infalible. Algo que, por imposible, genera incentivos excitantes y obliga a considerar que, al margen de ese extraño impulso carente de una explicación sensata, lo que se percibe es, desde todos los puntos de vista, la razón primordial en la vida de un hombre ya casado.

Eso fue lo que, sin venir a cuento e inducido por ese río interno de afanes nunca alcanzados, hizo que el marido de Juana convirtiese la imagen de Laura en el ideal que siempre anduvo buscando.

Lo que más le atraía de aquella mujer (siempre dispuesta a imponer criterios, a decidir y ordenar lo que fuera sin mostrarse dubitativa ni aceptar controversias) era aquella sólida seguridad en sí misma, aquel modo de modificar cualquier impedimento proclive a llevarle la contraria.

Era precisamente esa fuerza impositiva lo que desteñía la constante inseguridad del doctor Maritania.

Con Laura nada para Sergio era relativo, nada se volvía duda ni ineficacia. Ella decidía. Ella manejaba sin limitaciones su propia existencia.

En cuanto a la palabra «traición», jamás se mencionaba. Según sus criterios, traicionar a una amiga cuando el amor se imponía era lo mismo que ganar una carrera entre dos camaradas. «Hay que saber perder —decía—. Cometiste un error al casarte con Juana. Ella nunca hubiera podido comprenderte como te comprendo yo.»

Y Sergio la creía. De vez en cuando, para compensar los constantes gastos que su nuevo amor le causaba, trataba de nivelar sus generosidades extramatrimoniales con regalos importantes a su mujer.

«Hay que mantenerla contenta —le aconsejaba Laura—. Lo esencial es que no se rebele. Su rebeldía podría afectar a Alma.»

En cierta ocasión, cuando la niña había cumplido ya seis años, Laura le regaló un perro a la pequeña: era un cachorro de raza terrier.

En estos momentos Sergio contempla al animal ya crecido buscando afanosamente a su ama por los entresijos del arbolado que, desde hace cinco años, es una selva que sombrea la casa y concede mayor relieve a la antigua cuadra convertida hoy en un taller repleto de esculturas.

Ahora el perro se instala junto a Juana cuando trabaja. En cierto modo viene a ser una especie de mal menor dentro de los agravantes que durante cinco años asolaron aquel pedazo de jardín donde la antigua cuadra se medio escondía tras la espesura de una vegetación casi salvaje.

Alma bautizó al perro con el nombre de Vale. *Decía que esa palabra servía para todo lo que suponía algo bueno. Que oírla era como escuchar un «sí» multiplicado y que nadie se expresaba sin meter varios «vales» en las conversaciones.*

La pequeña a pesar de su edad tenía ideas algo extrañas. Aseguraba que a veces escuchaba música cuando soñaba. «No es como la que se escucha en la tele —decía—. Tiene un sonido distinto.» También le gustaba pintar. «Algún día yo seré como mamá.»

Le fascinaba ver cómo su madre la reproducía utilizando un lápiz grueso mientras ella se empeñaba en enseñarle a Vale *cómo se daba la pata.*

Alma y el perro eran buenos amigos. De improviso los dos organizaban carreras por los caminos cimbreantes de ese jardín desorganizado y espeso que Sergio está contemplando ahora.

En realidad ya no se parece al jardín por donde la niña olvidaba que era niña para imaginarse hada, o trasgo, o pintora. La niña era eso: un cúmulo de personalidades que se iban amoldando a ella al tiempo que iba creciendo.

Quería «ser», quería aunar ilusiones todavía difusas para conquistar futuros. Y el perro era su gran confidente: «¿Sabes, Vale*? Cuando crezca y me parezca a mamá, dibujaré una casita para ti junto al eucalipto.»*

Sin embargo Sergio vivía demasiado aferrado a sus propias apetencias para dar relieve a las de su hija.

Lo comprende ahora. Desde el Valle nada puede escapar a los que vagan por él.

Todo se vuelve «verdad», nada puede camuflarse. Entonces la niña era para Sergio una especie de capricho que llevaba su sangre. Una suerte de regalo que la Naturaleza le había dado para sentirse completo. No se le ocurría imaginar para la pequeña facetas ajenas a sus propias sensaciones. Alma era para él únicamente eso: un galardón del que debía sentirse orgulloso y también una suerte de juguete que amenizaba sus escasas horas libres. Nunca pasó por su mente que además de los juegos, de los brotes característicos, de ufanías egoístas y de ponderar las ocurrencias sorprendentes de la pequeña, Alma era un don que debía proteger, una realidad vital que exigía responsabilidades; que las garras del miedo le acechaban continuamente cuando las incomprensiones se apoderaban de ella y que al no comprender lo que nadie le explicaba, algo moría en la vitalidad de su hija.

Sergio se da cuenta ahora de las controversias e incertidumbres que asolaban a la niña. Entonces sus constantes apremios unilaterales le impedían meterse en el alma de la pequeña.

De hecho lo que realmente le importaba era ennoblecer su fama de médico prestigioso, acumular triunfos y dejarse llevar por lo que él consideraba que podía proporcio-

narle la felicidad. Ignoraba que sus esfuerzos por ganar victorias terrenales rara vez podían importar más allá de la vida.

—De haber sabido que una vez muerto iba a tener que soportar la vacuidad de este Valle, jamás hubiera caído en las trampas que me tendía la existencia —se queja.

—Te negabas a saber. No querías admitir que los éxitos humanos, tal como tú los aceptabas, podían diluirse y convertirse en tus jueces.

Sergio se nota cada vez más abrumado. Los mensajes que ha lanzado carecen de una aceptación concisa. Todo ha quedado en vaguedades. Son como cegueras impuestas que se niegan a recuperar la vista.

—¿Qué puedo hacer? —pregunta angustiado.

El compañero no se inmuta.

—Todavía quedan otras vías. No hay que desesperar.

Pero Sergio desespera. Conoce demasiado bien las desconfianzas e incertidumbres de los humanos cuando no pueden demostrar que los fenómenos que a veces se producen, aunque no encajen en la lógica establecida, son hechos naturales en la lógica metafísica.

EN EL CENTRO DEL HURACÁN

Esta mañana Vicenta me ha recordado que Bárbara va a venir para ayudarme a desalojar las pertenencias de Sergio. Aunque lleva más de un mes enterrado, nunca encontraba el momento de hurgar en sus armarios ni ordenar sus papeles y sus enseres personales. Ciertas tareas suelen desnudar recuerdos demasiado hirientes y remover posos sobrecargados de ignorancias que yo prefería posponer.

Pero existen hábitos que no pueden descartarse. Mientras la vida sigue es necesario acatarlos, soportarlos y digerirlos.

No resulta grato para mí reencontrarme con las intimidades de Sergio y exponerme a destapar eventos desagradables que en vida nunca intenté conocer. Me negaba a introducirme en las pequeñas miserias de sus interioridades ocultas.

No me parecía honesto. Airear honduras privadas, después de morir, es como robar los motivos más valiosos de nosotros mismos o como violar los secretos que jamás quisiéramos que se descubrieran.

Eso era lo malo de las muertes repentinas. El que la padece, no puede preparar un regreso para reajustar y destruir lo que podía suponer un peligro para la imagen que se desea dejar en los que continúan viviendo.

Y a decir verdad, Sergio estaba muy lejos de pensar que, sin venir a cuento, todo cuanto él consideraba inmarcesible y apegado a su vida iba a quedar súbitamente flotando en el aire a merced de quien, bien o mal, se considerase con derecho a quebrantar y expoliar sus reservas más escondidas.

Entrar de nuevo en las habitaciones privadas que, desde que nos habíamos casado, yo compartía con él, no podía ser una experiencia agradable. Llevaba ya cinco años sin pisar aquellos lugares tan impregnados de instantes felices y de naufragios sentimentales.

Cuando el día a día dura diez años, uno acaba por habituarse a cualquier agresión interna y se acostumbra a renunciar. Eso es lo que yo hice durante aquellos diez años de tolerancia; fingir que no «veía» ni me herían los constantes engaños de Sergio con Laura. Me negaba a causar destrozos no sólo en mi hija, sino al hábito que nos unía y al torpe ambiente que pretendía enmascarar modos y formas con actitudes sin sustancia.

Entonces Sergio todavía era para mí algo recuperable. Confiaba en que el amor que me inspiraba pudiera, con el tiempo, devolverme el suyo. «La fugacidad de las cosas no excluye su recuperación», pensaba.

No obstante aquella constante neutralidad que yo iba soportando sin dar muestras de fatiga tuvo su punto final hace ya cinco años.

Todo empezó cuando de improviso escuchamos el horrible aullido del perro.

La fiesta en el jardín estaba en su apogeo. Hasta aquel momento únicamente prevalecía una fuerte dosis de alegría y una fe sincera en las partes positivas de la vida. Todo era un continuo y sólido rebullir de alborozos, de risas infantiles y de promesas que nunca se cumplieron.

Fue a partir de aquel aullido cuando decidí rehabilitar la cuadra vacía y convertirla en una especie de *loft*, para trasladar mis pertinencias y transformar aquel inmenso local en una gran sala con todo lo preciso para vivir sin tener que depender de la masía, además de utilizar parte de ella como un taller con todo lo necesario para realizar mis esculturas sin objeciones ni censuras.

En efecto: no hubo impedimentos. Para entonces todo entre Sergio y yo se limitaba a ser una ficción bien tramada. Pocos sabían que nuestra convivencia era un puro desfalco. Para la sociedad yo continuaba viviendo con Sergio en la misma casa.

Alguien cada vez más independizado de mí que, pese a todo, jugaba a ser mi marido y a compartir vivienda, costumbres, tristezas o alegrías. Pero a decir verdad, nada entre nosotros admitía ya nexos comunes desde aquella tarde de un mayo brumoso que se vio alterado y destruido por el angustioso aullido del perro.

* * *

Estoy viendo ahora a Alma asistiendo a las clases de catequesis para preparar su primera comunión.

Tenía ya siete años. Siete años de sueños impregnados de futuro. Todo preconizaba un fluir feliz para ella. La vida para ella nunca acumulaba errores ni falsedades. Todo se ajustaba a la parte alegre de la existencia. La inteligencia suplía sus ignorancias con fantasías alegres. Nada en mi hija era provisional o quebradizo. Lo incomprensible se transformaba en realidades que ella justificaba a su modo.

Yo procuraba orientarla. Le hablaba de Dios, del

amor que le ofrecía, de la felicidad que aquel amor podía proporcionarle. «Sin Él la vida es un fluir de incomprensiones, de desalientos y de torpezas», le decía. Y Alma asentía como si la felicidad que yo le iba describiendo estuviera ya en ella.

El abril de aquel año se iba volcando hacia un mayo que preconizaba lluvias. En principio aquellos avances meteorológicos únicamente nos advertían de ciertas precipitaciones inofensivas, propias de unas épocas ya lejanas que empezaban a resultar anticuadas.

Recordar los mayos de mi infancia era recordar utopías atmosféricas que a fuerza de repetirse año tras año, iban adquiriendo trazos y caracteres propios de leyendas.

Y es que los mayos de ahora ya no son lo que eran. Cuesta imaginar que hubo una época en que ese mes era siempre soleado, envuelto en temperaturas agradables y exento de gripes amenazadoras.

Nadie se retraía entre temores de programar festejos al aire libre a largo plazo. El mes de mayo siempre ofrecía garantías. Todo lo más que aquel mes de mi infancia se permitía era esgrimir una débil tormenta que pronto desaparecía para que de vez en cuando humedeciera la tierra con un humilde calabobos sin la menor importancia.

Así eran los mayos de antaño: días largos que propiciaban historias llenas de luz, que hablaban de cielos azules y despejados y de noches estallantes de estrellas.

Entonces ningún mes de mayo defraudaba. Nunca trataba de desvirtuar su calidad de etapa primaveral y alegre como se desvirtuó el que presidió el festejo dedicado a mi hija.

Recuerdo que antes, todos los jardines olían a naturaleza viva cuando se instalaba la primavera. Entonces las brisas acariciaban la piel con perfumes de flores; los tilos verdeaban; las buganvillas «moradeaban» fragmentos de paredes y los rosales crecían mezclando olores y aromas sin que el clima tratara de impedir aquellos brotes.

Pero aquel año, ni siquiera el eucalipto con su cuerpo esbelto, sosteniendo ramas vencidas por la profusión de hojas largas y verdes que Alma tanto apreciaba, se dignó emanar efluvios primaverales. Fue un mayo rebelde. Un mayo negro.

* * *

Por causas que ya no recuerdo, la fecha de la primera comunión se fijó para el día cuatro. Desde aquel día han transcurrido cinco mayos más. Todos ellos han sido desabridos. Aquél no. Aquél fue un mes que se presentó alegre y risueño. Cuando pienso en él, me cuesta creer que desde entonces han pasado ya cinco años.

Veo ahora la expresión de mi marido cuando le comuniqué la fecha: «Precisamente en esos días yo deberé asistir a una intervención muy especial en una clínica de Nueva York.»

Aquella respuesta no me afectó demasiado. Desde que la pequeña había decidido que sus siete años de vida le estaban exigiendo comulgar por primera vez, nunca dudé de que Sergio iba a boicotear aquel acontecimiento. Decía que semejantes fetichismos debían borrarse del mundo civilizado. «España es un país laico. A ver cuándo te enteras, Juana.»

No obstante, sus negativas eran siempre excusas para zafarse de obligaciones que nada podían aportar a sus previsiones.

Desde hacía mucho tiempo venía yo esperando que la data prevista para celebrar la comunión de la niña iba a convertirse para él en un imposible. «Lo siento, no podré asistir a la ceremonia. Debo atender asuntos más importantes.»

Inútil hubiera sido cambiar la fecha. Siempre hubiese surgido un evento inesperado que requiriese su ausencia.

No obstante, lo peor no fue aquella obstinación suya en derrumbar los pilares que sostenían una civilización doblemente milenaria. Lo grave era su empeño en derribar esos pilares de la pequeña: «Y encima te obligan a confesarte —le decía a Alma cuando ella le explicaba sus andanzas en las clases de religión—. Eso de contar tus defectos a los curas ya no se estila. Con arrepentirse basta y sobra.»

La cuestión era sembrar dudas en la pequeña y airear teorías que pudieran distorsionar las creencias de su hija. Se negaba a que Alma se aferrase a lo que para él suponían sinrazones, antiguallas e infantilismos: «¿De verdad crees que en esa oblea blanca que vas a recibir el día de tu primera comunión estará ese Ser que tu madre y tu tía denominan Dios?»

De momento la niña se quedó unos instantes mirando fijamente a su padre. No era un otear propio de una criatura de su edad. Parecía como si en aquella forma de contemplar a mi marido prevaleciera un imperioso deseo de asimilar las razones que esgrimía. No entendía su proceder tan negativo y tan poco consecuente. Daba la impresión de que lo que ella pretendía consistía en conocer cuál era la razón de aquel persistente rechazo a todo lo que ella admiraba y quería.

Pero continuó mirándolo sin hablar. Era un atisbarlo carente de enfado. Sólo reflejaba extrañeza. Seguramente no comprendía aquel empeño de mi marido en destruir lo que para ella era tan esencial.

Sergio continuó insistiendo: «Vamos a ver, hija, ¿cómo sabes tú que en esa oblea que van a obligarte a tragar se encuentra escondido ese Dios que te están predicando?»

Fue entonces cuando la niña habló. La estoy viendo ahora tal como la vi entonces. Su voz no era la de siempre. Aunque pareciese venir de una dimensión lejana, tenía la rotundidad de una persona mayor bien informada.

Su respuesta, concreta y muy firme, fue formulada también en forma de pregunta: «Dime, papá: y tú ¿cómo sabes que Dios no está en esa oblea que van a darme?»

* * *

No recuerdo la respuesta que le dio su padre. Tengo la impresión de que tras aquella pregunta Sergio se fue murmurando improperios. Y durante los dos meses que precedieron a la ceremonia, pocas fueron las veces que el padre y la hija tuvieron ocasión de intercambiar opiniones.

Pese a todo, Alma era feliz. Las salidas de tono de su padre no le afectaban demasiado. Se había acostumbrado a ellas sin darle excesiva importancia. A su modo Alma decía que había conocido la razón de la vida. Para ella vivir ya no consistía en jugar a ser hada o mantener coloquios con el eucalipto. Para ella vivir era algo más profundo. Algo un tanto misterioso y muy bello que no sabía explicar. «Tal vez lo sepa el día que comulgue por primera vez», repetía con frecuencia.

Recuerdo que cuatro días antes de la ceremonia prevista, Sergio se fue a Nueva York. Se despidió de mí como tenía por costumbre lanzando argumentos poco sustanciosos: que si no podía afirmar cuándo iba a regresar. Que una vez que hubiera cumplido con su misión, le esperaba una larga trayectoria profesional: congresos, conferencias, encuentros con colegas importantes en distintos estados de la Unión Americana: «Ya te iré dando razón de mis desplazamientos.» Y yo, como siempre: que bueno, que no se preocupara, que lo pasara muy bien.

Lo esencial para él consistía en marear la perdiz, dejar sus proyectos en el aire y omitir detalles que me permitieran localizarlo. «Ya iré dando señales de vida. No te preocupes.» Siempre hacía lo mismo cuando Laura y él desaparecían.

Estaba tan acostumbrada a semejantes huidas, que ni siquiera me afectaban.

Si algo me dolía era que Alma no pudiera contar con la presencia de su padre en un día tan importante para ella.

Al margen del desayuno familiar tras la ceremonia, se había previsto que Alma fuera conmigo a visitar a su tía: «Está deseando darte un beso detrás de la reja», le dije.

Lo de la reja no impresionaba a la pequeña. Desde que tuvo uso de razón yo procuraba explicarle que ciertas esclavitudes voluntarias dotaban a los que las elegían de una libertad mucho más feliz que la de los que pretendíamos presumir de independientes. «A veces nuestras libertades son puras anarquías, ¿sabes, hija?» Y ella que no comprendía lo que le decía. Que no sabía lo que significaba la palabra «anarquía». Enseguida trataba de aclararle sus incomprensiones: «Anarquía es lo que destruye la libertad. Imagina una enfermedad grave que pretendiera sanar lo que está sano. Algo así como la caricatura de la verdadera libertad. Eso es la anarquía: una imagen distorsionada de la libertad verdadera.»

No creo que llegase a entender mis aclaraciones. Pero asentía con la cabeza sonriendo.

Tras la ceremonia de la iglesia, Bárbara, Alma y yo, nos dirigimos al convento de San Evaristo, a fin de que Rita pudiera ver a la niña. Fue un departir alegre. Sin embargo yo notaba que Alma adoptaba un aire levemente reservado. Era difícil averiguar lo que escondía aquella actitud.

Al salir del convento me dijo que precisaba comunicarme algo un poco raro. Algo que no entendía. Que a ver si yo se lo aclaraba. No le di importancia. Pensé: «Cosas de niñas.»

Durante el trayecto recuerdo que Bárbara y yo estuvimos comentando lo que se había previsto para celebrar la fiesta en la explanada del jardín, frente al garaje: «Vendrán amigas de Alma.» «Habrá payasos.» «También he contratado a un mago.» «La merienda se servirá en el comedor.» Sin embargo Alma no parecía participar de lo que Bárbara y yo comentábamos. Se la notaba abstraída, casi desconectada de lo que a todas luces debía resultarle halagüeño y divertido.

Recuerdo que aquel cuatro de mayo amaneció alegre. La lluvia huracanada que tanto había afectado calles y parques dos días antes se había esfumado. Nada impedía que la fiesta programada se realizara en el jardín. Al contrario. Aunque algunos árboles todavía gotearan de vez en cuando, según iban ladeando sus ramas debido al fuerte viento que las había azotado durante dos días, el frescor soleado era un acicate más para celebrar al aire libre el festejo infantil.

Fue al subir al piso donde mi hija tenía su habitación para quitarle el velo cuando Vicenta me dijo que la pequeña tenía que decirme algo.

La estoy viendo ahora mirándome fijamente con una seriedad impropia de una niña: «Adelante Alma: dime lo que te inquieta.» Me contestó ella que inquieta no estaba. Sólo extrañada. «¿Y en qué consiste tu extrañeza?», pregunté.

La niña ya no dudó: «Papá va a hacer un viaje muy largo a un lugar que se llama Valle.»

Le contesté que los viajes de su padre eran muy normales y que su ausencia no iba a afectar el fluir de nuestras vidas.

Pero Alma negaba con la cabeza: «No es un viaje como los de siempre, mamá.» La vi desazonada, sin duda temía desvirtuar las razones que pretendía esgrimir. Le pregunté a qué se refería cuando mencionó la palabra «Valle». Me dijo que no lo sabía. Que alguien se lo había dicho tras recibir la oblea blanca.

Una vez más traté de indagar quién había sido su interlocutor. «No lo sé. Fue una voz. Sólo una voz.»

En aquellos momentos no le di importancia. A mi hija le gustaba forjar fantasías. Traté de distraerla, pero la niña insistía: «Hay que procurar que papá nunca vaya a ese "Valle".»

Por seguirle la corriente le pregunté dónde estaba ese lugar que tanto la intranquilizaba: «No me lo han dicho. Pero no es bueno. Es un sitio malo. Allí la gente sufre. Todos caminan mucho, pero no saben adónde van.» Le pregunté a quién se refería cuando dijo «todos». Su respuesta nada me aclaró. De nuevo intenté tomar sus preocupaciones a broma: «¿No estarás jugando conmigo, Alma? ¿Vuelves a ser un hada o un trasgo o un gnomo?»

Reiteró su negativa con la cabeza. «No, mamá. Estoy hablando en serio. Se trata de un lugar de la tierra que ningún ser vivo conoce. Allí están los perdidos, los que nadie recuerda, los olvidados.»

Debo reconocer que la firmeza con que Alma se manifestó aquel día llegó a impresionarme. No era normal que una criatura tan pequeña se expresara con la rotundidad de una persona mayor.

Sin embargo no tardé mucho en relegar aquella escena. Basta comprobar hasta qué punto las cosas superficiales de la vida pueden desbaratar las vivencias que son trascendentales para justificar aquel lapsus mío tan frívolo como insensato. Pero la tarde que nos aguardaba estaba demasiado llena de «naderías» esenciales para continuar dando vueltas a lo que, por no considerarlo normal, automáticamente borramos de la memoria.

Aquel suceso se produjo hace cinco años. Cinco años sin tener en cuenta que a veces la vida se vale de ciertos lenguajes poco comunes para advertirnos de situaciones que nuestra mente se niega a aceptar.

Cinco años de amnesia pueden convertirse fácilmente en cinco siglos. Es decir, en extravíos definitivos que jamás tratan de recuperar vigencias.

Sin embargo aquella extraña conversación que mantuve con mi hija el día que hizo su primera comunión volvió a saltar a la palestra el día que, tras la muerte de Sergio, visité a mi hermana Rita.

A lo primero, cuando me relató su extraña experiencia con el mensaje que había encontrado en su libro de rezos, no le di mayor importancia. Supuse que aquella extraña frase: «PÍDELE A MI "CUÑADO" QUE ME SAQUE DEL VALLE», era producto de un sueño. Tardé en asociarla a lo que cinco años antes me había confiado mi hija. «Papá va a hacer un viaje muy largo a un lugar que se llama "Valle".» ¿Podía ser una simple coincidencia o un inquietante aviso?

Fuera lo que fuese aquella simultaneidad, quedó pronto relegada y excluida de mi mente. Faltaban pocos días para que se inaugurara en París la exposición de mis esculturas y, a decir verdad, yo no estaba en la mejor disposición para admitir sutilezas vagabundas y flotantes a fin de armonizarlas sin un motivo concreto.

Fue al regresar de París cuando comencé a pensar en el posible ajuste que podía existir, no sólo entre la experiencia de mi hija y la de mi hermana, sino también en la extraña figura que, sin venir a cuento, el fotógrafo captó mientras yo posé para él, junto a mi escultura titulada *Esperanza imposible*.

Creo que fue entonces cuando por primera vez tuve la extraña sensación de que Sergio intentaba expresar algo que no pudo confiarme mientras vivía.

* * *

Bárbara ha llegado puntualmente. Vicenta la esperaba en la puerta del jardín.

—No es plato apetecible lo que vamos a condimentar tú y yo —le he dicho cuando nos hemos encontrado en el vestíbulo de la casa—. Llevo casi cinco años sin pisar las habitaciones particulares de Sergio.

Bárbara no lo ignora. Sabe perfectamente lo que me indujo a rehabilitar la cuadra para instalarme allí tras escuchar el horrible aullido del perro.

Junto a nosotras se encontraba la persona que debía hacerse cargo de la ropa de mi marido para entregarla a una institución benéfica.

También *Vale* ha salido a su encuentro. Aunque intenta mostrarse alegre, *Vale* ya no es el perro que participaba bullicioso de todos los relieves de nuestras vidas.

Los años deben de pesarle como a mí me pesan los recuerdos de aquella tarde de un mayo cinco veces muerto. Ya nada importa que llueva o nieve, o que las flores se enmustien o broten. Desde entonces lo esencial para mí consiste en escapar de tantos desgastes inútiles y de tanta vegetación psicológica pisoteada por tempestades mentales. Procuro olvidar. A veces los venenos que debilitan nuestras convicciones más sólidas se transforman en raras confusiones que nos exigen prescindir de ellas.

No obstante, cuando yo entro en el recinto de la masía, *Vale* siempre se abalanza contra mis piernas para rezongar, a su modo, alegrías que se niega a desterrar.

Sin embargo nunca intenta subir a las habitaciones de Sergio. Sin duda su instinto le da a entender que el dueño de todo lo que allí se conserva se ha convertido en un ente inservible y agostado. Un ser volatizado que el perro nunca podrá recuperar.

Aunque los cajones y los armarios están llenos de sus prendas de vestir y de objetos que en su día eran estrictamente personales, actualmente únicamente son ecos subjetivos y neutrales de un dueño sin cuerpo, ni entidad alguna.

Cuando Sergio murió, lo primero que hice fue cerrar con llave las puertas de sus habitaciones que cinco años atrás también eran las mías.

Allí están aún las dos camas, las mesitas de noche con los ceniceros repletos de monedas franquistas ya exentas de valor que Sergio conservaba por inercia, y el aparato telefónico común a toda la casa, el timbre, el interruptor de la luz, el bloc, el bolígrafo para tomar notas. Infinidad de minucias que sin saber por qué se iban acumulando en los cajones, como se acumulan los trastos inservibles en los desvanes.

Nada de lo que Sergio utilizaba ha sido extraído o modificado. Todo está en el mismo lugar en que él lo dejó.

Lo único que ha cambiado es el olor que las habitaciones cerradas han devorado. Dos meses han bastado para convertir el aroma que él despedía en un tufo propio de un lugar atrancado y neutralizado.

Le he pedido a Vicenta que descolgara sus trajes, sus abrigos, sus cazadoras. Todo lo que Sergio vestía se lo he dado a la persona encargada de entregarlo a instituciones benéficas.

Bárbara me ha ayudado mucho. Ha venido cargada de

bolsas, de cajas, de maletas. Sabe que las prendas y objetos de mi marido deben ser repartidas entre los que sufren privaciones y carecen de medios para poderse vestir decentemente.

—No quiero conservar ni un pañuelo suyo —le he dicho a Bárbara—. Procura que nada quede arrinconado.

No lo he expuesto con rotundidad propia del rencor. Me niego a ser rencorosa. Sencillamente lo he expresado como si algo me estuviera indicando que conservar una minucia cualquiera que él consideraba suya pudiese alterar mi apaciguada neutralidad actual.

Lo esencial para mi estabilidad consiste en decir adiós a cuanto le pertenecía, libros, colonia, calcetines, jabones, batas, zapatillas, corbatas: todo lo que yo veía en él día tras día. Recuperarlo hubiera sido lo mismo que recuperar aquellos vacíos que yo iba soportando en silencio cuando él no se cansaba de despreciarme.

Se acabó sufrir por su causa. Fin de sus notorios desaires por todo lo mío.

Bárbara me pregunta ahora si yo tengo intención de volver a instalarme en las habitaciones que Sergio compartió conmigo.

—Imposible —le digo.

Contemplo ahora la cama contigua a la suya que yo había ocupado durante años.

Entonces dormir junto a él no suponía un suplicio. Al contrario. En cada sueño a su lado se fraguaba la ilusión de imaginar que algún día volvería a ser el hombre cariñoso que se casó conmigo.

No lo conseguí. Sus arrebatos sexuales esporádicos no me pertenecían. Pertenecían a Laura. Yo era únicamente un recurso, una forma de cumplir sin sentir y de sentir recordando a otra mujer.

De pronto Bárbara se acerca a mí con un objeto en la mano. Me lo enseña.

—Su cartera —me dice—. Debes revisarla. Nadie más puede hacerlo. Quizá contenga algo importante.

Admito su propuesta pero me cuesta ponerla en práctica. Temo descubrir en ese objeto algo que pueda afectarme.

La cartera suele ser casi siempre un segundo «yo» muy privado que nadie tiene derecho a violar. Pero Bárbara insiste. Me habla de posibles tarjetas de crédito, de compromisos que pueden ser mal utilizados si no conocemos su origen.

Le contesto que todas las tarjetas de crédito fueron inmediatamente canceladas al conocerse su muerte. Algo en mí se resiste a realizar lo que Bárbara me propone. Temo, dudo. Al fin cedo.

Abro la cartera. Contemplo las tarjetas de crédito ya inutilizadas, la foto de Alma recién nacida, un fajo de euros de cifras diversas, los apuntes de no se sabe qué proyecto perdido, algunas hojas oficiales con licencias para recetar, un recorte de periódico comentando el último congreso de cirugía donde él expuso su ponencia.

Cuando creo que ya lo he revisado todo, descubro medio escondido un papel listado, algo envejecido y ligeramente borrado. Reconozco en ese papel las hojas que nuestra hija utilizaba cuando empezaba a escribir. Seguramente lleva muchos años metido en la cartera que acabo de desvalijar.

A lo mejor ni siquiera Sergio recordaba que ese papel continuaba allí entre sus privacidades más ocultas.

Dejo la cartera y me quedo con el papel. Es una hoja ya vieja que está a punto de amarillear. Como está doblada, la despliego. En esa hoja está la impronta de mi hija. En ella había escrito, como si dibujara, las tres palabras que siempre utilizaba cuando aprendía a deletrear. Entonces Alma fijaba las letras con pulso indeciso de niña pequeña. Primeramente dibujaba su nombre entero: ALMA. Luego se refería a su padre y a mí.

Indecisas, las letras de palo grabadas a lápiz en el papel listado bailotean por culpa de una mano pequeña y demasiado débil. Incluso una de las palabras está mal escrita. Le falta una letra. Leo el contenido sin reparar en ese detalle.

Percibo el error en cuanto Bárbara, extrañada, me entrega el papel para que vuelva a leerlo.

—¿Te has dado cuenta de lo que esas tres palabras podrían decir?

No entiendo su pregunta. Pero Bárbara insiste:

—Parece como si la niña te estuviera pidiendo que ayudaras a su padre.

—¿Cómo puedo ayudar a un hombre que ha muerto? Además la pequeña utilizó este papel cuando empezaba a tener uso de razón. Desde entonces han transcurrido muchos años.

—Pero tú lo has descubierto ahora. Fíjate bien lo que dice —me recalca Bárbara, mientras me devuelve el papel.

Me fijo de nuevo en las tres palabras: MAMÁ AMA PAPÁ.

—En efecto, falta la letra «l». Un descuido de la niña.

¿SIGNOS O CASUALIDADES?

—Tampoco esta vez ha funcionado —se queja Sergio.

—La máquina humana suele ser lenta. En los vivos todo lo inusual se vuelve precario y vacilante. El miedo a caer en equívocos algo ridículos les impide aceptar las realidades que no tienen una explicación plausible.

—Entonces nada de lo que intentemos puede ser útil.

—Todavía restan varias posibilidades.

Sergio ignora en qué consisten. En estos momentos su mente es un nido de presagios de mal aceptar.

Todo le abruma. Nada se presta a concederle una puerta abierta a la esperanza.

—Si al menos pudiera comunicarme directamente con Juana. Necesito pedirle perdón por todo el daño que le hice.

El compañero no replica. Sólo le menciona las causas que produjeron aquel daño:

—A los vivos les seduce el poder; dominar; vencer; triunfar, pero no comprenden que esas apetencias son únicamente diminutos aperitivos que pueden desvirtuar el banquete eterno.

Sergio sucumbe ante las verdades que lentamente va

descubriéndole el compañero. Cada advertencia le pone al desnudo infinidad de instantes equivocados: realidades que el egoísmo iba destruyendo día tras día.

—Tú elegiste a Juana porque te fascinó su imagen. Pero no la conocías ni querías conocerla. De haber ahondado en su interior, probablemente no estarías en el Valle —le insiste el compañero.

Para Sergio cada opinión de su ayudante constituye ahora un reproche irreversible, un gravamen de difícil solución.

Lo que más le trastorna es contemplar el regreso de aquel viaje a Estados Unidos, perdido en los contenedores de basura propios de un tiempo que ya no le sirve.

Fue entonces cuando Juana dio un cambio rotundo a su vida. Fin de soportar desprecios, mentiras y excusas incongruentes.

La experiencia que tuvo que afrontar durante su ausencia fue demasiado dolorosa. Se acabaron las tolerancias, las conformidades, las desmayadas formas de vida que venía soportando durante años. Basta de fingimientos que nada resolvían. ¿Para qué seguir esperando lo que nunca podía llegar?

No: Juana ya no volvió a ser la misma tras su regreso de aquel largo viaje hacia no se sabía dónde. El horror que había sufrido Juana durante su ausencia fue la gota de agua que colmó su paciencia. «Se acabó, Sergio: ya no tengo motivos para aguantar tus insoportables propuestas de siempre. Se me acabaron las fuerzas para admitirlas y soportarlas.»

No se expresaba con odio. Sólo prevalecía una gran dosis de cansancio y una rotunda firmeza llena de autoridad.

Sergio se está viendo ahora a sí mismo afrontando las

decisiones de su mujer. Nada en ella era dubitativo ni mostraba confusión. Su forma de expresarse era ecuánime y exenta de tirantez. «Lo tengo todo previsto —acabó diciendo—. Para los que nos conocen seguiremos juntos, pero yo dormiré en la antigua cuadra que voy a acondicionar como taller. Una vez que se terminen las obras me instalaré en ella.» Añadió luego que Bárbara se iba a ocupar de ponerlo todo en condiciones. «Mientras tanto también yo saldré de viaje. Me iré a París. Roger Bousset conoce a mucha gente. No voy a estar sola.»

De nuevo se ve a sí mismo rebatiendo los argumentos que su mujer acaba de esgrimir. «Es inútil, Sergio. Lo tengo todo previsto.»

Aunque le cuesta admitirlo, el doctor Maritania comprende la reacción de su mujer. El dolor que ella ha experimentado no puede de la noche a la mañana catalizar rápidamente bonanzas. «Preciso tiempo —le dice—. Debo acostumbrarme a vencer muchos vacíos. Cambiar de ambiente. Olvidar.»

Sergio se vuelve hacia su compañero.

—Fue entonces cuando Juana dejó de quererme —afirma él.

—Pero tú no reaccionaste. Ni siquiera se te ocurrió consolarla por lo que había ocurrido durante tu ausencia.

—Me pilló desprevenido. No supe reaccionar. Tardé en comprender sus razones.

Lo que más le impresionó a Sergio fue contemplar su cara demacrada, sus ojos hundidos en ojeras y el desánimo que vencía su voz.

—Hice exactamente lo que ella me propuso. Me desarmó verla tan agotada.

—No bastaba.

Sergio lo admite.

—A decir verdad en aquellos momentos no me urgía recuperarla. Laura me lo impedía.

El compañero asiente. Dice ahora que son pocos los humanos que saben elegir.

—Tuviste en tus manos una mujer excepcional pero preferiste quedarte con la que fingía serlo sin avales que certificaran su valía. —El compañero le muestra de nuevo una imagen de Laura todavía reciente—. Mírala ahora. ¿La estás viendo?

—En efecto. Laura goza de una posición envidiable. Parece satisfecha. Ha conseguido lo que pretendía. Mi muerte no le ha afectado.

Es como si el lapso que monopolizó su vida se viera minimizado repentinamente. ¿Quién era Laura? ¿Por qué se vio tan atrapado por ella?, no lo entendía. Cuando las reacciones humanas se analizan desde el Valle se vuelven disparatadas, los puntos de vista se trastocan, se distorsionan y se vuelven mezquinos.

Imposible comprender cómo pudo desechar unos quilates de oro por los de un plomo dispuesto a deshacerse al soplo de una pequeña llama.

Está viendo ahora a una Laura más allá de un futuro que Sergio ya no puede compartir con ella. La contempla envejecida, su piel reseca y desconchada, su larga melena teñida de oscuro menguada por la edad. Y se pregunta cómo los vivientes reflexionan tan poco en lo mucho que el paso de los años puede lesionar los sentimientos. Nadie tiene en cuenta el deterioro que se avecina en aquellos que vemos y admiramos. Nadie imagina los desencantos que suelen aguardar a los que envejecen.

El compañero apostilla:

—Eso os ocurre porque dais demasiada importancia a la imagen material.

Sergio lo comprende. A veces «sentir» consiste únicamente en ver. Las visiones mandan.

Las emociones se disparan y la razón disminuye; se deja abatir por lo que carece de permanencia.

Sin embargo basta una pequeña inflexión de la mente para descubrir la verdad. En estos instantes (yermos de visiones físicas y llenos de realidades inmateriales) todo se trastoca. Las imágenes se diluyen. Las verdades afloran y los engaños materiales se esfuman.

Ahí está ahora Juana. En apariencia se encuentra sola en la cuadra convertida ya desde hace cinco años en un taller acondicionado para volcarse en su trabajo como escultora.

Sergio la observa embelesado. Ella en cambio no lo ve. Trabaja. Esculpe. Parece abstraída. Ni por asomo se le ocurre imaginar que su marido la está contemplando mientras trabaja.

De pronto algo se altera. Vale, *el terrier que dormita junto a ella, despierta bruscamente, alza las orejas y corre ladrando hacia donde Sergio se encuentra.*

No es un ladrido normal. El sonido del animal acumula gritos insistentes que tratan de poner en guardia a su ama. Con la cola escondida entre las patas traseras, encoge el morro y enseña los dientes.

Juana le ordena callar. Pero Vale *no la obedece. Continúa ladrando con sonidos potentes, encarado hacia un hueco de la estancia completamente vacío. De improviso gruñe, gimotea y hasta parece quejarse.*

Juana deja su trabajo y se acerca a él.

—Vamos a ver, ¿qué diantres te ocurre, Vale*?*

El perro nervioso se vuelve hacia ella. Su mirada refleja extraños brillos rojizos. Quisiera expresarle algo que no puede describir. Pero sigue mostrándose fiero con un algo inexistente.

Sergio se aparta del grupo. Ahora se instala en el otro extremo de la habitación.

No obstante el perro de nuevo corre hacia él. Juana lo contempla sorprendida. No comprende la actitud del animal. Los ladridos se acentúan mientras alza su morro para encararlo hacia otra oquedad manifiesta.

—Por favor, Vale, deja ya de ladrar —insiste Juana.

Aunque sospecha que algo extraño le está ocurriendo al perro, no acierta a saber en qué consiste. El nerviosismo del animal y esa especie de miedo que refleja su rabo medio escondido entre las patas traseras carece de sentido.

Para sosegarlo Juana le acaricia el lomo. Pero Vale no se tranquiliza. Continúa ladrando.

—Si pudieras hablar —dice Juana.

Imposible. Los perros intuyen, saben y hasta pueden presagiar desastres a su modo. Pero no saben hablar.

Si fuera posible que hablaran, Vale le estaría explicando a su ama que Sergio está ahí, en el estudio, que intenta desesperadamente ponerse en contacto con ella para pedirle ayuda y suplicarle perdón.

Pero Juana es también un ser limitado, alguien cuya coraza corporal le impide conectarse con los que ya carecen de ella. Ni siquiera le pasa por la mente que lo que no puede intuirse como ser humano los seres irracionales son capaces de captarlo.

Más de una vez Juana ha oído hablar del raro poder que tienen los animales para detectar fuerzas insondables que las personas normales ni siquiera presienten.

En ocasiones ven a los gatos arquear el lomo, a las cucarachas correr en busca de un escondite, a los caninos olfatear drogas, o a los caballos encabritarse sin motivo aparente. «Son infinitos los fenómenos insondables que los seres que rodean al hombre perciben más allá de la inteli-

gencia humana —piensa ahora Sergio—. Pero los hombres no saben discernir la razón de sus conductas.»

De nuevo pide ayuda al compañero:

—¿No hay forma de que Juana comprenda mis llamadas? —comenta desalentado—. Será difícil salir de este maldito Valle si ella no me ayuda.

Pero el compañero no se da por vencido.

—Existen otros recursos.

GRIETAS, GOTERAS Y DERRIBOS

Todavía impresionado por la fotografía que Juana acaba de mostrarle, el doctor Patricio Rodeno trata de recuperar con exactitud el fenómeno que hace pocos días experimentó a través del teléfono.

Desgraciadamente no consigue matizar acertadamente todos los detalles. Se negó a recordarlos por inverosímiles. También se le antoja poco convincente la exposición que le hizo Juana relacionada con aquella misteriosa llamada.

Sin embargo, desde que llegó de París presiente que algo difícil de asimilar viene acuciándole sin que le resul te posible adivinar en qué consiste.

Semejante sensación se diría que se amplió cuando Juana (todavía impresionada por el «sueño» de Rita y la extraña fotografía tomada donde se exponían sus esculturas) pareció alterarse al conocer el raro episodio del teléfono.

Por primera vez surge entre los dos amigos una leve corriente que unifica sus percepciones.

—¿Crees en las llamadas del Más Allá? —le pregunta Patricio bromeando.

—Nunca me he parado a pensarlo. Puede que se produzcan. Pero no estoy segura.

—A veces han sucedido cosas que, por inconcebibles, nadie se atreve a mencionarlas —comenta él—. Si se explicaran, ¿quién las creería?

—De cualquier forma —añade Juana— lo mejor es olvidar esas rarezas. Seguramente esta nave nuestra está llena de cosas ocultas por descubrir. No por ello debemos considerar que son misterios del otro mundo.

No obstante, Patricio no se deja vencer fácilmente.

—No voy a engañarte, Juana: cuanto más lo pienso, más me parece que la voz que escuché por teléfono era la de Sergio —confiesa.

—¿Para qué iba a llamarte?

—Era mi amigo. Tal vez está pidiendo oraciones, o misas o simplemente que le recordemos.

Juana no contesta. Se limita a respirar hondo y mirar el suelo. El recuerdo de Sergio siempre supone para ella una evocación incierta entre radiante y siniestra. Algo que quisiera enterrar en la nada. Pese a todo, no ha conseguido jamás relegarlo al olvido. Los maleficios que fueron motivos de ensueños difícilmente consiguen ser postergados y Sergio para ella fue la personificación de un maravilloso maleficio.

—No obstante, a veces nuestra propia conciencia puede causar lo que nos parece incomprensible —continúa diciendo Patricio.

—No estoy muy segura. La conciencia no suele valerse de orientaciones materiales ni de advertencias visibles para subsistir.

—Probablemente tienes razón. Pero acaso algunas advertencias y orientaciones visibles pueden subsistir para acallar las conciencias.

Juana mira fijamente a su interlocutor. Lo que acaba de escuchar le inquieta.

—¿Crees que Sergio nos está pidiendo ayuda?

Patricio niega con la cabeza.

—No lo creo. Pero tampoco estoy muy seguro de no creerlo.

Juana vacila. Se diría que lleva algo en el buche que no se atreve a manifestar. Teme que su amigo no la juzgue en sus cabales.

—A mí me ocurre lo mismo. Existen cosas que sin saber la razón, nos conmueven, nos obligan a pensar.

—¿A qué cosas te refieres?

—Se trata de situaciones transitorias, casi imperceptibles pero que de repente adquieren dimensiones poco comunes.

—¿Por ejemplo?

Juana vacila. Al fin se decide:

—Suele ocurrirme desde que Sergio está muerto. Generalmente el hecho (o lo que sea) siempre sucede mientras trabajo —continúa explicando Juana—. Procuro situarme junto al ventanal porque la luz en esta época es rutilante y potente. De pronto, cuanto más abstraída estoy en mi trabajo, tengo la impresión de que la luz se oscurece, como si un cuerpo extraño se interpusiera entre la claridad que penetra por el cristal y mi cuerpo. Es como una sombra que me estuviera observando. Dura sólo un instante; lo que tardo en dejar mi trabajo y mirar el ventanal. En cuanto vuelvo la cabeza, la sombra desaparece. —Y tras un lapso breve continúa explicando—. Es algo parecido a lo que ocurre con las nubes cuando amenazan borrascas. El cielo se ensombrece, pero al desaparecer la nube, el sol vuelve a lucir.

Juana enmudece. Tiene la impresión de que lo que acaba de explicar a su amigo es pura fantasía. Inmediatamente se arrepiente:

—No me hagas caso, Patricio. Seguramente divago.

Pero el doctor Rodeno mantiene fija su mirada en la de Juana.

—A veces también a mí me ocurre algo parecido desde que Sergio murió.

Y le explica a Juana que cuando él se encuentra a solas en el despacho, leyendo o estudiando materias propias de su profesión, de reojo observa que la puerta de su consulta se abre.

—Sin embargo cuando la miro veo que está cerrada.

Y añade que esa extraña circunstancia le ha ocurrido varias veces.

Permanecen ambos en silencio. Los dos tienen la sensación de bordear enigmas que no pueden discernir ni concretar.

De pronto Patricio evoca algo que hasta este momento había mantenido oculto por considerarlo irrelevante. Desde que se produjo, hasta el día de hoy, ni siquiera había sospechado que pudiera alcanzar cierto matiz importante.

—Estoy recordando un hecho extraño que sucedió el mismo día de la muerte de Sergio.

Y como ve que Juana le interroga con la mirada, continúa:

—Su muerte coincidió con la estancia en la clínica de Roger Bousset. ¿Lo recuerdas? Había sido intervenido por tu marido la tarde anterior. Tú acababas de visitarlo. Cuando saliste de la habitación todavía ignorabas que Sergio había muerto.

Patricio se detiene y trata de concentrarse. No quiere incurrir en equívocos ni proyectar imágenes distorsionadas. A veces la mente puede ser pasto de manipulaciones involuntarias que la irreflexión desfigura.

—Recuerdo que poco después de salir tú de su habitación entré yo a verlo. Bousset presentaba un cuadro clínico inmejorable, nada en él producía la impresión de estar divagando. Me reconoció y me dijo que nada más salir tú de su cuarto había entrado en él tu marido.

Patricio vuelve a detenerse.

—Mi reacción fue seguirle la corriente —continúa explicando Patricio—. Aunque su modo de expresarse era normal y sensato, supuse que los fármacos que le habían administrado estaban afectando su mente. Todos sabíamos que aquella mañana Sergio había salido muy temprano de la ciudad para visitar a un enfermo en la Costa Brava.

Durante unos momentos Patricio parece vacilar. Acaso teme que lo que le resta por decir pueda resultar incoherente. En ocasiones las palabras se desbocan y distorsionan lo que se pretende explicar.

No obstante el silencio de Juana y su mirada expectante le están obligando a finalizar su relato.

—Le pregunté a Bousset qué le había dicho. Fue una pregunta espontánea, sin ánimo de ahondar en lo que constituía un absurdo, puesto que aquella mañana Sergio no se personó en la clínica. Pero Bousset era un enfermo que precisaba comunicarse y yo no le negué su derecho.

—¿Qué te contestó? —pregunta Juana.

—Me dijo que no habló con él. Solamente lo vio acercarse a su cama, lo miró y, sin decir palabra, volvió a salir de la habitación.

—¿A qué hora ocurrió eso? —pregunta Juana.

—No lo recuerdo. Lo único que sé con certeza es que a esa hora tu marido estaba muerto.

—¿Por qué nunca me contaste ese episodio?

—Porque imaginé que Bousset tuvo una alucinación debido a la anestesia y a los calmantes que le habían suministrado. Algunos enfermos suelen reaccionar de un modo extraño cuando están bajo los efectos de ciertos medicamentos.

—¿Sigues pensando que todo fue la ofuscación de un drogado?

—No lo sé. Estoy confundido. No podría asegurarte nada.

* * *

Dos días antes de aquel cuatro de mayo, el jardín de los Maritania era un pastizal de humedades potenciadas por vientos indómitos y huracanados. Más que la lluvia, lo que estaba atormentando al jardín era un continuo llanto de unas nubes rotas que fraccionaban flores, hierbas, follajes y toda clase de brotes primaverales.

Nada, salvo los árboles, se mantenía agarrado a la tierra. La furia del viento arremolinaba ramas caídas, flores enmustiadas, hojas desprendidas de los árboles y un sinfín de cosas anodinas que la desorganización de aquel jardín iba acumulando avariciosamente.

Aquella misma tarde, Patricio y Emilia estuvieron en la vivienda de los Maritania a fin de echar una mano a Juana.

Sergio hacía dos días que había emprendido su viaje a Estados Unidos y Alma debía celebrar su primera comunión dos días después.

La preocupación de Juana consistía principalmente en el temor de que aquel remolino de lluvias gruesas y balanceadas por vientos furiosos se prolongara hasta el día cuatro.

La fiesta infantil se había previsto celebrarla en el jardín. «Esperemos que la furia del tiempo amaine», se hartaba de repetir.

Lo que más la inquietaba era contemplar el extraño desasosiego del perro. «¿Os habéis fijado en el nerviosismo de *Vale*?», preguntaba como si el animal intuyera que la tormenta alocada de aquellos dos días pudiera enmustiar la alegre organización del festejo. «Hay que mandar huevos al convento de Santa Clara.»

Bárbara también anduvo trajinando por toda la casa para que nada faltara. «El día más importante de tu vida», le decían todos a la niña.

Y ella sonreía con aquel rictus especial que le asomaba al rostro cada vez que debía enfrentarse con algo muy placentero.

De su padre no hablaba. Había actitudes que la pequeña procuraba eludir como si fueran normales. Nadie parecía extrañarse por aquella ausencia. Sabía de la precariedad que siempre conspiraba contra el doctor Maritania cuando algo relevante debía celebrarse.

Su madre le había dicho mil veces que papá tenía dos familias. «¿Sabes, hija?» Una la que vive en esta casa y otra que se llama enfermedad. «Los médicos son esclavos de su trabajo. Nunca pueden ser totalmente libres. Las enfermedades mandan. ¿Lo comprendes, Alma?»

Lo comprendía. Alma siempre aceptaba las explicaciones de su madre como conceptos y realidades irreversibles. Por eso había llegado a la conclusión de que nunca las ausencias de su padre podían ser causas y exigencias desvinculadas de un deber imperativo.

Lo esencial en aquellos dos días de tormenta era que el cielo despejara, que las rachas de viento rebajaran su furia y el jardín permitiera que los niños invitados pudieran deambular por los laberintos de una vegetación profusa y algo revolucionada tal como estaba previsto.

No era la primera vez que Alma había organizado reuniones infantiles en el espeso jardín. Corretear por aquel lugar era como introducirse en un seductor mundo lleno de historias fascinantes que transmitían extrañas fantasías a todos los niños que jugaban a esconderse.

Naturalmente Alma siempre ganaba. Ni un solo rincón de aquel recinto era ignorado por ella.

«Lo esencial es que el día cuatro no llueva», decían todos. Del parte meteorológico no se fiaban demasiado. Casi siempre emitían pronósticos desacertados.

Sin embargo aquella vez el parte acertó. En todas las televisiones se anunció un tiempo apacible, soleado y un cielo exento de nubes.

El parte meteorológico auguró también el final de aquel molesto viento huracanado que tanto había contribuido a estropear árboles, plantas y flores, para anunciar brisas inofensivas y apacibles.

Y el día amaneció con un sol rotundo, despojado de cirros sospechosos y amenazas ventiscosas.

De las tormentas pasadas quedaban leves restos testimoniales. Algún árbol destilaba gotas de rocíos inofensivos y algunas ramas heridas emanaban efluvios de humedades aromáticas.

Lo demás era un grato quehacer propio de una jornada que no se parecía a las otras y que la niña consideraba como un regalo para realzar su protagonismo.

Desde muy temprano Juana y Vicenta se afanaron para que los preparativos del día anterior ocuparan sus lugares cuidadosamente programados.

Llegaron en un camión las sillas que debían instalarse en la explanada frente al garaje. Asimismo las mesas destinadas a ofrecer una merienda sustanciosa. Todo fue colocado bajo los arcos revestidos de buganvillas algo mermadas por la pasada tormenta, pero todavía revestidas de un morado brillante.

Bárbara no tardó en llegar. Venía cargada de objetos

para repartir entre los niños: matasuegras, gorros, serpentinas, caramelos y una bolsa grande para que los pequeños pudieran golpearla durante el juego de la piñata.

Alma emocionada y muy puesta en su papel se dejaba vestir con el traje blanco propio del acto que iba a celebrarse en la capilla de su colegio. Luego vendría el desayuno y la visita al convento de San Evaristo, para que su tía Rita pudiera verla.

Y el regreso a su casa. Y el almuerzo privado con el matrimonio Rodeno, Bárbara y pocos más, porque la fiesta grande iba a tener lugar por la tarde.

Patricio recuerda que durante la mañana Alma parecía ensimismada como si algo inusual le preocupara.

Juana le aclaró lo que le ocurría a la pequeña: «Está algo confusa. Dice que después de comulgar, alguien le ha dicho que su padre iba a hacer un viaje muy largo a un lugar llamado Valle.» Y como viera que Patricio continuaba expectante, Juana trató de explicarle que la imaginación de la niña era muy grande y que seguramente en su fantasía había confundido la palabra Valle con Estados Unidos.

Añadió luego que para la pequeña aquel día constituía un conglomerado de circunstancias especiales y que a veces las mentes demasiado desarrolladas podían imaginar voces, advertencias y peligros irrelevantes.

Juana le dijo también que, según la pequeña, aquel lugar llamado Valle era muy malo. «Cosas de niñas —insistió Juana—. Para empezar, ella asegura que semejante advertencia la escuchó sin que nadie de los que la rodeaban se la dijera.» Afortunadamente Alma olvidó pronto la frase que, según ella, alguien sin cuerpo pronunció aquella mañana.

La tarde se llenó de amigas, de risas, de niños cargados de regalos, de payasos que bromeaban, de músicas alegres, de todo lo que permitía imaginar bonanzas eternas.

Alma era feliz. Tenía la felicidad de unos siete años desasistidos de problemas; de los que ignoran las gangrenas de la vida y de los que creen que los gozos pueden ser eternos.

También Patricio y Juana olvidaron la extraña cavilación de la niña y aquella fijación relacionada con el hipotético viaje que Sergio debía realizar a un lugar llamado Valle.

Fue cinco años más tarde cuando aquella frase desestimada recobró una extraña validez.

Hasta aquel día ni el doctor Rodeno ni Juana habían recordado la frase que Alma dijo escuchar aquel cuatro de mayo tras recibir por primera vez la forma consagrada.

Sergio acababa de morir y Juana le puso al corriente del supuesto sueño de su hermana Rita: «El papel que mi hermana vio, seguramente en sueños, decía textualmente: "Pídele a mi 'cuñado' que me saque del Valle."» Y como si la pequeña volviera a estar allí entre ellos, la frase olvidada adquirió de pronto su vigor perdido. «¿No fue Alma la que aquel cuatro de mayo por primera vez tuvo conciencia de que su padre iba a hacer un viaje muy largo a ese desconocido lugar?»

En ocasiones ciertas evocaciones recuperadas suscitan dudas difíciles de asumir. Únicamente son como pequeñas grietas que no amenazan derribos.

A decir verdad, aquella tarde, cuando Juana le explicó lo que la niña le había dicho, no le dio excesiva importancia.

La ambigüedad carece de soportes retentivos. Y en aquellos momentos el vasto jardín de los Maritania sólo admitía realidades alegres.

Allí estaban los niños sentados frente al portal en espera de que los payasos comparecieran.

Cundía un nerviosismo expectante, hecho de risas entrecortadas y de inquietudes que se manifestaban entre palmoteos y vocerios chispeantes.

Alma tenía su silla en la primera fila. Era la homenajeada. La dueña de una fiesta que prometía ser un punto de partida en la memoria de los invitados.

Hasta *Vale* se había añadido al grupo, ya amansado, junto a los pies de la niña, como si el hecho de verla allí, bien arropada por sus amigos, lo amnistiara de aquel constante ir y venir que tanto había molestado a los invitados durante la merienda.

Vale ya no era un perro alocado. Distendido, extendía su cuerpo sobre el borde del vestido blanco de su ama que rozaba negligentemente la tierra del jardín. El perro cerró los ojos y se dispuso a dormitar. Mientras tanto los payasos actuaban. Se dirigían a Alma, alababan su cabello rubio, sus ojos color cielo y ese porte de niña buena que todos admiraban. Pidieron aplausos para ella. Y enseguida dieron paso a la esperada representación.

Estaban el payaso listo y el payaso tonto. Sin embargo era el tonto el que salía ganando. El listo, en cambio, tocaba el clarinete y el acordeón, cosa que no hacía el tonto, pero no tardaba mucho en acercarse al listo para estropearle la música con una bocina gigante.

Y las carcajadas cundían. Patricio no cesaba de mirar a Juana. También ella parecía feliz. Hacía mucho tiempo que no la había visto reír con el vigor de aquella tarde.

Probablemente en aquellos instantes no se acordaba de que el padre de Alma había renunciado a presenciar la rotunda alegría de su hija, ni de que su ausencia arropada por sus obligaciones profesionales, eran, sobre todo, huidas hacia proyectos infectados de mentiras. La tarde continuaba siendo un remanso de paz bulliciosa. Los niños eran el bullicio, y la paz era la tarde soleada.

Todo giraba en torno a una existencia que carecía de inquietudes.

Al terminar la representación de los payasos fue cuando la calma se volvió alboroto. Los niños ya no soportaban las sillas, ni la inmovilidad, ni aquel palmoteo obligado que la actuación de los payasos había exigido.

Los niños suelen cansarse de descansar. Los niños querían razonar ilusiones desrazonando pasividades. Fin de inmovilidades. Fin de risas y silencios.

Lo que mandaba en aquellos instantes era un imperante deseo de corretear, de perseguirse unos a otros y fingir desafíos y ocultaciones.

De nuevo *Vale* renunciaba al sopor. Continuar adormilado junto a su ama no era ya posible.

Alma corría por el jardín sujetándose la falda con las manos para no tropezar. Juana la contemplaba con expresión radiante. En aquellos instantes la niña era la reina de los juegos infantiles.

Todo giraba en torno a su persona. El jolgorio crecía y se instalaba en cada pisada que los niños dejaban en la arena; en las flores que la tormenta de los días anteriores no habían maltratado; en los árboles enhiestos que, pese a los azotes del viento brutal que habían soportado, permanecían incólumes y dispuestos a renovar hojas y nutrirlas del vigor habitual.

Juana contemplaba a su hija desde la pérgola mientras departía con los mayores. Nada en aquellos instantes era adverso, nada presagiaba borrascas dudosas ni asechanzas crueles.

Alguien habló de aquel eucalipto que Alma, cuando era muy pequeña, consideraba su amigo. Llamaba la atención verlo allí, alto, esbelto y ligeramente herido en su fragilidad debido a los azotes de un viento irascible que afortunadamente ya se había esfumado.

La niña corría hacia el eucalipto junto al perro. La niña jugaba a no dejarse pillar por otra. La niña era la viva estampa de una actividad indestructible; una especie de energía vigorosa que nada podía derrotar.

A veces se aferraba al eucalipto para evitar que otra niña la alcanzara. Y el eucalipto cada vez que Alma lo abrazaba parecía ladearse como si el roce de la pequeña fuera una caricia para él.

Reían. Todos reían. A Alma le divertía ver la torpeza de su amiga cuando ella, ágil y avispada, hurtaba los constantes asedios de su perseguidora. Jugaban a atraparse. Eso era lo que hacían: jugar. Era un juego inofensivo. El sol brillaba. El día prenunciaba paz. El jardín era una apuesta jubilosa. Nada chirriaba ni podía chispear derribos destructivos.

El perro se añadió también a la bullanga de aquellos momentos, revoloteando en torno a su ama. Ladraba un sonido festivo, como solía hacerlo cada vez que su ama retozaba con él.

De pronto hubo un pequeño chasquido que los mayores no escucharon. El perro dejó de ladrar. Los niños corrían presurosos hacia el eucalipto. Algunos gritaban.

Y enseguida se escuchó el aterrador aullido de *Vale*.

* * *

Las ramas desprendidas del árbol tenían hojas. El viento del día anterior no había conseguido arrancarlas del tallo herido. Las había dejado allí verdes y aromáticas como si no le interesara dañarlas. El objetivo del viento no era las hojas. Era únicamente el tallo con sus ramas muy gruesas quebradas por el hacha de un soplo desalmado y húmedo. Lesionado y roto no tuvo en cuenta que el eucalipto era un gran amigo de Alma.

Por eso una vez quebrado cayó sobre la pequeña cuando jugaba a hurtar su cuerpo al de otra niña. Las ramas no saben de amistades ni de días festivos, ni de juegos infantiles, ni de tragedias inesperadas.

Sólo conocen la furia del viento, cuando al liarse con chubascos y borrascas se empeñan en arrancarlas del tronco quebrando sus tallos.

El doctor Rodeno rompió a correr hacia el eucalipto seguido de Juana y de los que departían con él en la pérgola.

La niña tumbada en el suelo era una mancha blanca teñida de rojo. El tallo caído era su agresor y las hojas de las ramas cubrían su cuerpo. La niña todavía respiraba. Pero empezaba el sueño de los que nunca despiertan.

* * *

Lo primero fue actuar: coger a la niña en brazos y trasladarla a la casa. Patricio la tumbó sobre el sofá que se había instalado en la entrada. Alguien pedía una ambulancia. Otro alguien se encargó de llamar a la clínica Príncipe de Asturias para que se prepararan a atender urgentemente a la hija del doctor Maritania.

Juana todavía no comprendía. Comprender era admitir. Y ella se negaba a aceptar que las risas de su hija se habían quedado junto al árbol convertidas en recuerdos.

Lo importante en aquellos momentos era que el doctor Rodeno actuara, que tratara de restañar la sangre que desde la sien fluía agresiva manchando todo lo que rozaba.

¿Era un sueño? Había sueños que fingían ser realidades. Sueños mentirosos que parecían verdades sin serlo.

Lo esencial era tomar conciencia de que soñar sin estar dormido no consistía en perder el tiempo, sino en procurar que el tiempo fuera una especie de tregua para tolerar mejor la realidad.

Algo así como cubrir los verdaderos hechos con el velo de una pausa; de una espera carente de esperanza pero que permitía ir asimilando, a su debido tiempo, el horror de un lance irreversible.

Patricio no cesaba de recurrir a toda clase de pericias y maniobras para mantener a la pequeña con vida hasta que la ambulancia llegara. Pero la vida que defendía se negaba a obedecerle. En realidad la vida ya no era vida. Era sólo una apariencia.

Ni siquiera fue preciso trasladar a Alma a la clínica.

Juana lo supo cuando Patricio, con el rostro demudado, dejó de ser médico para ser únicamente amigo. Un amigo de semblante pálido y desfigurado que se acercó a ella para abrazarla.

En aquellos momentos no hubo palabras. Sólo silencios que gritaban callando. Parecía como si el hecho de vocear o citar la palabra maldita convirtiera aquel sueño en una realidad.

Tras el abrazo, surgieron los susurros, los grupos de gentes consternadas, el ruidoso llanto de Vicenta y el desfile de los amigos de Alma hacinándose junto a la verja del jardín sin que llegaran a entender la necesidad de interrumpir una fiesta tan divertida.

CREPÚSCULOS Y AURORAS

—¿Te das cuenta de lo que supuso para tu mujer la escena que acabas de presenciar?

Sergio no había imaginado hasta qué punto la tragedia de aquel cuatro de mayo podía trastocar la energía vital de Juana.

Fue a partir de entonces cuando el ritmo de su existencia dio un cambio rotundo.

Lo sabe ahora. Lo está percibiendo en las imágenes que contempla y que jamás pudo sospechar mientras vivía.

Para Sergio aquel mes de mayo iba a ser un continuo fluir de constantes placeres mezclados únicamente a sus triunfos profesionales. Sentirse ensalzado junto a la persona que se admira es potenciar las vanidades y reafirmar convicciones de estar en el camino acertado. En sus conferencias recibió aplausos. En sus intervenciones, muchos parabienes y felicitaciones.

La cuestión para él era mantener aquella codiciada sensación de haber conquistado la cumbre, de permanecer en ella, de ser el preferido entre los destacados.

Vivir, según Sergio, era eso: conseguir primeros pues-

tos en todo, verse encumbrado a través de los medios de comunicación, tener al lado a la mujer deseada y ganar batallas sociales por el simple placer de considerarse el mejor.

—Ésas son vuestras metas humanas —le recuerda el compañero—. Llegar a ser el número uno en lo que habéis elegido para destacar. Todo se reduce a vencer obstáculos para emular a los otros: ganar la primacía, ser prepotente, anteponer vuestra prioridad a costa de lo que sea —dice mientras señala el rebaño de almas perdidas que vagan por el Valle—. No tenéis en cuenta la fragilidad de vuestros dominios y vigores. Cualquier trivialidad puede destruir vuestras ciudadelas más estables. Contémplalas ahora: también ellas perdieron sus conciencias cuando vivían. Pudo más en ellas la falsa brevedad de un tiempo limitado que las promesas reales de una posteridad sin fin.

De nuevo Sergio recupera la escena de aquel cuatro de mayo en el jardín de su casa.

Contempla la alegría de su hija, la cruel herida que produjo el árbol y escucha el alarido angustioso del perro.

Luego ve a Juana abrazada a Patricio y comprende que aquel abrazo era como la usurpación de un acto que debió protagonizar él.

Pero Sergio no estaba. Sergio era sólo una lejanía que acentuaba el dolor de Juana. Un dolor que en los brazos de Patricio parecía aminorarse. Los demás lloraban. Asumían la pesadilla tratando de encontrar excusas para solucionar los inevitables imprevistos que de repente iban surgiendo.

Lo importante entonces era dar con el padre de la niña para comunicarle lo que acababa de ocurrir.

El doctor Rodeno dijo que conocía la clínica americana

donde el doctor Maritania iba a intervenir a un enfermo. Pero cuando se puso al habla con aquel lugar, le comunicaron que el doctor Maritania ya no estaba allí: «Se ha trasladado a Tejas», le dijeron.

Recurrieron a su ayudante. El doctor Rodríguez Juárez se había puesto al habla con él el día anterior, pero desgraciadamente ignoraba el paradero de su jefe: «Únicamente dio instrucciones para que atendiera a los enfermos pendientes de atenciones especiales y añadió que ya iría comunicándome dónde podría encontrarle por si surgía una urgencia.»

Pero había urgencias que no admitían treguas, ni pérdidas de tiempo, ni llamadas telefónicas para hablar de enfermos y enfermedades. Y el doctor Maritania ignoraba que ese tipo de urgencias podían existir. Él sólo se refería a las premuras profesionales. Por eso no llamaba a su ayudante. Nadie sabía dónde podrían localizarlo.

«Será preciso mandar aviso a los consulados» —comentaban—. Pero, ¿cuáles? Estados Unidos está lleno de consulados españoles.»

A los dos días se decidió comunicar con la embajada en Washington. «Haremos lo que podamos.» Pero no tuvieron éxito. Producía la impresión de que el doctor Maritania trataba de esconderse. Por primera vez desde que se había unido a Laura, ella le suplicó que se olvidara de sus enfermos y se dedicara a vivir su romance a solas. Precisaba desaparecer con él y escapar juntos donde nadie pudiera encontrarlos. Mandar al cuerno a su familia, a sus amistades y sus deberes como médico consecuente. Y Sergio había accedido.

El lugar no importaba. Lo que Laura pretendía era un estar «tú y yo a solas, sin interrupciones, sin testigos molestos y sin interferencias empeñadas en destruir nuestra ar-

monía». Y él había aceptado. «Alguna vez debo permitirme unas vacaciones completas.»

La excusa fue una serie de conferencias en distintos puntos del país. Luego vendría el largo asueto, el escondite y el olvido de todo menos de su pretendido amor por Laura.

Fueron días de felicidad sin rastro; de sentirse libres frente a un horizonte sin sombras ni obligaciones. Días sin horas ni minutos, ni interferencias ni bisturís.

Nada permitía un descalabro. Había huidas que nunca reclamaban premuras, ni búsquedas infructuosas, ni apremios molestos.

Cuando Sergio regresó de su viaje y supo lo que había ocurrido, tuvo unos instantes de rebeldía: «¿Por qué no me avisasteis inmediatamente?» Le contestó un silencio demasiado elocuente para ser rebatido.

Algo parecido a un vértigo se apoderó de él. Precisaba que su estupor no se dejara vencer por el dolor. Los dolores casi siempre suelen ser razonables: tienen sentido, son incluso encomiables. El suyo no. El suyo era un dolor sin derecho a serlo. Un dolor que no admitía rebeldías. Un dolor inesperado y casi vergonzoso.

Lo peor de todo era no encontrar motivos para culpar a quien fuera de su propia culpa. Descargar furias cuando el alma estalla en suplicios y aflicciones siempre busca apoyarse en algún culpable. Y el culpable sólo era él. Nadie le reprochaba su ausencia. Nadie le pedía cuentas por no haber acompañado a Juana en aquel trance horrible. Pero todo en torno a Sergio se volvía culpa.

Luego estaba la postura de Juana. Serena, callada, producía la impresión de que para ella la muerte sólo fuera una utopía, una herida mortal para los que continuaban viviendo, pero una liberación para los que se iban.

Había una dignidad manifiesta en aquella actitud suya cuando al llegar a su casa Sergio se enfrentó con ella. Juana se dejó abrazar sin responder al abrazo, como si el dolor que Sergio pretendía mostrarle fuera únicamente un acto convencional, una especie de «¿Qué tal estás?» o «¿Te encuentras bien?».

Por no haber, ni siquiera había reproche en su mirada. Sólo una extraña inmovilidad distante como de estatua romana cuyas órbitas oculares miraran sin ojos.

No: Sergio no podía admitir aquella serenidad de Juana tan desprovista de calor humano y tan exenta de comunicación.

Era como si la injusticia que para él suponía la muerte de la niña, a Juana no le afectara. Incluso llegó a pensar que la extraña frialdad que su mujer le estaba demostrando era puro egoísmo. Eso era para él la serenidad de Juana: un brote de egolatría, una manera de vengar su escapada hacia no se sabía dónde.

Más aún. El dolor que Sergio mostraba parecía molestarle. Habían transcurrido demasiados días desde el accidente de Alma para que el dolor de Sergio no fuera una manifestación a destiempo, una burla parecida a un invento capaz de nivelar su pena a la de los demás.

Fue entonces cuando Juana, sin mostrar rencor, ni darse por ofendida, planteó a Sergio el plan de vida que había programado durante su ausencia.

Para empezar le dijo que desde que la niña había muerto ella se había instalado en su cuarto y que en adelante, cuando las obras de la antigua cuadra hubieran finalizado, se trasladaría allí no sólo para recuperar su tarea como escultora sino para dormir sola en lo alto del estudio: «Bárbara lo está acondicionando para que pueda acomodarme donde voy a trabajar.»

La serena locuacidad de Juana no admitía controversia. Sergio no intentó rebatir su propuesta. Se hallaba demasiado confuso para iniciar una discusión. Su aturdimiento lo estaba acobardando, lo inmovilizaba: «Como tú quieras», le dijo.

Y así vivieron cinco años.

* * *

—Lo peor para tu mujer fue enfrentarse con Laura —le dice el compañero—. Pero no perdió los estribos. La recibió sin rechazo.

Sergio recupera ahora el encuentro de las dos mujeres. Entre ellas sólo existían despojos casi marchitos de una amistad que nunca fue real.

Sólo Juana confiaba en que lo fuera. Pero las amistades unilaterales son siempre precarias ligaduras emocionales. Jamás llegan a ser camaraderías desinteresadas.

Laura precisaba ser amiga de Juana porque desde la infancia intuía que sólo ella podría ayudarla a conseguir las metas que le estaban vedadas.

Pero Juana no veía el leve entramado de araña que Laura iba tejiendo en su entorno para atraparla.

Vicenta siempre decía que Laura envidiaba a su amiga. Y Sergio por primera vez comprende que Vicenta tenía razón.

A veces el afán de cobijarse bajo el ala de una amiga no consiste sólo en ansiar sentirse amparado. También puede suponer un modo estratégico de ir ganando pequeñas parcelas ajenas largamente deseadas y jirones de instantes que, por ser demasiado bellos, se volvían codiciables.

Eso es lo que ahora Sergio intuye: para Laura la amistad de Juana no tenía más meta que la de usurparle sus le-

gítimas parcelas de felicidad. En suma, todo en aquella mujer era codicia.

Sergio lo percibe claramente. Laura era feliz así: alcanzando cimas que no le pertenecían. Buscando en ellas los anhelados triunfos que en su ambiente no podía alcanzar. La cuestión para ella consistía en conseguir lo que Juana siempre tuvo. Y de pronto comprende que lo que ella le había ofrecido no era amor, sino despecho, dominio, ambición y una buena dosis de comedia.

—¿Cómo pude estar tan ciego? —pregunta.

El compañero no le contesta. Se limita a darle a entender que no todo está perdido y que las sugestiones de Juana no suponían una decisión definitiva.

—Pero yo he muerto —insiste él—. Nada es posible entre un muerto y una viva.

El compañero se limita a decirle que el amor nunca muere, y que más allá de la materia existe la verdadera fuente del Amor eterno.

—Busca ese amor y recuperarás a Juana.

—Pero, ¿cómo puedo dar con él? Yo jamás supe que ese amor existía.

—Encuentra a Juana y ella te conducirá a él.

—Y, ¿cómo puedo buscarla?

—No desesperes. A lo mejor es Juana la que consigue que tú la encuentres a ella.

Sergio no está de acuerdo. Por mucho que lo desea, no puede olvidar la frialdad de su mujer cuando regresó de su largo viaje tras la muerte de la niña. Verla allí convertida en una estatua movible, despojada de resortes cordiales o amistosos, imponiendo formas de vida que nunca habían sido propuestas por ella, desmienten rotundamente la probabilidad de que Juana colabore en la imperiosa necesidad de recuperarla.

—Ella reza por ti todos los días —le confiesa el compañero.

—Y, ¿qué consigue rezando?

—Poco. Muy poco. Juana ignora que tu muerte no es completa, que aunque sin vida material, sigues en la tierra. En tu situación los rezos sin la eucaristía no son suficientes para sacarte del Valle, ya que tu estado actual puede prolongarse hasta el fin del mundo.

—Entonces, ¿dónde está la solución?

—En transmitirle lo que desde que has muerto has vuelto a sentir por ella. Juana todavía se encuentra en la rutina convencional de la tierra. Aunque intuye y reconoce la felicidad que os espera más allá de la muerte, las garantías terrenales son demasiado pobres para traspasar los límites de lo que la ignorancia os impide precisar y comprender. Si puedes conseguir que ella vuelva a experimentar por ti lo que tú tan ciegamente despreciaste, seguramente conseguirá que pronto puedas salir de este Valle.

Sergio admite lo que le dicen pero no acaba de comprenderlo. Existen demasiadas barreras para alcanzar lo que tanto precisa.

Acaso la más grave consista en la peligrosa actitud de su amigo Patricio. Por primera vez comprende que lo que el doctor Rodeno siente por Juana no es una simple inclinación afectuosa. Es algo mucho más sustancial. Algo que mientras vivía trató siempre de ocultarle. Pero desde el Valle, las ocultaciones ya no sirven. Se imponen como se impone la soledad, y el continuo vagar sin descanso hacia un lugar inexistente que, pese a todo, se precisa encontrar.

—Patricio es un peligro —le comenta al compañero.

—Todo en la tierra lo es.

—Patricio siempre estuvo enamorado de Juana. Ahora le he dejado el campo libre. Ahora podrá conquistarla.

—Falta que ella lo admita. En estos momentos Juana sólo piensa en convertirse en una verdadera escultora.

—Ya lo es. Bousset ha conseguido que los entendidos en arte admiren sus obras.

—Esa faceta es un gran refugio. Juana nunca se ha dejado llevar por rencores vindicativos.

—Pero a lo mejor el amor que pueda ofrecerle Patricio la desmonta de su atalaya. Juana nunca ha sabido en qué consiste un verdadero amor correspondido.

—En Juana ha primado siempre la necesidad de «querer» antes que la de sentirse querida.

Sergio vacila. No acaba de asimilar lo que el compañero le está explicando. Aunque él no lo sepa, los guiños que caracterizaron su vida todavía le influyen. Son guiños amansados, casi imperceptibles, pero continúan vigentes.

No puede remediarlo. Las salidas que el Valle le ofrece no están exentas de peligros. Ni de fallos. Ni de elegir caminos tal vez equivocados.

Sabe que en el fondo, aunque esclavizado al ritmo desolador del Valle, las verdades que en la vida terrestre se ocultan, actualmente carecen de velos que las desfiguran y de nubes que las ensombrecen. La verdad está ahí: inmutable, delatadora y acaso un tanto exigente.

De nuevo la personalidad de Laura se impone en sus cavilaciones. Y por primera vez comprende que desde la muerte de la niña cierto impulso negativo menoscabó su pasión por ella. Inconscientemente la convirtió en culpable de no haber podido estar junto a su hija tras el accidente del árbol.

Aunque mientras vivía, Sergio continuaba aferrado a

Laura, reconoce ahora que en los últimos cinco años dejó de ser para él una obsesión. Repentinamente su necesidad de ella se volvió costumbre. Pero en ocasiones las costumbres tardan en darse a conocer. Engañan. Y, a su modo, suelen asumir la categoría de obsesión; se niegan a perder la primacía. Por eso cuando Laura se convirtió en costumbre durante cinco años, Sergio fue creyendo que lo esencial para él continuaba siendo ella.

En cambio ahora su verdadera obsesión es la mujer que mientras vivía era prácticamente un ente inexistente.

Y comprende que lo que en la tierra se nos antoja inalterable, puede ser tan vulnerable como caer en un pozo creyendo pisar tierra firme.

—Juana te quería —insiste el compañero—; te lo estaba demostrando en sus tolerancias, en sus sonrisas cuando tú de vez en cuando tenías algún detalle con ella, cuando alababa tus gestos caritativos entre los enfermos indigentes. Y aguardaba. Estaba convencida de que algún día tú volverías a ella.

—Fueron cinco años de un total distanciamiento. Aunque aparentemente vivíamos juntos, entre nosotros no existía más nexo que el de la apariencia.

—Pero ella continuaba esperando. Mientras tanto Juana reconstruía su vida sobre los escombros de su soledad. Trabajaba, ascendía hacia el prestigio, viajaba y Bousset la iba convirtiendo poco a poco en lo que es ahora: una escultora famosa.

Sin embargo Sergio jamás fue capaz de reconocer su valía. Consciente de que sus anteriores desaires eran ya irreversibles, procuraba zafarse del tema como si la antigua cuadra continuara siendo un edificio desahuciado de motivos artísticos, de obras reconocidas más allá de España, y en ella no se cociera un antídoto eficaz contra todas las antiguas diatribas que durante años él había ido lanzando al referirse a su mujer.

—Nunca te dignaste visitar su taller —le recuerda el compañero.

—Fui cobarde —reconoce Sergio—. Fui muy cobarde.

FRÍO SOL DE INVIERNO

De improviso la herida. Sangraba como sangran los silencios lesionados, las palomas perdigonadas, o los sueños incoloros. No quería dejarme llevar por el horror de lo que estaba viendo.

De haberlo hecho, hubiera transformado mi dolor en locura.

Eso fue para mí la tragedia de aquel cuatro de mayo. En aquellos momentos todo se volvió noche. Una noche sin auspicios de día, sin lunas que resplandecieran ni estrellas augurando la llegada del día.

Aún ahora cuando tras el ajetreo diurno intento sumirme en el sueño, el rostro ensangrentado de mi hija se clava en la oscuridad del cuarto como un cuchillo en el alma. Todo se me vuelve abismo y la rebeldía que siempre intenté apagar pugna por apoderarse de todos mis sentidos. Pero nunca me dejo vencer por ella. Rebelarse es desrazonar las razones de Dios.

Tal vez por eso, algo más fuerte que mi dolor me obligó aquel día a mantenerme erguida, como si el hecho de permanecer serena pudiera convertir su muerte en una simple tregua que me concedía la vida.

Comprendí que, pese a todo, yo debía seguir viviendo. Que estancarse en la espera de la muerte era llevar la contraria a los designios establecidos. Que las cosas sucedían por algún motivo. Que los huecos de las ausencias nunca debían ser simas mortales sino agujeros vitales plenos de esperanzas.

Y acepté. Eso fue lo que hice: aceptar. Recordar sus ilusiones y sus pequeños defectos, como si continuaran vigentes. Procurar retener en la mente su voz, sus gestos, sus enfados y sus alegrías.

No quería bajo ningún pretexto desperdiciar las breves parcelas de vida que Alma me había legado. Todo lo que ella quería y apreciaba debía permanecer vigente. Incluso el eucalipto que todos maldecían, para mí continuaba siendo el amigo de mi hija, el tronco que, según ella, le contaba historias y jugaba a ser persona.

Nunca quise ver en aquel árbol un asesino. Al contrario. Era la causa directa de una indudable felicidad conseguida antes de lo previsto. «Vivir en el tiempo es siempre precario. Morir a destiempo viene a garantizar la mayor de las alegrías», me decía a mí misma. Era mi forma de consolarme.

Lo peor consistía en desacostumbrarme a las costumbres que ella había creado: dejar de escuchar sus bostezos cuando la levantaba de la cama, o reñirla si pretendía ver la televisión en horas tardías, o contemplarla correteando por el jardín con el perro. En suma: todo lo que ella abarcaba se volvía abismo. Un vacío imposible de llenar.

Luego estaba *Vale*, un *Vale* triste y desganado que buscaba a su ama con ojos de perro engañado, de amigo íntimo decepcionado.

En ocasiones se acercaba a mí tratando de recuperar a Alma en mi propio olor. Me olfateaba, lanzando pequeños quejidos de animal desalentado, mientras su cuerpo se apoyaba en mis piernas acaso buscando en ellas retazos de mi propia hija.

A partir de aquel día *Vale* me adoptó como su nueva ama. Intuía que su vida, partida por la pérdida de Alma, podía completar de algún modo la mitad que me faltaba a mí.

Eso era yo entonces: una mitad que intentaba reconstruir la estatua derrumbada de mi propia existencia con otras mitades. Pero no servían.

Se hallaban demasiado alejadas de mi dolor para que pudieran fundirse al mío.

La única mitad que hubiera podido completarme estaba en paradero desconocido. No había forma de dar con ella. Era una mitad demasiado despegada de mi cercanía.

Eso fue Sergio durante las largas jornadas que siguieron tras la muerte de Alma: una parte esencial de mi vida perdida en ausencias.

Cierto día inesperado nos comunicó su llegada. Venía solo. Laura continuaba evaporada. Ella siempre comparecía algunos días después, para fingir que no viajaban juntos.

Con ojos lacrimosos y actitud desolada pretendía asumir lo ocurrido como un hecho inmediato, sin tener en cuenta que habían existido días y días de decisiones y actitudes desesperadas, al margen de su intervención.

Nadie se aliaba a sus propuestas por haber sido excluido de los trámites consumados. Para Sergio ya sólo podían servir los ecos, las explicaciones tardías, las sobras y migajas de un drama que en cierto modo no admitía ser algo suyo.

Cualquier alegato que él proponía carecía de valor.

No tenía vigencia. Era un emitir quejas sin derecho a quejarse o un exigir compasión sin derecho a exigirla.

Tampoco había respuestas para sus preguntas, ni alientos para aquel terrible impacto de una muerte inesperada. La verdad de su culpa era la única respuesta a todos sus interrogantes.

En el fondo, ver a Sergio tan desorientado, tan desnudo de argumentos y tan pobre de recursos, me causaba pena. No obstante, no lograba conmoverme. También las penas a destiempo se debilitan; se empobrecen y hasta cierto punto pueden causar involuntarias arrogancias.

En aquellos momentos pudo más mi dolor que el suyo. No intenté consolarlo. En cierto modo, no era sólo la muerte de nuestra hija lo que se estaba debatiendo en aquel drama. Me costaba perdonarle su ausencia en un día tan señalado para ella, y el haberle arrebatado a Alma una ilusión muy especial para satisfacer otro tipo de ilusiones que no merecían serlo.

Fue en aquel encuentro nuestro cuando por primera vez decidí cambiar el rumbo de mi vida.

Fin de soportar mentiras, ignorancias y, sobre todo, alusiones derrotistas que podían desmontar éticas e ilusiones a una niña que quería ser feliz.

Perdí mi habitual docilidad. Ya no me servía. Por eso me fui a París hasta que Bárbara terminara su trabajo en la cuadra vacía.

Sergio no puso inconvenientes. En el fondo aquella decisión mía debió de gustarle. Aunque jamás intenté poner impedimentos a sus constantes infidelidades, mi presencia no dejaba de ser un obstáculo para sus proyectos.

Para la gente que nos trataba, yo continuaba siendo su mujer. Una mujer algo desquiciada que pretendía enmascarar su soledad esculpiendo extrañas formas que no se comprendían.

Sin embargo, cuando se referían a mí, ya nadie me citaba como la «esculturista».

Desde que Alma murió y yo me integré definitivamente al mundo artístico internacional, pasé de ser la «esculturista» a ser una escultora.

Roger Bousset era mi mentor. En cierto modo era también una especie de padre.

En realidad fue su apoyo lo que me devolvió la capacidad de seguir por el sendero que desde siempre quise adoptar.

París fue mi primer eslabón. Mi primer tonificante. Aunque marcada por el dolor, la vida se me iba llenando de nuevas experiencias, de instantes que no por transitorios dejaban de ser gratificantes. En ocasiones incluso conseguía olvidar el traje manchado de rojo, la rígida sonrisa de Laura, los menosprecios de Sergio y hasta mi antiguo apodo que tanto me rebajaba.

París fue en aquella época mi verdadera mano tendida. Mi novedad. Mi decir adiós al conformismo de los silencios que pugnaban por gritar rebeldías sofocadas durante años y años.

Aprendí a no ser aquella nada de «siempre» y a convertirme en mi «ahora» lleno de nuevos y atractivos «todos».

En la sociedad francesa fui entonces la novedad española. La mujer famosa de un médico también famoso, que no tenía inconveniente en permitir que su mujer conquistara un puesto relevante en las alturas artísticas de su país.

Siempre arropada por Roger Bousset, la gente se esmeraba en abrirme puertas, en celebrar cenas en mi honor, en interesarse por mi vida privada. Y por primera vez, desde que me había casado, dejé de ser la señora Maritania para convertirme en la escultora Juana Bernal.

* * *

Entrar en la sociedad francesa de cierto renombre era una experiencia que trastocaba de lleno mis habituales retraimientos y ostracismos.

El muro de indiferencias que hasta entonces siempre me había mantenido aislada fue, de improviso, un camino hacia la fama. En él había mucho de costumbres romanas, de propuestas profanas y de promesas deleitosas que lograban arrancar de mis abatimientos las desolaciones puntuales que venía arrastrando durante años y años.

Repentinamente aquel cúmulo de ilusiones frustradas se iban desmontando de mi vida como se despegan las pieles envejecidas de las serpientes al cambiarla por una nueva.

Eso era yo entonces: una mujer joven con la piel renovada y un afán exigente de sentirme querida, acompañada y hasta cierto punto deseada.

Llevaba demasiados años envuelta en indiferencias y en despegues para rehuir lo que aquel mundo me ofrecía.

Sentirse protagonista era una experiencia que hasta entonces yo jamás había conocido. El único protagonismo al que yo había aspirado consistía en ser «alguien» para Sergio. Pero los protagonismos legales ya no servían para él. Adelgazaban enseguida. Se volvían invisibles.

Sergio precisaba algo más. La normalidad para mi marido suponía un proseguir aburrido. Una especie de soportar hechos consumados que no excluyeran hechos por consumar.

Lo esencial era que la inquietud espoleara su vida. Y

tenerme al lado pronto fue una costumbre que no lograba estimularle lo suficiente para hacerle feliz.

Lo comprendí durante mi larga estancia en París, mientras esperaba que Bárbara me confirmara el acondicionamiento de mi taller en la vieja cuadra de la masía.

En torno a mí, surgieron infinidad de Sergios tratando de ver en mí la novedad de unos sueños que jamás se cumplían. Yo era alguien distinto; joven, agraciada y colmada de auspicios relevantes. Para colmo de atractivos, estaba casada. Un impedimento que siempre se suma a los probables «imposibles» como un encanto más.

Es cosa sabida que los hechizos siempre solían potenciar el calor de lo inalcanzable y en aquellos momentos yo acumulaba tal cantidad de factores inviables como para arrollar a todos los Sergios del mundo.

No puedo negar que aquella situación consiguió aminorar mis horas bajas, pero enseguida comprendía que aquellos brotes de autoestima eran sólo productos de una huida sin retorno. Un avanzar hacia el punto de partida. Un permanecer en las mentiras que ciertos ambientes consideran inmutables pese a llevar en sus propias recetas los peligros que podían acarrear.

No obstante hubo un lapso difícil de superar. Surgió como surgen las picaduras de los mosquitos al arrimo del calor. De momento se siente cierto placer porque rascar lo que pica es siempre placentero. Lo malo se produce cuando la picadura, de tanto rascarla, acaba escociendo.

Algo parecido me ocurrió a mí tras haberme adaptado a una vida sin ataduras.

Cierto día al llegar a mi hotel, me entregaron una nota escrita a mano. *Estoy instalado en una habitación muy cercana a la tuya. ¿Cuándo podré verte?* Y firmaba Patricio.

En cuanto me fue posible, me puse en comunicación

con él. Nuestro encuentro tuvo lugar en la sala de espera del hotel donde los dos estábamos hospedados. Llevaba mucho tiempo sin tener noticias suyas y la posibilidad de reanudar nuestras charlas era una perspectiva grata.

Al encontrarnos nos abrazamos como siempre. «Pensé darte una sorpresa, por eso no te he avisado mi llegada.» En efecto: me la dio. Fue un imprevisto alegre. Algo muy especial que desde mi estancia en Francia no había experimentado.

A decir verdad, el tiempo transcurrido tras mi huida de España hasta aquel momento, el bullicio social y artístico que Roger Bousset me había organizado, pudo conseguir que el impacto que sufrí al morir mi hija fuera enflaqueciendo. Pero el dolor persistía. No es que yo precisara «olvidar». Lo que pretendía era recordar sin sentirme aguijoneada por aquel dolor. Es decir, quería vencerlo pero sin matarlo.

En cuanto nos vimos Patricio me explicó que aquella estancia suya en París se debía a un congreso de cirugía plástica que iba a celebrarse durante tres días.

En principio eran tres días de ponencias, alegatos, informes y consideraciones que los médicos esteticistas de mayor renombre europeo debían protagonizar.

Me dijo también que las noches eran libres. «Podremos cenar juntos esas tres noches.»

Aunque no hubiese podido, habría deshecho cualquier compromiso a fin de no perderme aquellos tres encuentros.

Nada podía apetecerme más que recuperar nuestras constantes comunicaciones bruscamente interrumpidas al marcharme yo de España. De improviso comprendí que hablar con él y reanudar nuestras pláticas era lo que más podía motivarme. A veces lo novedoso no consiste en descubrir algo nuevo. Nada en aquellos momentos podía ser tan «nuevo» como departir con Patricio en París.

También él, en cierto modo, era alguien distinto, alguien que, aunque se parecía al doctor Rodeno, cirujano plástico de la clínica Príncipe de Asturias, algún misterioso duende lo hubiera transformado en otro hombre.

Eso fue en aquel momento Patricio para mí. Una inesperada alteración de sí mismo. Alguien dotado de una personalidad distinta de la que yo siempre le había adjudicado.

Incluso su aspecto se me antojaba diferente. No era fácil concretar en qué consistía aquella desigualdad. Pero de pronto surgen descubrimientos inéditos que carecen de definición. Lo cierto es que había en él algo insólito e indefinido que lo convertía en otro hombre.

Hablaba con la misma voz, caminaba con la idéntica parsimonia de siempre y sonreía enriqueciendo el gesto con su clásica mirada un tanto burlona.

Imposible describir en qué consistía aquella sensación de enfrentarme a un Patricio que yo no conocía.

Me dije entonces que seguramente los cambios que adjudicamos a los demás no son precisamente cambios personales, sino ambientales.

Eso debía de ser lo que me ocurría. París no era la ciudad que siempre había arropado nuestra amistad. Todo era distinto entre nosotros.

Tal era la distancia que en aquel encuentro había mediado entre él y yo, que cuando nos separamos y regresé a mi cuarto, fui directa al espejo para cerciorarme de que nada en mí chirriaba, que mi apariencia no desentonaba y que todo estaba en su sitio.

De pronto rompí a reír. Mi forma de actuar se me antojó un tanto grotesca. ¿Qué podía importarme lo que Patricio acaso había deducido de mi aspecto?

Para mí aquel hombre siempre había sido únicamente un buen amigo. Nada más. Alguien capacitado para convertir mis frustraciones en esperanzas, mis desencantos en triunfos y mis desalientos en confianzas sin esperar nada a cambio.

Cuando me notaba hundida, bastaba llamarlo por teléfono y hablar unos minutos con él para que la oscuridad de mis perspectivas se tornara claridad.

Luego estaba Emilia, su mujer. Aquella criatura con fama de persona desorganizada, impuntual y desordenada, que por encima de todos sus defectos, destacaba por su reconocida bondad.

También en ella encontré siempre apoyo. Entre nosotras no había excesivos intercambios confidenciales, pero nunca dejaba de estar en el lugar preciso cuando hacía falta.

Jamás puso trabas en la indudable amistad que me unía a su marido. Se fiaba de mí. Mi cariño por ella era también evidente. Sobre todo cuando la vi actuar en aquel cuatro de mayo tras el aullido del perro.

En aquellos momentos yo no era nadie. Me resultaba imposible reaccionar. Las ideas se me confundían, se escapaban, se mezclaban, se entorpecían unas a otras. Sólo podía mirar, admitir y sangrar por la herida de mi hija.

Ella no: ella era mi otro yo actuando, decidiendo, dando órdenes precisas y ayudando a su marido en lo que él precisaba.

Pese al dolor que sentía, todo en Emilia fue precisión, urgencia, ayuda y actividad.

Nada entonces en aquella mujer fue desorden, desidia o desorganización. Lo esencial para ella consistía en actuar con urgencia hasta la llegada de la ambulancia: vencer el ritmo del tiempo y tratar de mantener latente aquel fragmento de vida que se estaba extinguiendo entre las manos de su marido.

Imposible olvidar aquella escena. Imposible también imaginar que yo podía ser un impedimento en el bienestar de aquella familia.

Sin embargo, cuando aquella noche Patricio y yo cenamos a solas en el restaurante de nuestro hotel, todas aquellas consideraciones perdieron vigencia.

Es indudable que en ocasiones los entornos mandan. Las penumbras mezcladas a los susurros de las voces, al sonido y al acicate del alcohol, suelen ser motivos importantes en los cambios que el ser humano experimenta cuando se deja llevar por los rehiletes del ambiente.

Lo malo es que los ambientes no avisan. Atrapan y confunden pero no informan. Surgen como surgen los arcos iris o las auroras boreales o cualquier hecho inesperado que transforma nuestra sensibilidad en realidades casi materiales.

Empezó todo cuando Patricio me comunicó que desde que me había instalado en París nada en su vida era ya lo mismo: «Me había acostumbrado a nuestros encuentros, a nuestras charlas», dijo. «¿Sabes, Juana? A veces tras tu lejanía yo ya no era un cirujano, sino una especie de historiador.» Y añadió que los historiadores solían ser retrógrados simulados: «Les encanta hurgar en el pasado. Eso es lo que yo hacía: evocar nuestras charlas perdidas.»

Añadió que todo durante mi ausencia se volvía nostalgia. «Y la nostalgia impide ver con claridad las verdaderas necesidades del presente.»

Su frase tenía cadencias extrañas. Producía la impresión de que más que hablar, lo que hacía Patricio era pensar en voz alta.

Le dije que no entendía exactamente a qué se estaba

refiriendo. Patricio puso su mano sobre la mía y me miró fijamente: «Lo sabrás cuando mueras», dijo.

Algo que no acababa de satisfacerme estaba pugnando por salir a flote. «Cuando los ambientes se vuelven demasiado cálidos y sombríos suelen esconder intenciones inusuales», pensaba.

Era evidente que la actitud de Patricio, aquella noche en París, no se correspondía con la que acostumbraba mostrarme en nuestros encuentros habituales.

Pensé que seguramente había bebido más de la cuenta y traté de desviar sus veladas insinuaciones refugiándome en los temas artísticos.

La cuestión era romper la imprecisa y un tanto inquietante sensación que sus insinuaciones me causaban.

Pero mis propuestas no le interesaban. «¿Por qué intentas cambiar de conversación?», preguntó.

Lo dijo mirándome fijamente. La expresión severa. La voz algo ahogada. «Por mucho que pretendas esquivar lo que intento darte a entender no vas a conseguirlo.»

Aunque se expresaba con la naturalidad habitual, tuve la impresión de que no era el mismo hombre que yo siempre había tratado.

El que tenía frente a mí en aquellos momentos era un ser que se parecía a él, pero que precisamente por ese motivo desconcertaba y predisponía a utilizar resortes de alerta.

Había algo más. Algo que yo no había experimentado desde que hacía ya diez años me había casado con Sergio. No se trataba de una sensación concreta ni pretendía sentar primacía. Pero influía. Era una influencia suave que se iba apoderando de mí casi inconscientemente y que en cierta medida disminuía el dolor que venía arrastrando desde aquel cuatro de mayo.

Patricio volvió a posar su mano sobre la mía. Nos encontrábamos sentados a una mesa que nos dividía. Recuerdo como algo molesto el ir y venir del camarero, sus constantes preguntas sin sentido «¿Está todo en su punto?» «¿Desean los señores otra botella de vino?» «¿Les ha gustado el bisté?». Había camareros que a fuerza de querer ser atentos rompían drásticamente piezas importantes que las sensaciones iban emitiendo.

De pronto Patricio apretó el dorso de mi mano y abiertamente me confesó que mi viaje a París había desarticulado los tensores de su vida. «Nunca imaginé que podía echarte tanto de menos», exclamó con la sonrisa demasiado forzada para que fuera espontánea.

Y al ver que yo no reaccionaba, insistió: «Jamás he conocido a una mujer como tú. Eres distinta a todas.»

No recuerdo lo que le dije. Me notaba demasiado desconcertada para responderle. Comprendí también que era inútil hacerme la desentendida o jugar a que no captaba lo que me estaba confesando. Pero él insistió: «Tienes veintiocho años y no has empezado a vivir.»

Se me ocurrió argumentarle que nadie era igual. Que ser distinto no suponía ser mejor y que todo dependía de esas mil circunstancias que nos rodeaban. Enseguida añadí que para mí lo importante no consistía en vivir el momento ni dejarse llevar por los impulsos. «Lo más importante es comprender que estamos en este mundo a modo de un simulacro», le dije.

Patricio no me entendía. Traté de aclarar lo que acababa de decirle. «Para mí vivir es sólo una preparación para vivir de verdad.» Patricio seguía sin entenderme.

«Sin embargo tienes veintiocho años y todavía no has empezado a saborear la vida», insistía.

A punto estuve de decirle que para mí la existencia, además de saborearla, debía consistir en aprender a sortear dramas, injusticias, egoísmos y odios. Pero sólo expliqué que para mí vivir no era dejarse llevar por los impulsos: «Ese tipo de elección siempre lleva al fracaso. Lo importante es tener la conciencia tranquila.»

Mi hipótesis no le convencía: «Según tu teoría hay que renunciar a ser feliz y llevar siempre los radares puestos.» Y como viera que yo no le contestaba, me preguntó abiertamente: «¿Continúas enamorada de Sergio?»

«Es mi marido», le contesté.

La ambigüedad de mi respuesta seguramente volvió a desconcertarlo. No permití que opinara. Enseguida lo atajé: «Algún día volverá a ser el hombre del que me enamoré. Algún día lo recobraré.»

Patricio no parecía admitir aquellos argumentos míos. Alegaba que Sergio era irrecuperable, que pese a su talento, no sabía apreciar a la mujer que tenía.

Estuvimos departiendo hasta que el comedor quedó vacío. Era muy tarde. Patricio me acompañó hasta la puerta de mi habitación.

Le di un beso en la mejilla. Pero antes de que pudiera entrar en mi cuarto me agarró por los codos y me obligó a mirarle: «Nunca te he dicho lo que significas para mí ¿verdad?» Intenté tomarlo a broma, pero no pude. Por primera vez en mucho tiempo experimenté aquella inconfundible sensación que me permitía sentirme importante ante un hombre que yo siempre había admirado. «Llevo muchos años enamorado de ti», acabó diciendo.

Durante unos segundos pensé que lo mejor era zanjar la cuestión y desearle un escueto «buenas noches». Pero no lo hice. Las altas horas de la noche suelen ser traicioneras. Descartan rápidamente convencionalismos y posibles dudas. La sensatez se disipa. Todo se vuelve emoción, placer y entusiasmo alegre.

De improviso pensé que lo que yo podía experimentar por Patricio era algo bello, algo que anulaba de cuajo todas mis antiguas desolaciones.

La adversidad no contaba, se iba más allá de la razón. Sólo mandaba la inminente llegada de la aurora, la prometedora claridad del nuevo día y la convicción de que las sensaciones que me estaban envolviendo iban a ser eternas.

Incluso llegué a pensar que lo que Patricio sentía por mí, yo también lo experimentaba por él.

Inesperadamente me abrazó y me besó en los labios. Fue entonces cuando reaccioné: «No debiste hacerlo», le dije.

Enseguida me pidió disculpas: «Perdóname. No volverá a ocurrir.» Aguardó a que yo entrase en mi habitación y cerrase mi puerta por dentro.

Al día siguiente volvimos a cenar juntos.

El ambiente era otro. También lo era el talante de ambos. De nuevo volvíamos a ser los amigos de siempre. Nada en Patricio era distinto ni sorprendente. Nuestro departir durante la cena se deslizaba por las rutas cómodas y distendidas propias de dos personas simpatizantes cuyo compañerismo excluía la probabilidad de otra clase de sentimientos.

Recuerdo que hablamos de Laura. Patricio decía que desde la muerte de Alma, Sergio parecía menos entusiasmado por ella. «Tal vez no le perdona que por su culpa no hubiese podido estar junto a su hija cuando tuvo el accidente.»

Pensé que acaso aquel hecho hubiera influido. Pero conociendo a Sergio (siempre acuciado por el afán de encontrar una felicidad quimérica) la desaparición de su hija era sólo un tramo en la inevitable escalada hacia el cansancio. «Los amores como el suyo se desgastan —le dije—.

No suelen durar más de cinco años. Y Sergio viene manteniéndolo alrededor de ese plazo.»

Hablamos también de la felicidad. Aquella extraña búsqueda de una forma de sentirse plena y completa a costa de lo que fuera: «Es un error —le dije—. La felicidad apasionada dura poco. —Y enseguida añadí—: En cambio la amistad verdadera puede durar toda la vida. Acaso tenga sus altibajos, pero no se cansa, ni traiciona, ni engaña.»

De nuevo estábamos sentados frente a frente con una mesa entre ambos. Pero el ambiente era diferente. Nada de músicas suaves ni luces mortecinas, ni parejas arrullándose cuando los camareros no interrumpían.

«Lo que de verdad me importa es no perderte», le dije a Patricio.

Él asentía algo cabizbajo: «No me perderás», contestó con firmeza.

La tercera cena fue un decir adiós a todo lo que podía distorsionar nuestro plácido ayer. Roger Bousset se unió a nuestra reunión a petición mía. Roger Bousset era ya parte esencial en todo lo que me concernía. Fue el relleno preciso para que los flecos de las dos cenas anteriores desaparecieran. La normalidad exigía ser rescatada y ni Patricio ni yo obstaculizamos aquella exigencia.

Hablamos de muchas cosas que se alejaban de cualquier equívoco, de esas mil pequeñeces que tiranizan y desasosiegan.

Los tres nos centramos en la gran dimensión del Arte. De los proyectos que Bousset había programado para darme a conocer como escultora en Estados Unidos, de la importancia de la escultura renovada, de la imperiosa necesidad de descubrir nuevas rutas, nuevas propuestas y nuevas formas de hurgar en las mentes anquilosadas.

La tertulia se prolongó hasta la madrugada.

Y las dos noches anteriores fueron absorbidas por aquella última cena en París.

* * *

Esta mañana he llamado a Patricio por teléfono. De lo que ocurrió entre nosotros hace ya cinco años apenas queda una leve sombra. La férrea amistad que nos unía se ha ido reforzando con el paso del tiempo.

—Mi hermana Rita me ha mandado recado para que vaya a verla —le he dicho—. Me gustaría que, a poder ser, tú me acompañaras. Al parecer tiene algo importante que decirme. Algo relacionado con el supuesto Valle.

De nuevo el convento de San Evaristo, la penumbra húmeda del ambiente, la reja de huecos generosos permitiendo roces de manos.

Y Rita asomando por la puerta del fondo más allá de los barrotes llegando hasta nosotros con el rostro ligeramente alterado.

—No creo necesario presentarte al doctor Rodeno —le he dicho—. Te he hablado de él muchas veces. Si me acompaña ahora es porque los fenómenos que tú y yo hemos experimentado, también él cree que los experimenta; Sergio y Patricio eran muy amigos.

Rita parecía inquieta. Nada en ella recordaba a la monja jocosa y divertida que Sergio había conocido. Procurando vencer su nerviosismo, empezó a excusarse por la molestia que nos estaba causando.

—Pero lo que me ha ocurrido es muy relevante y sobre todo extraño. Nuestra Madre ha sido la primera en sugerirme que te lo comunicara cuanto antes.

Su tono de voz tampoco era el mismo. Conocía de sobra a mi hermana para ignorar que su modo de expresarse entrañaba algo más que un simple capricho o una noticia irrelevante.

Su relato ha sido expuesto sin rodeos. Rita no gusta de barroquismos inútiles. Siempre va al grano.

La escena se limita a la misma que arropó el extraño mensaje escrito en un papel que, sin motivo alguno, repentinamente desapareció. Aunque con muchas dudas, mi hermana, tras meditar varias veces lo absurdo de aquel lance, llegó a la conclusión de que todo se debía a un sueño. Los humanos somos reacios a admitir ciertos enigmas de la nave tierra. También yo me resistía a imaginar que Sergio intentaba llamar mi atención desde la otra vida.

Pero ahora Rita ya no duda. Ahora sabe. No comprende. No se explica cómo ha podido suceder lo que ha acontecido. Pero no puede negarlo.

—Lo que voy a contaros no tiene una explicación plausible. Nada podría explicar cómo pudo ocurrir. Afortunadamente tengo testigos. Lo que sucedió hace unos días con el papel que leí y que luego desapareció pudo ser un sueño. Mejor dicho: quise que fuera un sueño porque me negaba a reconocer lo absurdo de lo evidente. Pero lo que ha ocurrido en la pasada madrugada, más que un sueño ha sido un brusco despertar. —Rita respira hondo y continúa hablando—. Yo dormía plácidamente en mi jergón. Todo en el convento era silencio. Repentinamente desperté sobresaltada al escuchar cuatro golpes contra la puerta de mi celda. Fueron cuatro impactos secos y bruscos que me obligaron a incorporarme sobresaltada.

Rita se detiene. Traga saliva. Algo en ella se resiste a continuar su relato. Nos contempla a Patricio y a mí con evidente miedo de ser mal interpretada. Abordar según qué temas pueden estigmatizar de vergüenzas al que los expone.

—Sé que lo que os estoy contando puede bordear el ridículo —continúa diciendo—. Lo inverosímil no encaja en un mundo tan lleno de explicaciones para todo. Lo que no puede explicarse, no existe, no merece atención ni credibilidad. —Y tras un breve silencio añade—: Encendí la luz. —De nuevo se detiene. Cierra los ojos y adopta una actitud como si estuviera rezando. Y enseguida continúa su relato—: «¿Qué ocurre?», pregunté. Y como no me contestaron insistí: «Adelante», «Pueden entrar». Pero sólo respondió el silencio. Al no recibir respuesta me levanté. Abrí la puerta. No había nadie. Las restantes celdas estaban cerradas. El tenue alumbrado del pasillo mostraba un corredor vacío. No escuché pisadas, ni vi a ninguna monja dirigiéndose al baño. Volví a acostarme pero ya no pude dormir. Esta mañana he preguntado a todas las religiosas si durante la madrugada habían escuchado aquellos enormes golpazos dirigidos contra mi puerta. Nadie salvo la madre superiora los había oído. «Sonaron lejos de mi celda, pero los escuché», me dijo. Desconcertada traté de buscar explicaciones que no encajaban. «Parecía un aviso», le dije a la superiora. Enseguida surgieron infinidad de «¿porqués?» —continúa explicando Rita—. Pero no tenían respuesta. Eran «porqués» mudos, tercos y desafiantes.

Rita nos explica ahora que volvió a debatir con la madre superiora la historia del papel desaparecido, la lejana voz del teléfono y la figura borrosa de la fotografía. Sin embargo no lo dijo todo. Había mucho más. Los ladridos de *Vale*, la sombra del ventanal, la puerta que se abría y estaba cerrada, la visita de Sergio a Roger Bousset cuando ya estaba muerto, la nota de mi hija arrinconada en la cartera de su padre, cuya palabra equivocada pedía amor y el anuncio de un valle que nuestra hija percibió el mismo día de su muerte.

Nada parecía normal. Nada encajaba con los esquemas de una mente sensata.

Rita nos confirma que la madre superiora le aconsejó que hablara conmigo y me explicara lo que había ocurrido al hilo de la madrugada.

—Alguna razón debe de fomentar semejantes anomalías —termina diciendo mi hermana.

Patricio adopta una actitud extraña, como si no escuchara lo que está debatiendo.

—¿Dice usted que fueron cuatro golpes? —le pregunta a Rita. Y antes de que le conteste añade—: Curioso. ¿No fue un cuatro de mayo el día que murió Alma?

CUANDO LA MUERTE AGONIZA

Sergio sabe que está muerto. Sin embargo agoniza. Todos en este Valle agonizan de vida. Es una vida distinta de la que se experimenta cuando al cumplir el cuerpo con su ciclo vital pugna por desprenderse de la materia y convertirse en cuerpo etéreo carente de límites.

La agonía que se sufre en el Valle consiste en buscar desesperadamente el modo de salir de esos límites para comenzar la andadura hacia la liberación.

Algo así como si la oruga, tras segregar la seda que la convierte en crisálida, pugnara por arañar el capullo que la envuelve para convertirse en mariposa sin poder conseguirlo. Ésa es la extraña agonía que percibe Sergio.

Aunque el compañero le insiste en que no todo está perdido y que mantenga su empeño en salir del Valle, Sergio tiene la impresión de que llamar la atención de los seres todavía envueltos en los cuerpos materiales es como tender la mano a un ciego. Las manos tendidas para los invidentes no existen. Precisan tocarlas, saber que están ahí, asimilar y admitir que la mano que se les ofrece, más que una ayuda, es, sobre todo, una forma de pedirla.

Sergio continúa inmerso en temores: tampoco los golpes en la puerta han surtido efecto.

—No desesperes. Tu cuñada Rita ya empieza a dudar.

—Entonces Rita sabe que este horrible lugar existe.

—No. Pero lo intuye. Sus percepciones espirituales son muy agudas. Está convencida de que en la tierra habitan almas errantes que piden socorro, apoyos y caridad.

—Pero Juana vacila. Se niega a admitir que lo que se considera fenómenos paranormales pueden ser «llamadas» desesperadas por algún motivo acuciante.

Y tras una pausa Sergio alega:

—Nadie en la tierra parece estar capacitado para comprender que la verdadera agonía puede empezar más allá de la vida. También yo cuando tenía cuerpo jamás imaginé que después de muerto se continuaría viviendo con mayor energía y clarividencia que sin él.

—La materia engaña. Despista. Os convierte en prepotentes mendigos dotados de cinco sentidos y vosotros consideráis que con ellos estáis capacitados para ser dueños del mundo. Ni siquiera os rendís si la Naturaleza, harta de vuestra soberbia, se subleva. Jamás tenéis en cuenta que, siendo tan limitados, sólo podéis «descubrir» lo que ya existe, pero jamás «crear» lo que vuestras limitaciones os dictan.

Sergio acepta los reproches del compañero. En el Valle nadie depende ya de sus fantasías y de sus torpes convicciones humanas. Los sentimientos se desnudan, las dudas desaparecen, los autorreproches invaden las conciencias, las oportunidades perdidas no pueden recobrarse, las torpezas cometidas se agrandan y los aciertos se ven arrollados por la inmensa montaña de errores acumulados durante la existencia vital.

—Si por lo menos Juana pudiera saber cuánto la necesito.

—Juana vivió mucho tiempo bajo tu influencia. No te extrañe que dude. Mientras se mantuvo a tu lado, tus constantes ataques contra sus creencias no fueron estériles. Juana ya no es la mujer que tú conociste al casarte con ella.

—¿Qué puedo hacer para devolverle su auténtica personalidad?

—Nada. Desde el Valle sólo se te permite pedir ayuda, pero estás incapacitado para darla. Afortunadamente tu cuñada continúa conservando su espiritualidad. En estos momentos está planeando una serie de celebraciones para sacarte del Valle. Una vez fuera, todo va a cambiar para ti.

—¿En qué puede consistir ese cambio?

—Purgarás tus rebeldías e insolencias con alegría. Tendrás la certeza de que vas a alcanzar la verdadera felicidad.

—¿Y cuál será mi castigo?

—Nadie va a castigarte. Tú mismo vas a ser tu propio juez. Un juez insobornable que te hará justicia.

—Y luego, ¿qué pasará?

—Entrarás en la verdadera vida.

—¿Y Juana? ¿Qué va a ser de Juana? Yo preciso recobrar a Juana. Quiero que sepa hasta qué punto la necesito.

—Pudiste hacerlo mientras vivías, pero tu amor propio te lo impidió.

De nuevo surge ante Sergio la escena de su llegada a España tras la muerte de la niña.

En aquellos momentos aceptar lo ocurrido era como vivir un mal sueño, una hecatombe de cosas fundamentales destruidas. Todos parecían mirarlo con ojos llenos de reproches. Las gentes le daban el pésame como podían darle una bienvenida luctuosa, un «ya era hora», que lejos de tranquilizarlo, lo desalentaba. Había demasiadas cen-

suras y recriminaciones en aquellas manifestaciones penosas. Nadie lo trataba con la soltura que requería su condición de padre desesperado. El vacío que se había producido desde el fatídico accidente hasta su conocimiento de lo ocurrido desmontaba y disminuía las demostraciones de los que cumplían el rito de darle el pésame.

Pero lo verdaderamente difícil fue afrontar la extraña y fría serenidad de Juana. Ni le hizo reproches, ni siquiera quiso saber dónde se había escondido mientras Alma se moría. Se limitó a exponerle un plan de vida. Una decisión adoptada y bien estructurada durante su ausencia.

Sergio intentó abrazarla, pero Juana disimuladamente esquivó el abrazo. Producía la impresión de que su tacto podía herirla. Aquella actitud, aunque primero lo llenó de extrañeza, pronto invadió su orgullo. Juana jamás se había comportado así con él. Juana y la sumisión eran una sola cosa. Pero de repente aquella unidad se dividía, se volvía mansamente belicosa. Era muy desagradable sentirse rechazado, disminuido y pillado en falta.

No habló de separaciones. Ni siquiera propuso un divorcio. Solamente le comunicó que a partir de la muerte de la niña ella se había instalado en la habitación de la pequeña, que pensaba viajar a París y que, cuando volviera a España, tendría su dormitorio en la cuadra donde Bárbara estaba instalando un taller para ella. «De ahora en adelante mi vida va a cambiar —le dijo—. Haz con la tuya lo que se te antoje. Yo haré lo mismo con la mía.»

Así comenzaron para él los inevitables alejamientos de su mujer: lo primero fue organizar su vida al margen de la suya; luego vio su protagonismo mermado gracias a la relevancia que día a día iba adquiriendo la obra artística de la apocada y desprestigiada «esculturista».

Asimismo le molestaba que Juana no utilizara su apellido desde que había vuelto a dedicarse en cuerpo y alma a su antiguo hábito artístico. Para todo el mundo era ya solamente Juana Bernal. Una Juana Bernal autónoma con decisiones propias y totalmente independiente.

También los quehaceres comunes habían experimentado cambios sustanciales. A veces coincidían en algún almuerzo o cena y por supuesto acudían juntos a las reuniones que los amigos comunes celebraban. Pero Juana ya nunca se prestaba a suscitar opiniones o simples conversaciones con él ni le interesaba ahondar en sus intervenciones quirúrgicas como había hecho siempre.

Las conversaciones que mantenían carecían de alicientes. Y si algún argumento exigía respuestas, asomaban siempre sesgadas, obligadas y desdeñando ostensiblemente cualquier chispa de interés.

Fue entonces cuando comenzó a surgir entre ambos la verdadera distancia. No se trataba de un alejamiento causado por incomprensiones, reproches o dudas. Nada rezagado fomentaba aquellas lejanías. Tampoco suscitaban enfados o enfrentamientos o simples hostilidades rencorosas. Sólo eran lontananzas como hechas a modo de pactos, de acuerdos comunes exentos de torpes apasionamientos o inútiles despechos.

Tal vez fue aquella lejanía lo que fomentó cierto cambio en su comportamiento con Laura. Desde la muerte de Alma, Sergio ya no se notaba tan atraído por ella.

Al principio, Laura achacó aquel brote de frialdad furtivo que se coló en la privacidad de sus existencias al duro desconsuelo que suponía para un padre haber perdido a una hija.

Luego supuso que lo que insensiblemente le estaba doliendo a Sergio era reconocer que mientras ellos jugaban a ser dos amantes apasionados, Alma caía herida de muerte por la rama de un árbol.

—Sólo desde el Valle es posible conocer a fondo la razón verdadera de los distanciamientos que empezaron a brotar entre vosotros tras aquel funesto viaje —le explica el compañero.

—En efecto: las verdaderas razones están ahí, desnudas de disfraces acomodaticios.

Primero influyó el inesperado comportamiento de su mujer. Aquel modo tan increíblemente sereno de exponerle unos proyectos que en otra persona hubiera supuesto montar un drama, pero que planteados por ella, se quedaban en minucias propias de un simple departir doméstico.

Luego asomaron todavía tímidamente los síntomas propios de la rutina. «Los apasionamientos exagerados casi siempre acaban por transformar la pasión en exigencias y las exigencias son malas catalizadoras en el terreno amoroso», piensa ahora Sergio.

Enseguida surgieron los piques, las falsas alarmas, los reproches, los vacíos sin rellenar y los rellenos demasiado vacíos.

Laura no era como Juana. Laura no admitía olvidos ni dejadeces, ni mentiras piadosas, ni saberse segundona. Laura quería ser la primera en todo. Sentirse completa en su falsa posición de mujer secundaria y manejar al doctor Maritania a su antojo.

Había mujeres así: dictatoriales y exigentes que, mientras se notaban admiradas y deseadas, se mostraban siempre dóciles, amansadas y comprensivas. Pero en cuanto el cansancio vencía la consabida actividad sexual, se volvían belicosas, agresivas y, por supuesto, insoportables.

No obstante, el doctor Maritania reconoce ahora que,

tras la muerte de Alma, la principal causa de su lejanía fue la costumbre.

—Durante algún tiempo quise convencerme de que lo que yo sentía por Laura era verdadero amor —exclama Sergio—. Me negaba a reconocer que ya no la quería, que todo en aquella mujer suponía para mí un fiasco, una falsa imagen de lo que pretendía representar.

—Pero continuaste con ella.

—A veces cuesta más separarse de la amante que de la propia mujer. Me faltan arrestos para soportar lamentos, recriminaciones y alegar abandonos culpables. Las amantes despechadas tienen siempre argumentos escondidos para retenernos. Lo primero que alegan es lo mucho que han perdido por nuestra culpa.

—¿Y Juana? ¿Qué alegaba Juana?

—Nada. Seguramente dejó de quererme.

—Lo merecías. Jamás te dignaste acercarte a ella durante los cinco años que te restaban de vida.

—Yo ignoraba que fuera a morir tan pronto.

—Te empeñabas en ser un helecho en tu ambiente umbrío. No querías comprender que todos vosotros sois minutos contados, brevedades más o menos largas y límites desconocidos. Todo en vuestra existencia es precario. Pero pocos son los que se rigen y aceptan esa precariedad. La mayoría vive como si vuestra existencia corporal fuera eterna. No pensáis. No queréis saber.

Sergio comprende que el compañero tiene razón. Y de nuevo se ve a sí mismo trampeando sus últimos cinco años buscando la escurridiza felicidad que nunca encontraba.

Laura era ya una carga que no sabía cómo desprenderse de ella. El resto de sus conquistas eran sólo búsquedas inútiles que se quedaban en molestas picaduras de avispas.

Instintivamente, a medida que los años pasaban, el

doctor Maritania fue comprendiendo que su mariposeo no solamente era inútil sino también algo grotesco.

Lo que le soliviantaba especialmente era tomar conciencia de que mientras su autoestima decrecía, la de su mujer aumentaba.

Juana ya no era la muchachita resignada y escondida que aceptaba los desvíos del marido como quien acepta un grano infectado en el rostro. Le dolía, pero se consolaba pensando que los granos siempre acaban reventados y liberados de pus. «Con el tiempo cambiará», pensaba.

—La que ha cambiado es ella —se lamenta Sergio—. Aunque no se daba cuenta, yo hacía todo lo posible por recobrarla. Pero Juana se desentendía de mí. Y eso me humillaba. Me obligaba a sentirme inferior.

—Naturalmente te sublevabas. Tu orgullo te impedía dar el paso definitivo. Eras demasiado soberbio; el hecho de sentirte inferior a tu mujer te sacaba de quicio. Ni siquiera aceptaste posar con ella cuando, pocos días antes de tu accidente llegaron los de la televisión francesa para hacerle un reportaje.

—Me producía vergüenza ser el marido de una mujer que me rechazaba. Me resistí por eso; para no formar parte de una comedia.

—¿Cómo sabes que te rechazaba? ¿Intentaste demostrarle lo que sentías por ella?

Sergio no contesta. Medita. En estos momentos todo para él se vuelve confusión. En ocasiones el Valle se llena de brumas que distorsionan y confunden hechos, sentimientos y actitudes.

Recuerda ahora que cuando conoció a Juana, lo que le enamoró de ella fue sobre todo su aspecto. La armonía de su cuerpo recién salido de la pubertad, la perfección de sus facciones, su sonrisa abierta y aquella sencillez que tan bien se ajustaba a sus ademanes y a su voz.

—Eso fue lo que me atrajo de ella, la extraña concordancia que existía entre lo que yo consideraba inteligencias físicas.

—Sin embargo no reparaste en lo que el tiempo nunca destruye: su talento, la rectitud de sus actos, su bondad, su paciencia, su inteligencia substancial.

—Me doy cuenta ahora. Vivía aturdido. No reflexionaba. Lo que denominamos vida, constantemente nos miente. Los ojos engañan. El oído sólo escucha lo que nos halaga. La voluntad se trastoca. Luego está esa tentación constante de experimentar algo nuevo, algo que nos abra las puertas a la felicidad.

—Las puertas que tú abrías no eran las adecuadas.

—Lo reconozco: no sabía valorar a Juana. Lo comprendí demasiado tarde.

—No obstante, todavía estás a tiempo de abrir la puerta adecuada.

—¿Cómo? La muerte y la vida son incompatibles. No pueden unificarse.

El compañero le recuerda que aunque continúa en la tierra, el tiempo y el espacio ya no pueden trastocar sus proyectos y que el amor está por encima de la materia.

—No es un instinto material: es un sentimiento —le recuerda el compañero—. Lo esencial es que lo que experimentas por Juana sea en su totalidad un verdadero amor —insiste.

—Nunca la quise tanto como la quiero ahora —afirma Sergio.

No lo ha dicho por decir. Le ha salido del alma. De hecho nada en el doctor Maritania puede ya ser experimentado de un modo material.

—Tiene que haber alguna forma de poderle expresar lo que siento por ella. Todavía estoy en la tierra, todavía tengo cierta fuerza corpórea.

El compañero asiente.

—Existe un modo de conseguir que ella te recuerde en la época de vuestro noviazgo. La memoria sirve para resucitar a los muertos. Procura darle vida a tu muerte. Ábrele la tumba donde tú descansas en su cementerio mental. No permitas que Juana entierre definitivamente tu recuerdo.

—¿Podré hacerlo?

—Podrás. El amor sin fisuras es muy poderoso.

LAS ARGUCIAS DEL DESTINO

El doctor Rodeno ignoraba que aquel día sus escasas esperanzas de felicidad iban a ser engullidas definitivamente por un simple capricho de Morfeo.

Desde que su amigo había muerto, algo parecido a una vaga esperanza venía alentando sus silencios internos.

De nada valía que Juana mantuviera entre ambos el espejismo de una amistad intransferible y sólida. En ocasiones el discurrir del tiempo transformaba no sólo la materia sino también los sentimientos. Ésa era la expectativa que día tras día y año tras año alentaba Patricio en la candescente hoguera de su fuero interno.

Aunque con cierta sensación de remordimiento, la desaparición de su amigo había desvanecido gran parte de sus tinieblas particulares.

Mientras tanto esperaba. Esperar era una forma de alentar un poco sus noches sin mañanas.

Cuando el sentimiento callaba, no sólo no desaparecía, sino que se reforzaba con magnitudes evidentes y renunciar a conseguir lo que parecía inalcanzable resultaba imposible.

Patricio es consciente de que aquel encuentro con Juana en París hacía ya cinco años tal vez pudo ser el primer capítulo de una historia distinta para ambos, sin embargo se encuadraba en un círculo demasiado prematuro para que Juana se dejara llevar por una nueva inclinación sentimental. No obstante, pese al alejamiento programado y totalmente resuelta a vivir su vida al margen de la de Sergio, la influencia del doctor Maritania persistía.

Era como si Juana, pese a los constantes desaires que su marido le había dedicado, se empeñase en rehabilitar su maltrecha reputación para recuperarlo.

* * *

No intentaba apremiarlo con insistencias ni tampoco abrumarlo con reproches. Sencillamente se desprendió de su idiosincrasia de mujer tolerante y disminuida para ingresar de lleno en las esferas propias de las personas importantes.

Patricio recuerda ahora el esfuerzo que al regresar de París Juana tuvo que realizar cuando, muerto ya su marido, se vio obligada a desalojar los armarios y cajones de todo lo que ya no pertenecía a nadie. Según le había confiado ella, tras aquella expoliación comprendió que era ya imposible esperar algo de aquel hombre: «Fue como arrancar de mi vida los restos de una oportunidad que jamás podría ya tener vigencia», le dijo.

De hecho nada la ataba a su marido. Ni siquiera los objetos. Únicamente guardó para ella un papel añejo que Sergio había conservado en su cartera porque su hija había plasmado en él: «Mamá Ama Papá.»

Le dijo entonces que aquella palabra incorrecta escrita por su hija cuando todavía se expresaba con letras de palo tenía indicios extraños como si la pequeña, una vez muerta, le estuviera pidiendo a su madre que socorriese a su padre.

Había casualidades que de repente obligaban a pensar: «Pero yo ya no puedo hacer nada —le confesó a Patricio—. Se acabó esperar, se acabó imaginar regresos imposibles.»

Aunque el dormitorio todavía conservara intactos dos lechos vacíos, dos mesitas de noche despojadas de cosas útiles y un mundo de ilusiones desmanteladas, envejecidas y saqueadas, todo allí estaba muerto como él.

Así eran las lejanías engullidas por el destino: un clamor ahogado, un «estar ahí» sin motivo alguno, un expoliar amparos que nadie podía evitar.

Lo peor para Juana fue contemplar aquellas dos camas inertes tan llenas de primicias felices y de tristezas posteriores jamás mitigadas y aliviadas.

Todo, tras la muerte de Sergio, había quedado en suspenso, todo continuaba pendiente de una esperanza imposible.

Únicamente Patricio continuaba confiando: «En ocasiones la muerte sirve para modificar posturas, sentimientos y decisiones que pueden parecer irrevocables», pensaba.

Pero estaba Emilia. Una Emilia que Juana apreciaba y quería. Siempre habían coincidido en casi todo. Aunque la edad de ambas no era la misma, Juana se acoplaba perfectamente a los arraigos de Emilia y a su vez Emilia, por ser mayor que ella, procuraba siempre enriquecer la inexperiencia de Juana sin más gratificaciones que las propias del cariño.

Eran amigas. Se trataba de una amistad no buscada pero conseguida a fuerza de pequeñas compenetraciones que, año tras año, iban surgiendo espontáneamente.

Patricio no ignoraba que anhelar algo desesperadamente para ser feliz a costa de atropellar y forzar situaciones establecidas causaba mucho cansancio y nunca llegaba a satisfacer plenamente. Además podía convertirse en una flagrante traición. Juana había sufrido en sus propias carnes aquel tipo de traición por culpa de Laura. Ella se negaba a ser una «Laura» para Emilia. Por eso lo único que esperaba de aquel matrimonio era mantener una sólida amistad.

En fin de cuentas, Patricio jamás había perdido aquella conexión amistosa con Juana. De hecho entre ellos siempre había predominado la imperiosa necesidad de comunicarse, de sopesar actitudes y situaciones bien sujetas por el freno de la sensatez.

La amistad para ambos era eso: rozar intimidades sin destruirlas con equívocos desenfrenados, practicar el amor sin «hacerlo», confiar el uno en el otro sin afán de posesión. Eso era para Juana la amistad; un estar bien juntos sin mediar ocultaciones, departiendo ayudas mutuas sin arrollar y convencer o sentirse convencido sin el menor rastro de impetuosidades egoístas. No obstante, para Patricio Sergio ya no podía convertirse en un impedimento para que la fluidez de sus vidas se trastocara.

Los muertos no tienen facultades para introducirse en la independencia de los vivos. Los muertos eran sólo rastros que ya no podían influir, ni dominar, ni exigir.

Sin embargo aquel cúmulo de cosas inusuales que venían ocurriendo desde el fallecimiento de su amigo, aunque al principio sólo fueran «sucesos inexplicables» o «simples casualidades», para el doctor Rodeno comenzaban a ser enigmáticas pesadillas.

Eran demasiadas las incongruencias que se iban produciendo desde que Juana se había quedado viuda.

De todo lo ocurrido, lo que más le soliviantaba eran los cuatro golpes casi furibundos que sonaron contra la puerta de la celda de Rita, sin que ningún ser humano los produjera.

Fue a partir de aquel hecho inexplicable cuando Patricio tuvo una fuerte sensación de que no todo lo que suscitaba dudas por falta de una lógica razonada debía ser rechazado, especialmente si los fenómenos que se producían se iban acoplando espectacularmente a lo que pretendían dar a entender. Y lo que pretendían dar a entender era, sin duda alguna, que Sergio allá donde se encontraba, solicitaba desesperadamente una ayuda.

De hecho todos los fenómenos que se habían producido desde su mortal accidente evidenciaban esa insistente petición.

Lo que el doctor Rodeno no conseguía dilucidar eran los motivos de sus apremios. Aunque creyente, no solía plantearse con demasiado interés lo que podía suceder más allá de la muerte.

Todo en él, cuando se detenía a pensar en la otra existencia, se convertía en una madeja desmadejada de meras probabilidades. Para el doctor Rodeno, lo que no era susceptible de tocarse o verse o sencillamente oler o notar, era pura nebulosa, pura fantasía. Algo que acaso algún día, cuando su profesión de cirujano plástico dejara de funcionar, tal vez le entretuviera estudiar y descubrir. De momento ese tipo de conocimientos no encajaban en sus apetencias.

Mientras tanto pensaba que lo mejor era atenerse a lo que el cuerpo pedía: alimentarse, experimentar sensaciones vivas, sentir, viajar, ir al cine, proponer metas, esmerarse en su profesión, dar ánimo a sus pacientes, hacer el amor, votar proposiciones políticas, quejarse, soportar, desear y esperar que algún día Juana llegara a enamorarse de él, como él, desde que la conoció, se había enamorado de ella.

Pero Juana nunca daba muestras de cambiar sus inclinaciones afectivas. Lo que de verdad parecía interesarle era potenciar cada vez más su talento de escultora.

Tampoco dio en alterarse cuando el fotógrafo de París

le entregó aquella extraña imagen que captó junto a ella en la reciente exposición de sus obras. Pese a los inexplicables sucesos que se iban sucediendo, ella no aceptaba que pudieran ser reales. «Muchas veces lo que parece ser no es», solía decir como para convencerse a sí misma de que la imaginación trastocaba lo que era normal.

En el fondo, cuando se tocaba el tema de las raras incongruencias que se habían ido produciendo durante varios días, Juana se expresaba con firmeza. No quería dejarse influir por ellas.

De nada valía que su hermana insistiera en que los golpes en la puerta de su celda habían sido tan fuertes que no sólo la habían despertado a ella, sino también a la madre superiora.

Según Rita aquellos golpes no habían sido un sueño. «Yo dormía cuando sonaron —insistía—. Mi despertar fue tumultuoso, instantáneo y brusco.»

No obstante Juana se resistía a dar por válidas aquellas manifestaciones antinaturales.«Pero Rita dormía —insistía—. A lo mejor soñó que se despertaba.»

Sin embargo lo que sucedió días más tarde desmentía su insistencia.

Si Rita pudo soñar creyendo estar despierta, era evidente que lo que Juana dijo experimentar hacía dos días fue una especie de estar despierta mientras dormía.

* * *

—Ha sido un sueño demasiado real para echarlo en saco roto —le confió Juana a Patricio cuando llegó de un breve viaje.

Fueron dos días de inquietudes calladas, de trampear obstáculos mentales que se empeñaban en desvirtuar lo ocurrido.

—A pesar de convencerme a mí misma de que «soñar» no supone una forma de recrear realidades escondidas, puedo asegurarte que tal como se produjo aquel sueño y lo que sucedió después, no encaja en los ámbitos del absurdo. Fue una experiencia real, Patricio, una forma clara de sacudir mis dudas para dejar bien sentado que lo absurdo hubiera consistido en dudar. Pero tú no estabas. Y yo andaba demasiado perdida en cavilaciones para volcar en cualquier persona lo que me había ocurrido.

En aquellos momentos Patricio y ella se encontraban en el taller que cinco años atrás había sido una cuadra.

Entre ellos la conversación que mantenían sólo la atestiguan las afamadas esculturas de su amiga.

Ahí están ahora los dos sentados en el sofá que de vez en cuando Juana utiliza para descansar. Junto a ellos un *Vale* adormilado lanza pequeños gemidos como si también él se viera invadido por sueños especiales.

Juana contempla a su amigo con una mirada nueva. Nada en ella refleja aquella especie de indiferencia vital que, pese a sus éxitos como escultora, venía paralizando su antigua idiosincrasia desde hacía mucho tiempo. En estos instantes todo en esa mujer recuerda a la Juana feliz, recién casada y totalmente confiada en el amor de su marido.

Frente a ellos la mesita alargada continúa custodiando la llave de bronce que su primer maestro, Bruno Mateos, había esculpido para ella como regalo de boda.

«A veces los objetos despiertan susceptibilidades extrañas. Es como si tuvieran la facultad de levantar alertas insidiosas y molestas», piensa Patricio. Según le había explicado Juana, al recibir aquel regalo, su maestro le había dicho: «Espero que esta llave te abra todas las puertas de tus deseos.» Y en estos momentos Juana parecía ser la mujer más feliz de este mundo.

—Creo que lo que me ocurrió hace dos noches puede estar relacionado con esta llave —bromea mientras la acaricia suavemente—. Aunque de un modo puramente simbólico, ese objeto ha dado con la cerradura adecuada.

Patricio no entiende la extraña euforia de su amiga. Algo que no puede explicarse desnivela ostensiblemente su habitual indiferencia por casi todo.

—Sergio vive —le dice de repente.

Imposible captar el sentido de semejante incongruencia.

—Hace dos noches hablé con él —insistió ella.

Patricio continúa inmerso en la mayor desorientación. Durante unos instantes piensa que su amiga ha perdido el norte.

—Supongo que no hablarás en serio.

Juana rompe a reír. Es una risa alegre, propia de una mujer que por fin ha llegado a una meta largamente deseada.

—Estoy hablando en serio, Patricio: no miento. —Y sosegadamente trata de explicarle lo que había sucedido—: Hace dos días yo dormía plácidamente con la luz apagada. De repente desperté porque la habitación estaba inundada de una luz radiante. Nadie había entrado en mi cuarto, ni yo había utilizado el interruptor. Tras unos segundos la habitación volvió a quedarse a oscuras.

Juana respiró con doble resuello como si lo que había experimentado continuara emocionándola:

—Era imposible comprender aquella rara anomalía. No me asusté. Únicamente me produjo extrañeza. Al poco rato volví a dormirme. Y mientras dormía, vi a Sergio en mi sueño. —Tras una pausa, Juana continúa hablando—: Su aspecto era el de un hombre joven y sonriente que no se apartaba de mí. Por primera vez me miraba como si yo fuera alguien muy importante para él. Angustiado me decía que me necesitaba, que se avergonzaba de haberse comportado tan mal conmigo cuando vivía.

De nuevo Juana guarda silencio. Comprende que lo que está explicando no convence a su amigo. Seguramente cree que su relato es fruto de una ilusión frustrada, una forma de imaginar alegrías en el falso terreno de los sueños.

—Adivino lo que estás pensando —continúa diciendo ella—. «Tanto lo está queriendo, que hasta sueña con él», pero te equivocas, Patricio. Hace muchos años que mi amor por Sergio iba menguando. —Juana se toma un respiro y enseguida añade—: Todavía no te he contado lo más importante.

Patricio está a punto de rogarle que no siga, que no quiere saber; que la extraña alegría de Juana le está doliendo demasiado. Pero calla y aguarda. Piensa que, a veces, fracasar no depende solamente de las actitudes y decisiones terrenales. También los sentimientos pueden influir más allá de lo que aparentemente se acaba.

—Sergio me ha pedido perdón. También me ha asegurado que, pase lo que pase, él continuará a mi lado. Luego añadió que iba a darme una prueba para que yo comprendiera que lo que estaba experimentando era cierto.

—¿Te la ha dado?

—Sí.

Juana vuelve a detenerse. Vacila. Seguramente teme que Patricio no comprenda la importancia de lo que le explica. No obstante precisa insistir. Lo que llena el alma de entusiasmos reprimidos pugna siempre por derramarlos aunque no puedan ser comprendidos.

—Antes de darme la prueba quiso aclararme que, gracias a la intervención de mi hermana Rita y a su experiencia en organizar celebraciones para las almas purgantes, su encadenamiento en ese Valle terrestre, que ningún viviente conoce, va a terminarse muy pronto para él.

—Entonces, ¿te habló del Valle?

—Sí. Según Sergio, es un lugar horrible. En él no se alcanza a sufrir por los descalabros y ofensas. Se sufre por las ignorancias, por las desviaciones y también porque la posibilidad de mandar mensajes a los vivos casi siempre se malogra. Pocos son los seres vivos que captan los mensajes de las almas perdidas; los llamamos fantasmas y nos quedamos tan frescos.

Patricio vacila. Algo en él se niega a aceptar lo que Juana intenta explicarle. Le duele demasiado.

—Sergio también me dijo que una vez fuera del Valle ya no podrá manifestarse. Pero que estará conmigo continuamente.

—¿Y él? ¿Dónde estará él?

—En ningún lugar. Al salir de la tierra ya no «se habita» ni se experimenta angustia ni desconcierto: es sólo un «modo de estar» lleno de un terrible pero alegre sufrimiento. Un soportar fuegos que abrasan pero que no queman, un asumir seguridades que sofocan miedos y un saber que las promesas se cumplen, que el Amor que nos aguarda es infinitamente superior a todos los amores del mundo, que los jueces de nuestras hecatombes morales somos nosotros mismos y que no hay juez más estricto y justo que nuestra propia conciencia.

—Y después de haber experimentado todo eso, ¿qué va a ser de Sergio? ¿Adónde va a ir?

—Una vez entrado en el presente eterno, habrá conquistado la seguridad de llegar a conocer la felicidad que nunca se acaba.

Patricio frunce el entrecejo. Todavía duda. Todavía se niega a aceptar lo que Juana le explica. Pero ella insiste en completar su relato.

—Mientras él me hablaba, yo era consciente de que soñaba. No quería despertar. Temía que si despertaba, la felicidad que estaba experimentando pudiera esfumarse. Pero él me dio a entender que la prueba de que mi sueño era real, debía producirse estando yo despierta. —Juana carraspea, la voz se le apaga—. «Es una prueba irrefutable —me dijo—. Algo que sólo tú puedes apreciar.»

—¿Y la apreciaste?

—Totalmente. Le pregunté si después de aquella prueba volvería a verlo en sueños. Me contestó que una vez liberado del Valle, aunque podrá alcanzar la anhelada esfera superior que le permitirá conocer la felicidad eterna, los contactos materiales ya no serían posibles. Además deberá purgar lo que no purgó en la tierra. Obtener el perdón no supone borrar las penas. «De cualquier forma, yo siempre estaré contigo —me aseguró. Y añadió—: Por favor, recuérdame siempre. No me olvides.»

La voz de Juana se debilita. La emoción que experimenta incluso abrillanta sus ojos.

—También me ha rogado que vuelva a instalarme en nuestro dormitorio. «Yo estaré siempre a tu lado, aunque no me veas», me dijo.

—¿Cuál fue la prueba? —la interrumpe Patricio.

—Me pidió que cuando despertara pusiera en marcha el ordenador.

Juana respira hondo. Parece cansada. Tiene el cansancio de los que han recorrido un arduo camino para llegar a una meta largamente deseada. Sólo ella tiene la certeza de que esa meta existe, que por mucho que la mente humana se empeñe en negar lo que no es capaz de comprender, lo incomprensible puede ser mucho más real que lo que se considera natural y razonable.

—Desperté enseguida —continúa explicando Juana—. Hice lo que Sergio me había indicado. Al instante la pantalla del ordenador se iluminó. De pronto surgió una frase totalmente inesperada. Duró sólo unos instantes pero pude leerla con tranquilidad. La frase era escueta y estaba escrita con letras grandes y claras. Decía exactamente: EL VERDADERO NAÍF ERA YO, PERDÓNAME, JUANA.

HACIA LA LUZ

—Esta vez lo has conseguido —le confirma el compañero.

Sergio tiene la impresión de que todo en torno a él se difumina, se vuelve opaco. Sabe que su condena terrestre va a terminar y que por fin podrá ingresar en la anhelada sensación de la plenitud, la que no admite cargas y herencias terrenales.

El tiempo se está ya perdiendo para él. El tiempo y la tierra son dos factores desarticulados. Algo carente de sentido que ya no le imposibilita recobrar su derecho a la luz.

En el Valle todo eran penumbras medio alumbradas por el conocimiento extracorporal. Y aunque todavía no puede participar de la exaltación luminosa de la felicidad completa, la realidad de su existencia ya no es un obstáculo para tener la seguridad de que, tarde o temprano, entrará en la verdadera y esplendorosa totalidad de su ser.

Y es que en el Valle todo ocurre a medias. Nada es total ni concreto. Existen demasiados arraigos materiales, demasiadas inclinaciones instintivas y demasiados resabios adheridos a su calidad de un ser muerto para poder alcanzar su derecho a ser para siempre un ser vivo.

—Juana sabe ya que no te ha perdido, que su espera no ha sido inútil y que cuando llegue su hora, volveréis a estar juntos para siempre —le dice el compañero—. Sin embargo la salida del Valle se la debes a tu cuñada. Rita nunca dudó. Siempre supo que precisabas ayuda. Ha sido su intervención lo que te está sacando de este sórdido lugar. Desde que se enteró de las raras anomalías que después de tu muerte se estaban produciendo, no ha cesado de actuar en tu favor. Las monjas conocen muy bien lo que precisan las almas atrapadas en los cepos donde los seres perdidos van instalándose a sí mismos mientras viven. Se creen libres, pero son esclavos de ellos mismos. La condición humana tiene dos vertientes: el egoísmo y la generosidad. Tú elegiste la peor. Por eso ingresaste en el Valle.

—¿Adónde iré ahora? —pregunta Sergio.

—No irás. Experimentarás el cambio sin la necesidad de ir. Cuando la desorientación y la soledad te abandonen, habrás entrado en el conocimiento total de tu vida, de tus aciertos y errores, de tus culpas y de tus desidias, de tus oportunidades perdidas y de tus ganancias malogradas. Sufrirás por todo ello, pero como ya te he dicho en otras ocasiones, será un sufrimiento alegre: tendrás la certeza de que en cuanto te hayas depurado vas a entrar de lleno en la inmensa felicidad que Dios te reserva desde que naciste.

—¿Cómo será posible que el sufrimiento pueda ser alegre?

—Del mismo modo que ciertas alegrías pueden sufrirse. Lo esencial consiste en que tú mismo te despojes de los lastres que todavía conservas.

Sergio empieza a perforar con ciertos rayos de luz la oscuridad de su mente. Ya no experimenta dudas, ni miedos ni desorientaciones. El anuncio de una felicidad in-

combustible y siempre aumentada, más la ausencia de esa nada que mientras vivía siempre predicó, se van deshaciendo y acoplando en conocimientos esperanzadores que no cesan de ofrecerle certezas.

Todavía pregunta por Juana:

—¿Y ella? ¿Cuándo podrá reunirse conmigo?

—Ya lo está haciendo. Todo en tu mujer es pura entrega, pura necesidad de sacrificarse por ti.

Sergio todavía no alcanza a comprender ciertas sutilezas del compañero.

—Mírala. Contémplala. Fíjate en lo que dice.

Juana está ahí; echada en su antigua cama, la mirada extraviada, los labios sonrientes. No habla. Sólo piensa. Su interlocutor no precisa palabras para escuchar lo que dice. Tampoco Sergio necesita oír su voz para entenderlas.

Juana podría estar rezando. Pero no reza. Tampoco pide un favor o exige prebendas inútiles; sólo propone. Es una propuesta un poco rara. Tanto que al principio, Sergio no acaba de valorarla. No la entiende.

—¿Te das cuenta de lo que está haciendo Juana? —pregunta el compañero.

Sergio no puede admitir lo que le ha parecido entender. Pero el compañero insiste:

—Juana está proponiéndole a Dios que ella cuando muera pueda compartir contigo los sufrimientos que tú hayas podido merecer en vida. Mayor prueba de amor no cabe en un ser humano.

* * *

Se está durmiendo así: mezclando futuros con presentes, sabiendo que la soledad es una simple ficción y que el amor verdadero nunca se equivoca cuando asume el dolor de aquel que se ama.

Se acabaron para Juana las noches despiertas, las horas en blanco y las mañanas cansadas porque el insomnio de siempre se empeña en destruir el hilo endeble de la serenidad.

Lo que ahora empieza para Juana es la convicción de que, fracasar en el tiempo, puede ser una ficción que el tiempo sueña. Y que soportar tristezas, puede ser también un esperar alborozos inesperados.

Juana se está durmiendo. Los párpados le pesan. Mañana cuando despierte comprenderá que, de un modo algo absurdo, vuelve a ser feliz. Y que además, cuando el sueño empezaba a vencerla, algo parecido a un beso muy cálido y cariñoso rozaba su mejilla izquierda durante unos segundos que, al dormirse, se prolongaron toda la noche.

Barcelona, mayo 2005 - marzo 2007

AGRADECIMIENTOS

A la doctora Mercedes Ramón, por haberme inyectado esperanzas de vida mientras yo escribía un libro sobre la muerte.

Y

A mi irreemplazable secretaria Margarita López por sus constantes muestras de fidelidad y de eficaz colaboración.

M. S.

ÍNDICE

PRIMERA PARTE

SEGUNDA PARTE

OTROS TÍTULOS DE LA AUTORA

EL DECLIVE Y LA CUESTA

Dimas, el buen ladrón que fue crucificado junto a Jesús, nació en el seno de una humilde familia de campesinos judíos. De joven, deseaba una vida más próspera y por ello se enroló en una banda de asaltadores, a pesar de la fuerte oposición de su madre. Dicen las narraciones apócrifas que en una ocasión el ladrón Dimas convenció a los suyos para permitir que la Sagrada Familia se escondiera de las hordas romanas en el refugio de éstos.

Mercedes Salisachs parte de este conocido episodio bíblico para abordar el tema del dolor y la angustia maternos ante el sufrimiento de un hijo. Se trata de una novela sobre los avatares de Dimas, de Eva —su madre—, de un profeta llamado Jesús y, en cierta medida, del pueblo judío y el Imperio romano. Pero, sobre todo, es una parábola sobre la condición humana

LA CONVERSACIÓN

Un vuelo trasatlántico propicia el encuentro entre dos personas. Él es un alto ejecutivo a punto de trasladarse a Estados Unidos, ella, una mujer al borde de hacer realidad un sueño. Ambos están preparados para dar un giro radical a sus vidas. A medida que transcurren las horas, la distancia que les separaba en un inicio deja paso a la complicidad; sincerarse ante un desconocido se convierte en lo más natural. Eladio recuerda su meteórica ascensión en la sociedad con amargura porque tras una existencia acomodada y en apariencia feliz se oculta la tortura psicológica a la que lo sometió su mujer. Su pasado le inspira rabia y frustración, pero también remordimiento: un recuerdo le atormenta ensombreciendo sus días. Daniela habla de una existencia en la que sólo ha habido lugar para el trabajo. En cierto modo, ha sido víctima de su propia ambición, olvidando que sólo se vive una vez.

La conversación entre estos dos desconocidos se convierte aquí en una confesión abierta al lector, ante quien ambos personajes se desnudan para desvelar su crónica más íntima.

A través de los sinsabores y las alegrías de Eladio y Daniela, Mercedes Salisachs ahonda, con la agudeza psicológica y la sensibilidad que la caracterizan, en las inquietudes del ser humano actual y aborda con acierto un tema a menudo olvidado: el del hombre maltratado.